뽑기 게임에서 살아남는 법

임제열 퓨전 판타지 장편소설

WISHBOOKS FUSION FANTASY STORY

뽑기 게임에서 살아남는 법 3

임제열 퓨전 판타지 장편소설

초판 1쇄 찍은 날 | 2020년 12월 11일
초판 1쇄 펴낸 날 | 2020년 12월 18일

지은이 | 임제열
펴낸이 | 권태완 우천제

기획 | 위시북스
편집책임 | 한준만
편집 | 위시북스

펴낸곳 | ㈜케이더블유북스
등록번호 | 제25100-2015-43호
등록일자 | 2015. 5. 4
KFN | 제2-63호

주소 | 서울시 구로구 디지털로31길 38-9, 401호
전화 | 070-8892-7937 팩스 | 02-866-4627
E-mail | fantasy@kwbooks.co.kr

ⓒ임제열, 2020

ISBN 979-11-293-7027-3 04810
        979-11-293-6632-0 (set)

Wish Books
임제열 퓨전 판타지 장편소설
WISHBOOKS FUSION FANTASY STORY
3
뽑기게임에서 살아남는 법

뽑기 게임에서 살아남는 법

CONTENTS

Chapter 1

난 먼저 발을 뻗어, 어둠 속으로 들어섰다.
곧이어, 캄캄한 시야에 하얀 글자가 떠올랐다.

['시련의 탑'에 입장하셨습니다.]

[입장 파티:소수정예(7명)]
[현재 등반 층수:0층
다음 도전 층수:1층]
[번호를 선택해 주세요!
1. 다음 층수에 도전한다.
2. 랭킹 보드를 확인한다.
3. 탑에서 나간다.]

[Tip 도전 시, 한 층을 클리어하기 전까지는 절대 중도 포기할 수 없습니다.]

[Tip 탑 내에서는 '터'를 지을 수 없습니다.]

[Tip '현재 등반 층수'는 파티원 중 가장 낮은 기록을 가진 파티원 기준으로 선정됩니다.]

'이런 식이었군.'

'시련의 탑'은 계단으로 오르는 게 아니다. 이렇게 깬 층수마다 시스템화되어 올라간다. 아마, 번호 선택 표지판은 파티장인 나에게만 뜰 거다.

"2번."

랭킹 보드라.

[확인할 층수를 말해주세요.]

확인할 층수? 일단 1층만 확인해 보자.

"1층."

[현재 랭킹(1층)]

1위. 문태준 파티 19/20명. (1층 Clear) -클리어 시간 03:00:40

2위. 송유진 파티 15/15명. (1층 Clear) -클리어 시간 04:05:20

3위. 유현동 파티 24/40명. (1층 Clear) -클리어 시간 06:11:21

4위. 아직, 클리어한 파티가 없습니다.

5위. 아직, 클리어한 파티가 없습니다.

[뒤로 가시겠습니까?]

"어엇-?"

"이게 뭐예요?"

술렁이는 것 보니, 일행들에게도 뜨나 보다.

"오빠, 이것들……."

캄캄한 곳에서 주예린의 목소리가 들려왔다.

"왜?"

"잠깐만, 거기 있어봐."

내 목소리 위치를 찾았는지, 그녀가 가까이 붙는다. 그리고 조용히 속삭인다.

"오빠……. 저거, 용사 채팅창에 그놈들 아냐? 3위는 몰라도 1, 2위는 확실한데?"

조용히 말하는 이유.

팀원들에게 '용사 채팅창'에 대한 존재를 숨기기 위해서였다. 옆에서 레드 드래곤이 콧바람을 크게 내는 것도, 아마 적막함을 없애기 위해서일 거다.

주예린이 계속 말을 이었다.

"1위 팀은 1명이 죽었고, 2위 팀은 전원 무사해. 이게 고인물이 아니고 뭐야. 이것들이, 탑에 안 오를 거라더니만……."

"나처럼 잠수 타고 있는 사람이었을 수도 있지."

"아, 그런가?"

"게다가 탑 1층 공략 정도야, 꼭 게네가 아니라도 아는 사람은 얼마든지 있을 수 있어. 너무 의미 부여하지는 마."

"그, 그럴 수도 있겠네?"

"준비나 해. 네 역할이 여기서 가장 중요한 거 알지?"

"물론, 탑 1층 정도야. 맡겨만 줘."

"방심하지 말고."

나는 뒤로 가기를 눌렀다.

그러자 다시 뜨는 번호판.

[번호를 선택해 주세요!]

"다들 준비됐습니까?"

내가 묻자, 일행들이 씩씩하게 답했다.

나 역시 마음을 다잡았다. 긴장감을 털어냈다.

이건 핸드폰 게임이 아니다. 목숨이 걸려 있는 현실이다. 그렇기에 더 집중해야만 한다.

계속 그렇게 속으로 주문을 외우자, 이성이 싸늘하게 가라앉는다. 딱 적당한 긴장감이었다.

"그럼 출발하겠습니다."

[1번을 선택하셨습니다.]

[시련의 탑 1층에 도전합니다.]

번쩍!

터져 나오는 빛에 눈을 재빨리 감았다. 곧이어 천천히 걷히는 빛. 서서히 가시는 눈부심에 슬며시 눈을 떴다. 그러자 낯선 장소가 보였다.

[시련의 탑 1층입니다.]
[임무 유형 -섬멸]
[동굴 내 존재하는 모든 몬스터를 제거하세요!]

불어오는 시원한 바람. 떨어지는 물방울 소리.

공간은 그렇게 넓지 않았다. 사방이 돌로 막혀 있었고 천장에는 멋들어진 종유석들이 달려 있었다.

'필드 타입 동굴이라……'

제기랄, 까다로운 유형이었다. 시련의 탑이 까다로운 이유 중 하나가 바로 이것 때문이다. 필드 타입이 무작위라는 것. 게다가 동굴의 형태도 랜덤이다.

"젠장, 레드 드래곤 기동은 완전히 막혔네요."

"좁아서 스플래시 대미지도 잘 안 먹히겠어요."

"하필, 동굴이라니 힘들겠군."

일행들의 투덜거림이 들려왔다.

나는 고개를 한번 털고, 주변을 확인했다. 지금은 불평할 때가 아니다. 탑에 들어온 이상 정신 차리고 빠르게 판단해야 한다.

일단, 이동할 수 있는 구멍은 총 3개.

"서지호."

"네! 형."

"입구 속, 전부 정찰한 후에 보고해, 지형이 어떻게 생겼는지, 또 고스트 중대장이 몇 마리 보이는 지도."

"넵!"

서지호의 정찰 몬스터는 세 마리. 다행히 시간을 절약할 수 있겠다.

"정찰이 끝나면 이곳보다 좀 더 넓은 곳으로 이동할 겁니다. 일단은 연습했던 기본대형으로 배치하세요. 은채는 쿨다운 도는 대로 계속 버프 걸어 주고."

"네, 아저씨!"

내 지시에 일행들이 빠릿빠릿하게 움직였다.

할아버지가 앞에 탱커 2마리, 뒤에 탱커 1마리를 배치했고, 전방엔 나와 아델, 그리고 서지호가 위치했다. 그 바로 뒤, 중앙에는 디버퍼인 양종현과 힐러인 서은채가 섰고 후방은 주예린과 빈서율이 섰다. 현재로서는 가장 밸런스 있는 대형이었다.

"형, 입구 두 개는 이어져 있어요. 말씀하신 커다란 공동이 보이고 그곳에 평소보다 큰 고스트가 음…… 대략 80마리 정도 보이는데요? 이게 중대장인가요?"

여기서 '고스트 중대장'(★★)을 직접 겪어본 건 나와 빈서율뿐이다. 다른 저조한 성적의 채널은 튜토리얼 때, '고스트'(★) 1개 소대만 처리했다고 했으니까.

"어, 다른 쪽은?"

"거긴 중대장들 때문에 깊숙이 못 들어가겠어요. 느낌상, 좁은 길로 계속 이어져 있는 것 같아요."

"오케이. 잘했어."

1층에 대충 100마리쯤 나오니, 아마 나머지 20마리가 그쪽에 있을 거다. 그럼 일단 커다란 공동에 있는 놈들부터 처리한다. 어느 정도 사정거리가 있기 때문에, 따로따로 처리해도 문제없다.

그래도 공동이 있어 다행이었다. 범위 스킬이 나름 먹힐 테니까.

"먼저 최우측 동굴로 이동하겠습니다."

우리는 동굴로 천천히 걸어나갔다.

-끼아아아아!

[근처에 '고스트 중대장'(★★)이 있습니다.]

놈들이 울부짖는 소리가 메아리를 타고 울려 퍼진다. 나는 잠깐 일행들을 세운 후, 다시 한번 주의를 줬다.

"설명했다시피, 놈들을 자극하면 안 됩니다. 숨죽여 이동하세요. 몬스터들도 소리 내지 못하도록 컨트롤 잘 해주시고요."

지금은 '고스트 중대장'(★★)들뿐. 주변에 '고스트'(★)들은 보이지 않는다. 그래서 섣불리 건들면 안 된다.

우릴 적으로 인식하는 순간, 놈들 한 마리가 약 3개 소대의 '고스트'(★)를 소환한다. 고스트 3개 소대는 약 300마리. 80마리가 한 번에 인식한다 생각하면, 총 24,000마리다.

'끔찍하네.'

1성짜리 잡몹이라 무시하면 안 된다. 만약, 잘못하다 둘러싸이기라도 한다면 드래곤이고 아델이고 뭐고 없다. 물량 앞에 장사 없는 것처럼 끝없이 몰려오는 놈들에게 깔려 돼질 거다.

그래서, 사실 1층의 공략법은 간단하다. 놈들이 쫄따구를 소환하기 전, '한 번에' 죽이는 것. 그거면 된다.

'……예전이었으면 어려웠겠지만.'

80마리를 전부 한 번에 공격하는 건 어렵다. 그러나 지금 우리에게는 생각보다 간단할 수 있다. S급 범위 스킬이 두 개나 있으니까.

"준비할게요."

주예린이 속삭였다. 나는 고개를 끄덕였다.

이미 우발상황에 대한 브리핑은 입장 전 끝낸 상태.

바로 실행한다.

사실, 우리 집단의 해법은 간단하다. 웬만한 집단은 아직 절대 할 수 없는 방법이기도 했다. 바로 '디스트럭션 쇼크웨이브'와 '레드드래곤 브레스'를 동시에 사용하는 것. 그냥 스펙으로 밀어 버리는 거다.

"종현 씨, 켈피에 탑승하세요."

"그리하지, 리더."

현재 상황은 이렇다. 커다란 공동이 있고, 우리는 그 한쪽

끝에 위치해 있다. 공동에는 80마리의 고스트가 돌아다니고 있고, 우리는 저걸 한 번에 쓸어내야 한다.

'켈피, 은신.'

양종현을 태운 나는 켈피와 함께 시야에서 사라졌다.

그 후, 눈을 굴려 주예린과 동시에 공격할 각이 보이는 장소를 찾았다.

'저기.'

건너편 공간에 알맞은 자리가 보였다.

'도약!'

집중해야 한다. 조금이라도 삐끗해 소리라도 나면 큰일이다.

스르륵-

다행히, 유령처럼 소리 없이 도착했다. 이제는 그냥 걷는 것처럼 자연스럽게 이동이 된다.

'후.'

속으로 숨을 내뱉은 후, 주변을 확인했다. 저 멀리에 주예린과 일행들이 보인다.

만약을 대비해, 할아버지의 탱커들이 동굴을 틀어막고 있는 상태.

'서은채의 버프도 다 받은 상태고.'

버프도 빈틈없이 체크했다. 나는 무명(無名)을 꺼내 들고, 앞을 주시했다.

-끼아아아아!

천천히 돌아다니는 '고스트 중대장'(★★)들. 무작위로 이리

저리 돌아다니므로, 각이 나올 타이밍을 잘 살펴봐야 한다. 특히 쇼크웨이브는 일직선으로 나가기에, 최대한 뭉쳐 있을 때 사용해야 한다. 한 번의 공격으로 최대한 많이 죽여야 고생 없이 깰 수 있으니까.

나는 은신 상태에서 자세를 잡았다. 주예린도 내 신호를 기다리며 준비했다.

그렇게 2분 정도가 흘렀을 때, 중대장 50마리 정도가 한곳에 뭉쳤다. 지금이 타이밍이었다.

"양종현 씨!"

양종현의 디버프가 신호였다. '그림하일드'(★★★)의 또 다른 스킬, 단체 속박. 약, 3초간 범위에 있는 모든 몹에게 스턴을 넣는 괜찮은 스킬이다.

-끼이이이이!

['고스트 중대장'(★★)이 포효합니다.]
['고스트 중대장'(★★)이 포효합니다.]
['고스트'(★)를 소환하기 시작합니다.]
……

수없이 뜨는 메시지들. 기회는 3초.

나는 찌르기 자세 그대로 '쇼크웨이브'를 발동했다. 그리고 곧바로 힘차게 찔러냈다. 힘이 쭈욱- 빠지는 느낌과 동시에 노오란 웨이브가 전방으로 방출된다.

쿠아아아-

그와 동시에, 주예린의 레드 드래곤에서 나오는 시뻘건 불줄기.

콰아아아!

두 범위 스킬이 중앙에서 만나 폭발했다.

콰가가가!

['고스트 중대장'(★★)을 처리합니다!]

['고스트 중대장'(★★)을 처리합니다!]

['고스트 중대장'(★★)을 처리합니다!]

[레벨이 올랐습니다!]

['고스트 중대장'(★★)을 처리합니다!]

······.

쏟아지는 메시지. 내가 약 50마리를 쓸어냈고, 주예린이 20마리 정도 쓸어낸 것 같다. 더불어 레벨도 1이나 올랐다.

"갑시다!"

그와 동시에 일행들이 공동을 향해 질주했다. 여파에 휩쓸리지 않은 잡놈들을 처리하기 위함이다.

-키아아아!

수십 마리의 고스트들과 중대장들이 포효했다. 그러나 팀워크는 깔끔했고 정리는 빨랐다. 아텔의 창이 놈들을 갈랐고, 빈서율의 볼트가 동시에 두 놈씩 미간을 꿰뚫는다.

나 역시, 켈피와 함께 창을 끊임없이 휘둘렀다. 놈들의 몸체를 찌르고 뚫어냈다.

"죽어!"

"이, 망할 새끼들!"

나머지 인원들도 소환수를 컨트롤 하며 치열하게 싸웠다.

콰가가강!

그때였다. 허공에 뜬 뿔하피가 날개를 한번 휘둘렀고, 깃털 8개 정도가 유도탄처럼 놈들에게 날아가 박혔다.

그와 동시에 폭발하는 깃털. 산산 조각나는 고스트들.

"와우."

누군가가 감탄했다. 뿔하피의 신상 스킬 '호루스의 깃털 폭파'였다. 과연, S급 스킬다운 위력. 그 한 방에 뭉쳐 있던 대다수의 고스트가 소멸해 버렸다.

'쓸 만하네.'

뿔하피의 저력은 대단했다. 허공에서 종횡무진하며 고스트들을 발라내고 터뜨렸다. 그 덕분인지, 놈들을 전부 처리하는데는 불과 1분도 걸리지 않았다. 나는 일행들을 둘러봤다.

"일단 반은 끝냈습니다. 피해 상황 보고하세요."

"난, 멀쩡하네."

"저도요."

다행히 누구도 피해를 입지 않았다. 처음에 긴장했던 일행들도 서서히 자신감을 찾았다. 막상 해보니까, 악명에 비해 별거 아니라 생각하는 거다.

고작, 1층이긴 했지만…….

'그래도, 우리 집단이니까 가능한 거지.'

S급 스킬로 도배한 나. 그리고 태생 5성을 가진 주예린.

둘 중 하나라도 없었으면 불가능한 전략이기도 했다.

"다음 작전은 한 시간 후에 합니다. 다들 다시 정비하세요. 은채는 다친 몬스터들 힐링 좀 해주고."

"넵! 아저씨!"

브레스와 쇼크웨이브의 쿨다운은 1시간. 이제 남은 20마리의 중대장과 고스트들을 공동으로 유인해야 한다.

"예린 언니 이거, 할 만한데요?"

"아직, 1층이라 그래."

빈서율과 주예린이 주고받았다. 나머지 일행들도 흥분한 듯 떠들었다.

내가 신호를 주자 곧이어 조용해졌다.

곧바로 다음 작전을 브리핑했다.

"공동으로 나오는 출구는 총 두 개입니다. 빈서율 씨랑 주예린이 왼쪽을 맡고, 제가 오른쪽을 맡겠습니다. 나머지 인원들은 두 곳 다 적절히 지원해 주세요. 그리고 여유 갖는 건 좋은데, 절대 아직 방심하시면 안 됩니다."

"알겠네."

"조심할게요."

"자자, 다들 집중하자구요!"

우리는 다시 준비했다. 다음 작전에 대한 세부 사항을 전달했고, 모자란 버프도 다시 세팅했다.

1시간은 빠르게 지나갔다. 이제 놈들을 유인할 차례.

방법은 간단했다. 서지호의 조류족 3마리를 이용하는 거다. 서지호는 정찰 몬스터들을 날려 보내 놈들을 툭툭 건드렸다. 그리고 꽁무니를 뺐다.

쿠구구구-

곧이어 들려오는 진동. 이번엔 수가 더 많았다. 놈들이 '고스트'(★)들까지 소환해서 한꺼번에 다가오기 때문이었다. 하지만, 공동 때처럼 포위당할 걱정은 할 필요 없다.

'이제는 아무리 많아도 큰 위협이 안 돼.'

놈들이 아무리 많아 봐야 나올 수 있는 구멍은 한정되어 있다. 우리는 병목(bottle neck)현상에 의해 정체되는 놈들을 하나하나 죽이기만 하면 된다.

튜토리얼 당시 골목에서 싸웠던 것과 같은 이치다.

['고스트 중대장'(★★)을 처리합니다!]

['고스트'(★)를 처리합니다!]

['고스트 중대장'(★★)을 처리합니다!]

   ······.

우리는 쏟아지는 놈들을 차근차근 죽였다. 나와 주예린의 브레스와 쇼크웨이브까지 더해지니 깨는 속도가 좀 더 빨라졌다.

"이것도 쉽게 깨겠는데요?"

"동굴이라 걱정했는데 다행이에요. 차라리, 동굴이 더 쉬운 느낌."

"공동이 있어서 다행이군."

일행들도 안심한 낯빛이었다.

나도 안도의 한숨을 쉬었다. 내 지시에 단원들의 목숨이 달려 있다는 것. 적잖은 부담이었는데 다행이었다.

"후-"

이제 곧 있으면 클리어다. 그리고, 아마 일행들은 깜짝 놀랄 거다. 탑의 보상 때문이다. 곧 있으면, 왜 '탑'이 보상의 성지라 불리는지 알게 될 터이니.

'시작이 좋아.'

목표는 9층. 아직 많이 남았지만, 느낌이 좋았다. 팀워크도 괜찮았고, 패닉에 빠지는 사람도 없었다.

그리고 곧이어- 마지막 '고스트 중대장'의 미간에 빈서율의 볼트가 박힘과 동시에, 클리어 메시지가 떴다.

[축하합니다!]

[시련의 탑 1층을 클리어하셨습니다.]

[생존자 전원에게 특수한 보상이 지급됩니다.]

[생존 인원 총 7/7명]

[클리어 보상:중급 몬스터 소환 이용권 10개, 10,000골드]

['담건호' 파티가 '현재 랭킹 1위(1층)'를 달성합니다.]

[클리어 시간 -01:30:20]

[추가로 각각 20,000골드씩 지급됩니다.]

[Tip 각 층 클리어 및 랭킹 갱신 보상은 계정당 한 번씩만 지급됩니다.]

1층을 클리어한 후, 우리는 '터'로 복귀했다. 다음 층으로 바로 오르기보단, 보상을 한 번쯤 정리하고 가야 했기 때문이다.

중급 몬스터 소환 이용권 ×70개.

'재료로 쓰면 딱 맞겠네.'

중급이면 1성부터 3성까지의 몬스터가 나온다. 지금 우리 상황에서, 정말 쓸 만한 몬스터가 아닌 이상에야, 아마 전부 재료행일 거다.

"서율 씨, 부탁합니다."

"넵, 해볼게요."

우리는 소환권 전부를 빈서율에게 몰았다. 저번 4성 축제 이후로, 일행들 모두에게 '뽑기는 빈서율'이라는 공식이 주입된 상태. 다들 그녀라면 최대한 많은 3성 재료를 뽑아줄 거라 생각했다.

번쩍! 번쩍!

곧이어, 수십 개의 빛이 터져 나왔다. 소환이 시작된 것이다. 나는 '심연의 눈동자'를 활용해, 빈서율의 상태창을 계속 주시했다. 혹시, 쓸 만한 스킬을 가진 몬스터가 있으면 즉시 채용할 생각이었다.

1성 52개, 2성 13개, 3성 5개.

단체 뽑기를 했는지, 결과가 금방 나왔다.

'음, 나쁘지 않네.'

3성(★★★)이 총 다섯 개. 그중 두 개 정도는 나름 쓸 만했다. 탱커형 곰족이랑 마녀족이었는데 할아버지와 양종현이 쓰면 딱 맞을 것 같았다. 나머지는 전부 재료행이었다.

소환이 전부 끝난 빈서율이 일행들을 돌아봤다.

나야 상태창으로 계속 확인했다지만, 다른 일행들은 그녀가 뭘, 얼마큼 뽑았는지 모른다. 단체 뽑기를 할 경우, 개인 뽑기와 달리 주변 유저들에게 어떤 몬스터를 소환했는지 뜨지 않기 때문이다.

"서율 언니?"

"서율아, 왜?"

"어떻게 된 건가."

일행들이 궁금한 표정으로 물어봤다. 그러나, 빈서율이 풀죽은 표정으로 답했다.

"죄송해요. 결과가 안 좋아서. 그냥 따로따로 뽑을 걸 그랬나."

"잘 안 나왔구나? 뭐, 다 그런 거지."

주예린이 어깨를 으쓱했다.

아, 그러고 보니 주예린은 빈서율이 얼마나 축캐인지 모르겠구나. 지하철역에서 대뽑했던 거랑 성벽 위에서 대뽑했던 것. 그녀는 전부 못 봤으니까.

"네에."

"흠, 얼마나 못 뽑았는데?"

"……3성이 다섯 개뿐이에요. 좀 더 뽑았어야 하는 건데. 힝."

"헐, 미친? 다섯 개?"

주예린의 육성이 터져 나왔다. 어이없다는 얼굴이었다.

"3성이 다섯 개라고? 그게 말이 돼?"

"……너무 적죠?"

"뭐, 뭐라고? 와―참, 나 말도 안 나와. 너 어디 가서 그런 말 하면 안 돼. 그거 기만이야……. 아, 아니면 장난인가? 에이, 그렇겠네. 그치, 그런 거지? 아니면 2성을 3성이라고 잘못 말한 거던가, 그치?"

"……잉?"

빈서율의 눈이 동그래졌다. 아무래도 진심으로 본인의 뽑기가 실패했다고 생각하는 것 같았다.

"예린 씨, 보시오."

양종현이 주예린에게 다가가 자초지종을 설명했다. 사실, 지금까지 뽑은 4성 몬스터만 4개라고. 자기가 본 사람들 중 최고의 축캐라고.

"마, 말도 안 돼. 서율이 너 진짜 축캐였구나……?"

"그, 그런 거예요?"

"원래는 3성은 무슨 3성이야. 2성 한 3개? 정도 나오고 나머진 다 1성이어야 정상이라고."

"지, 진짜요?"

"그래, 저 사람! 아니, 저 오빠 봐봐. 10년 동안 3성밖에 못 뽑았단 거 보면 답 나오잖아."

주예린이 괜히 날 걸고 넘어진다.

'뭐, 딱히 틀린 말은 아니지만.'

나도 빈서율이 아델을 뽑았을 당시, 정말 놀랐다. 그 후, 4성을 연달아 뽑아내는 걸 보고, 10년 만에 고집을 꺾고 인정했었다. 이 세상엔 축캐가 존재한다고.

나는 기절할 듯 흥분하는 주예린을 뒤로하고, 일행들에게 지시했다.

"얻은 3만 골드는 아시다시피 전부 광산에 투자하시고, 이번에 얻은 재료는 제가 판단해서 필요한 사람에게 드리겠습니다."

난 이미 전부 4성을 찍었기에, 이번엔 다른 단원에게 양보해야 한다.

탑의 메커니즘이 나 혼자 무쌍 찍는다고 해결되는 게 아니기에, 계속 균형을 맞춰줘야 한다.

"그리고 양종현 씨는 '딩거'(★★★) 가져가시고, 할아버지는 '검붉은 그리즐리 베어'(★★★) 가져가서 키워주세요. 스킬이 괜찮아서 큰 도움 될 겁니다."

"알겠소, 리더."

"알겠네."

쓸 만한 두 몬스터도 나눴다. 이제 일행들의 레벨이 전부 20을 넘겼기에, 슬슬 좋은 몬스터가 나오면 채워 넣어줘야 한다.

나는 일행들을 보낸 후, 강화소로 이동했다.

'2층이라……'

1층이 물량이었다면, 2층부터 5층까지는 한 방 딜 컨셉이다. 그러기 위해서는 딜러나 디버퍼에게 힘을 더 실어줘야 한다.

[강화소(Lv.2)에 오신 것을 환영합니다!]

"1성, 2성짜리 가진 몬스터들 다 3성 재료 카드로 합성해 줘."

[대량 합성이 시작됩니다. 잠시만 기다려주세요.]
['3성 몬스터 재료 카드' 14개를 획득합니다.]

나는 오늘 얻은 재료와 과거 있었던 재료를 전부 합성해 버렸다.

1성 2개, 3성 14개, 4성 1개.

3성 4마리를 4성으로 만들 수 있는 수량이었다.

'이번엔 양종현 씨 다 주자.'

아직까지, 딜러는 충분하다. 게다가, 다들 적어도 4성 하나씩은 가지고 있는데 오직 양종현만 4성이 없다.

결정을 내린 후, 나는 양종현의 '터'로 이동했다. 그는 방금 씻었는지 밖에서 머리를 말리고 있었다.

[이름:양종현]
[나이:43]

[집단:소수정예]

[레벨:20 (Exp 152,000/500,000)]

[특수 정보]

-저주에 걸린 상태입니다. (네르갈의 재판.)

[등록 몬스터:4/4]

-'케일'(★★★) 현재 최고 레벨입니다!

-'도레미'(★★★) 현재 최고 레벨입니다!

-'그림하일드'(★★★) 현재 최고 레벨입니다!

-'딩거'(★★★) 현재 최고 레벨입니다!

[보유 스킬:1/4]

-'치타의 발걸음'(B급):캐릭터 민첩+10.

[능력치]

-힘29, 민첩39, 체력29.

[보유 아이템]

-레벨업 주문서 3.

[보유 골드]

-9,500골드.

'좋네.'

레벨업 주문서도 깔끔하게 사용했고, 광산도 보아하니 4렙 까지 찍었다. 역시 따로 말 안 해줘도 알아서 잘하는 스타일이라 좋았다.

"양종현 씨."

"오, 리더. 오셨소?"

인기척을 내자, 그가 바로 인사했다. 내가 직접 그의 '터'로 간 것이 의외였는지, 눈을 깜빡이면서.

"받으세요."

난 3성 재료 12개를 그에게 건넸다.

"……이걸 전부 나에게?"

"다음 층부터는 양종현 씨의 역할이 더 중요해질 겁니다. 등록하신 몬스터 전부 등급 업그레이드시켜 놓으세요. 아, '방각' 숙련도는 얼마큼 채워두셨나요?"

"아, 이번에 레벨 7까지 찍었소. 항상 슬로우, 방각 위주로 훈련하고 있지."

"잘하고 있습니다."

역시 「몬스터즈」 3년 차 유저답게 정석대로 키우고 있었다. 나는 '심연의 눈동자'를 사용해 그의 몬스터 숙련도를 확인했다. 중요 스킬들이 적절하게 키워져 있는 게, 크게 걱정하지 않아도 될 듯싶었다.

계속 감상하는데, 양종현이 툭 말을 걸어왔다.

"그나저나, 고맙소. 리더."

뜬금없는 감사의 인사. 나는 놀라서 그를 쳐다봤다.

"원래 같았으면, 난 그 아줌마들과 지옥 같은 생활을 하고 있었을 거요. 아니면 이미 싸늘한 시체로 변해 있었겠지."

"……."

"두 번째 메인 퀘스트를 하면서, 그리고 또 이번에 탑을 오르면서 그냥 확신이 들더군. 그때 그대를 용기 내서 찾아가길 잘 했다는 확신. 그리고 그때 그 선택이 신의 한 수였다는 확신."

"……그렇게 고마워하지 않아도 됩니다. 양종현 씨는 집단에 목숨을 걸었고, 집단은 그에 맞는 대우를 해주는 것뿐입니다."

"나도 알고 있소, 단지…… 개인적으로 고맙다는 말은 꼭 해 보고 싶더군."

그가 웃으며 말했다. 그래서 그냥 나도 마주 웃어줬다.

다음 날 아침. 우리는 탑 앞의 광경을 쳐다봤다.

"허, 하루아침에 사람이 꽤나 모였구먼."

할아버지가 말했다. 말씀하신 대로, 불과 하루 전까지 몇 무리 없었던 탑 앞에는 수백 명의 무리가 대기하고 있었다.

주변 곳곳에 빌딩 몇 개가 사라진 것 보니, '터'도 많이 들어 선 것 같았다.

"세상에, 뭔 퀘스트라도 뜬 건가요?"

서지호가 눈을 가늘게 뜨며 말했다. 그러자 서은채가 답했다.

"음, 그냥 주변에 신비한 탑이 보이니까 모여드는 거 아닐까? 뭣도 모르고?"

"그럴 수도 있고, 아니면 오빠가 예측했던 것처럼 벌써부터 사람들이 모이는 걸 수도 있겠지. 땅의 진가를 알아보고."

"오, 그럴 수도 있겠네요?"

"아니면, 그냥 생각 없는 놈들일 수도 있고."

을씨년스러웠던 탑 주변에 슬슬 사람들이 보이자, 일행들이 대화하기 시작했다.

화제가 생긴 것이다.

빈서율도, 양종현도 어울려 참여했다. 어제 보였던 긴장감은 일도 보이지 않았다.

'다행이야.'

확실히 여유가 생겼다. 서로에 대한 끈끈한 신뢰와 믿음이 생겼다.

'이제 9층까지 남은 시간은 약 20일.'

넉넉하다면 넉넉하고 부족하다면 부족한 시간이다. 내가 신호를 보내자, 일행들이 몬스터를 꺼내고 전투 준비를 하기 시작했다.

나 역시 창을 꺼냈다. 빈서율도 어젯밤 깔끔하게 정비해 놓은 석궁을 꺼내 들었다. 자연스럽게 만들어지는 대형.

탑 주변에 서성이던 사람들이 그런 우리의 모습을 쳐다봤다.

"뭐야? 저 사람들? 저기 들어가려는 거야?"

"왜, 아까도 몇 사람들 들어갔잖아."

"그건 한 20명 정도가 들어간 거고!"

"맞아, 내가 알기로 저기 '시련의 탑'이라는 곳인데, 옛날 고인물들도 소수로는 들어가기 꺼려 했다던데?"

"근데, 그런 곳을 고작 일곱 명이?"

"아직, 저층이잖아. 할 만하다고 생각하나 보지."

"와, 저 붉은 용가리 까리한 거 봐라. 나도 저런 거 뽑아보고 싶다."

우릴 보며 숙덕이는 사람들.

일행들이 가슴과 어깨를 쫙 펴고 걷기 시작한다.

'귀엽긴.'

남들과 다른 곳. 더 우월한 곳에 있다는 소속감이리라.

자, 이제 여유에 더해 자신감까지 더해졌으니, 이제 믿음만 주면 된다.

"2층부터 5층까지는 한 번에 돌파할 예정입니다. 제가 지시하는 것만 잘 따른다면, 이번엔 1층보다 체감상 훨씬 쉬울 거예요."

진짜 어려운 건 6층. 그때는 진짜 피나는 연습과 노력이 필요하겠지만, 5층까지는 내 지시로만 커버할 수 있다.

"믿고 가겠네!"

"가자구요!"

일행들의 씩씩한 외침.

우리는 그렇게 탑 앞으로 이동했고.

덜컹.

시커먼 문이 열렸다.

['시련의 탑'에 입장하셨습니다.]
[입장 파티:소수정예(7명)]
[현재 등반 층수:1층]
[다음 도전 층수:2층]

자, 이제 탑 2층을 정복할 시간이 왔다.

[시련의 탑 2층입니다.]

[임무 유형 -섬멸]

[신전 내 존재하는 '시련의 라이칸슬로프'(★★★)를 제거하세요!]

눈을 떴다.

시야에 보이는 것은 어느 정체 모를 방 안. 천장은 반원형 지붕의 형태였고, 바닥과 벽면은 깔끔하게 다듬어진 대리석으로 구성되어 있었다.

'신전 내부로군.'

이번 필드 타입은 신전이다.

신전은 보통 보스형 몬스터나 단일 대상 몬스터를 상대할 때 등장한다.

"이번엔 한 마리만 나온다 했었남?"

"맞아요, 할아버지. 딱 보스 하나요. 공략을 모르면 좀 까다롭긴 한데, 공략만 알면 그만큼 간단한 것도 없죠."

할아버지의 물음에 주예린이 답했다.

나는 피식 웃었다. 「몬스터즈」 초창기, 2층을 깬다고 개고생했던 기억이 떠올랐기 때문이다.

'놈은 전형적인 속성형 몬스터.'

잡기 위해서는 놈의 피부색에 맞는 속성들을 조합해 공격해 줘야 한다. 「몬스터즈」에서 속성에 대한 개념이 널리 퍼진 게, 바로 이 2층 때문이다.

"다들 대열 갖추세요."

내 지시에 할아버지와 서은채가 전방, 나머지는 전부 후미에 일렬로 섰다. 일전에 지시했던 2층 전용 대형이었다. 나는 창을 꺼내든 채로 할아버지 옆에 다가갔다.

"말씀드렸다시피, 놈은 무조건 최전방에 있는 몬스터만 공격할 겁니다."

"몬스터들 번갈아 가면서 맞아주기만 하면 되는 게지?"

"그렇습니다. 체력 관리해 가면서요."

"알겠네, 맡겨주게."

"은채는 다른 데 집중 말고, 이번엔 할아버지한테만 신경 써주면 돼."

"네, 알겠어요."

두 명이 굳은 표정으로 답했다.

좋다. 이제 준비는 끝났다. 눈앞에 보이는 문. 그리고 옆에 보이는 스위치. 그 스위치를 누르면 문이 열리고 곧바로 라이칸슬로프가 튀어나올 거다.

슈웅-타악!

빈서율에게 눈짓을 하자, 볼트가 날아가 스위치에 박혔다.

콰르르릉!

그와 동시에 솟구쳐 올라가는 대리석 문.

그리고 그곳에서 흘러나오는 회색 연기.

[문이 열렸습니다.]

[근처에 '시련의 라이칸슬로프'(★★★)가 등장합니다.]

크와아아!

시뻘건 눈을 빛내는 라이칸이 앞으로 튀어나왔다.

역시, 놈은 패턴대로 움직였다. 곧바로 전방에 있는 할아버지의 '라이'(★★★★)에게 돌진했다.

"아직 대기."

숨죽인 채로 공격 준비만 하는 단원들.

나는 안력을 집중해 놈의 피부색을 확인했다.

'파랑색.'

파랑색은 오직 '수'(水) 속성으로만 공격해야 한다. 만일, 다른 속성으로 공격했다가는 통하지도 않을뿐더러, 모든 체력을 회복하고 더욱더 강해진다. 실수할 때마다 진화한다는 거다.

'조심해야 해.'

기회는 딱 세 번. 놈이 세 번 진화하게 되면, 그때부터는 답이 없다. 그냥 다 뒈지는 거다.

'일단, 기다리자.'

그리고 일행들 중 '수'(水) 속성을 지닌 몬스터는 '유령마 켈피' 뿐. 아직, 공격 타이밍이 아니다.

크아아아!

라이칸슬로프의 발톱이 곰족 '라이'를 할퀴기 시작했다. 제법 날카로운 기세에 '라이'가 고통스럽게 울부짖었다.

"유지넬 힐링!"

서은채와 할아버지가 다급하게 움직였다. 나는 그 모습을 지켜보며 놈의 피부색이 바뀌길 기다렸다. 그러나 1분이 지나고, 2분이 지나도 바뀌지 않는다.

벌써 라이의 체력이 반이나 빠졌다. 풀 버프와 힐링이 들어간 상태임에도 불구하고 굉장히 빠른 속도다.

'그냥 무명으로 찔러 봐?'

순간, 고민이 들었다.

'무명'(無名)(EX급)의 능력 중 하나.

'모든 속성에 우위 대미지를 부여합니다.'

이것 때문이었다.

그러나, 이건 확실한 해법이 아니다. 속성의 우위 대미지를 부여하는 것일 뿐, '수'(水) 속성으로 찌르는 건 아니니까.

'이건 마지막 보루다.'

사실, 그렇게 위기 상황도 아니다. 3마리면 위험했겠지만, 탱커가 4마리이기 때문에 충분한 로테이션이 가능하다.

"오빠!"

그렇게 3분쯤 흘렀을까, 주예린이 외쳤다. 고개를 들어 피부를 확인했다.

'빨간색.'

지금이었다. 우리가 가장 원했던 색깔. '화'(火) 속성이 먹히는 색깔이다.

"지금입니다!"

서둘러야 했다. 또, 언제 색깔이 바뀔지 모르는 일. 최대한 빨리 극딜을 넣어야 한다.

"디버프 걸었소!"

양종현의 '방깍' 디버프가 먼저 들어갔고-

"뽈하피!"

"아그니스!"

이어서, 나와 주예린이 외쳤다.

콰아아아!

그 순간, 레드 드래곤의 브레스가 놈 전체를 뒤덮었다.

슈우우웅!

콰콰콰콰쾅!

뽈하피의 뿔 4개와 깃털 8개도 동시에 날아가 연달아 폭발했다.

'완벽하네.'

제대로 들어갔다. 이보다 더 깔끔할 수가 없을 정도였다. 고작 3성짜리 필드 보스가 버텨낼 리 없을 정도의 압도적인 딜링.

-키엑!

굉음 속에서 단말마의 비명 소리가 들려왔다. 놈은 제대로 대응하지도 못한 채 그대로 죽음을 맞이했다.

[축하합니다! 시련의 탑 2층을 클리어하셨습니다.]

[생존자 전원에게 특수한 보상이 지급됩니다.]

[생존 인원 총 7/7명]

[클리어 보상:중급 몬스터 소환 이용권 15개, 10,000골드]

['담건호' 파티가 '현재 랭킹 1위(2층)'를 달성합니다.]

[클리어 시간 -00:07:45]

[추가로 각각 20,000골드씩 지급됩니다.]

빛이 다시 공간을 휘감았다. 곧이어 다시 탑 앞으로 돌아왔다.

"나이스!"

일행들이 환호했다. 빈서율도 고개를 끄덕였다.

"확실히 쉽네요."

"그럼, 고작 2층인데."

주예린이 빙긋 웃으며 답했다. 확실히 쉽긴 쉬웠다. 초창기 때는 이게 뭐라고 그렇게 어려워했는지 모를 정도로.

아마, 그 당시엔 각 멤버 성장 메커니즘이 포지션별로 이루어져 있지 않아서 더 어려웠을 거다. 사실, 이번 작전의 핵심은 힐러와 탱커였으니까.

"바로 다시 오를 겁니다. 준비하세요."

"보상은요?"

"5층까지 오르고 한 번에 정리해도 괜찮습니다. 어차피 다 쉬워서."

"알겠습니다!"

일행들은 이제 완전히 자신감이 붙어버렸다. 나와 주예린뿐만 아니라, 서지호나 빈서율의 자세에도 여유가 넘쳐 흘렀다.

"5층까지는 몇 가지 함정만 조심하면, 다 꼼수로 해먹을 수 있어서 군이 스펙업 안 해도 괜찮아요."

주예린도 부연했다.

흠, 꼼수라니……. 너무 풀어지는 느낌이었지만 괜찮다.

지금은 이런 모습이라 해도, 또 탑에 입장할 때면 확실히 집중해 주니까. 게다가 진짜 꼼수이기도 했고.

[시련의 탑'에 입장하셨습니다.]

우리는 곧바로 3층으로 이동했다. 다시 빛이 전신을 감쌌고, 눈을 뜨자 또 낯선 공간이다.

필드 타입은 숲이었다. 탑 안이라는 게 믿기지 않을 정도로 드높은 하늘. 그리고 기다랗게 솟아 있는 침엽수들. 눈앞엔 오솔길이 두 갈래로 나 있었다.

[시련의 탑 3층입니다.]
[임무 유형 -점령]
[두 필드의 고지를 '동시에' 점령하세요.]
[필드 몬스터는 입장 인원수에 비례해서 등장합니다.]

3층은 소수일수록 유리한 층이다. 아마 10명 단위로 필드 보스급 몬스터들이 대거 등장할 거다. 내가 기억하기로는 그렇다.

물론, 여기는 몬스터를 잡고 깨는 구간이 아니다. 꼼수로 깨야 한다. 정석대로 하려 하면 한도 끝도 없는 구간이 여기다.

"오빠가 왼쪽? 오른쪽?"

주예린이 하품하며 물어왔다.

"왼쪽."

나는 간단히 답했다. 사실 두 오솔길 중 어디를 가든 상관없다. 결국, 그 위에 고지만 점령하면 끝난다.

"나머지 대원은 여기서 기다리세요."

"네? 그게 무슨……."

"혹시 몬스터가 오더라도 기본 대형으로 상대하면 할 만할 겁니다. 여기는 버티기만 하고 계시면 끝납니다. 나머지는 저랑 예린이가 다 할게요."

나는 뿔하피 위에 올라타며 말했다.

옆을 보니 주예린도 레드 드래곤 위에 탑승하고 있었다.

"……."

마주치는 눈빛.

주예린이 고개를 끄덕였다. 준비됐다는 뜻이다. 그래, 그럼 시작해 볼까?

난 곧바로 뿔하피의 머리를 쓰다듬었다.

그러자 그르릉- 거리는 뿔하피.

"가자. 뿔하피."

[웅! 주인님!]

허공으로 날아올랐다.

이곳 클리어 조건은 간단하다. 일행들이 몬스터를 상대로 버티는 동안, 고지만 '동시에' 점령하면 된다.

그리고 '점령'은 나와 주예린이 각각 하나씩 맡는다.

뿔하피가 속도를 냈다. 위에서 바라보니, 숲속 곳곳에 각종 몬스터들과 함정들이 보인다.

이곳은 악마의 숲이다. 직접 땅을 밟고 지나가려 하면 시간도 오래 걸리고 까다로운 그런 지옥 같은 숲.

무려, 10분을 날았다. 그제야 고지가 보였다. 고지에도 몇몇 몬스터들이 자리 잡고 있었다. 나는 바로 창을 꺼내 들었다.

"가까이 붙어서 멈춰줘."

[웅!]

'점령'의 방식은 간단하다. 고지 위에 있는 몬스터들을 모두 섬멸한 후, 1명 이상이 위에 서 있으면 된다.

이게 문제가 되는 건, 두 고지에 동시에 서 있어야 한다는 것. 그래야 3층이 클리어된다. 그래서 본래는 두 팀으로 나눠서 차근차근 올라가 점령해야 한다. 그게 3층을 깨는 정석적인 방법이다.

'그러기엔 시간이 너무 오래 걸리지.'

내 목표는 모든 층에서 랭킹 리셋 보상을 챙기며 올라가는 것. 그러기 위해서는 클리어 시간을 누구보다 빠르게 해야 한다.

['디스트럭션 쇼크웨이브'를 가동합니다.]

온몸에서 막대한 기운이 끌어 올랐다. 역시, 뭉쳐 있는 적을 잡는 데는 이것만 한 게 없다.

"하앗!"

기합을 힘껏 내질렀다. 그리고 창을 밑으로 내리 찔렀다.

수우우우!

몸에서 에너지가 빠져나가는 느낌과 함께, 쏘아져 나가는 황금빛 웨이브.

쿠콰가가!

역시, S급 스킬답게 고지 위에 존재하는 몬스터들을 시원하게 찢어 발긴다.

"뿔하피 너도 마무리로 던져!"

[웅! 주인님!]

뿔하피 역시 뿔과 깃털을 날린다. 뿔은 하피가 조준했고, 깃털은 유도 기능이 달려 남아 있는 잔몹들에게 다가가 터진다.

콰아아아!

깔끔하게 정리된 고지.

그 위에 나와 뿔하피가 착지했다.

[서쪽 고지를 점령하셨습니다!]
[점령한 고지:1/2]

"우리가 빨랐네?"

[웅! 웅!]

주예린보다 빨랐나보다.

나는 뿔하피와 함께 고지 위에서 경치를 감상했다. 물론, 주예린 걱정은 일도 하지 않았다. 겨우 3층에서 실수할 그녀가 아니기에.

　오랜만에 맡아보는 나무 냄새가 코를 자극했다. 그러고 보니, 한국에서는 볼 수 없는 풍경의 숲이었다. 날씨가 후덥지근하지 않으면서도 나무는 열대우림이라도 되듯 무척이나 크게 자라 있었다.

　"시원하고 좋네."

　[웅! 주인님!]

　옆에서 떨어지지 않는 뿔하피.

　뿔하피도 내 말에 동감하는지 고개를 끄덕였다. 그나저나, 언제까지 '웅'이랑 '아니'만 말하려나? 5성을 찍게 되면 제대로 소통할 수 있으려나? 라고 생각할 때였다.

　[동쪽 고지를 점령하셨습니다!]

　[점령한 고지:2/2]

　"성공했나 보네."

　주예린이 마침내 고지를 점령했나 보다.

　그와 동시에 클리어 메시지가 떴다.

　[축하합니다!]

　[시련의 탑 3층을 클리어하셨습니다.]

　[클리어 보상:레벨업 주문서 10개, 10,000골드]

　['담건호' 파티가 '현재 랭킹 1위(3층)'를 달성합니다.]

[클리어 시간 -00:17:40]
[추가로 각각 20,000골드씩 지급됩니다.]

역시, 3층도 우리가 1등이었다.

"또 바로 올라갈 거죠?"

"그럼."

서은채의 물음에, 난 웃으며 답했다. 3층을 완주했는데, 아직도 아침이다. 배가 고프지도 않다. 그만큼 빨리 깼다는 뜻.

"따라오시죠. 이번에도 제 말만 따르면 별거 없을 겁니다."

"와……. 이러다 점심 먹기 전에 끝나는 거 아니에요?"

"그럴 수도 있을걸?"

우리는 다시 탑 안으로 입장했다. 제대로 탄력이 붙어버렸다. 경험상, 이 기세 그대로 밀고 나가야 한다.

그렇게 약 11분 후-

[띠링-]

[축하합니다!]

[시련의 탑 4층을 클리어하셨습니다.]

4층은 간단했다. 4층의 임무 유형 역시 섬멸. 이번 층도 나와 주예린이 주도했다. 난이도는 어렵지 않았다. 탑 93층까지 올라온 우리에게는 하품 나올 정도로 간단한 트릭이었다.

"믿을 수 없소."

양종현이 경악했다.

"왜요?"

빈서율이 고개를 갸웃했다.

"아까부터 꿈을 꾸고 있는 기분이오. 내 리더만큼은 아니지만, 그래도 「몬스터즈」 3년 차 플레이언데……. 이런 식의 플레이는 듣도 보도 못했소. 핸드폰으로 해도 힘든 걸 어찌 이렇게 간단하게……."

"양 씨 아저씨. 벌써 놀라시면 큰일 나요. 저는 그거 5년 동안 따라다니면서 느꼈는데. 이 정도는 진짜 아무것도 아니걸랑요."

주예린이 실실 웃으며 답했다.

나 역시 피식 웃었다. 그녀 말이 맞다. 아직 겨우 4층뿐인데, 이 정도로 놀라면 섭하다.

"그럼, 5층도 바로 달리겠습니다."

"넵! 믿겠습니다! 형!"

"좋지. 바로 가자고."

5층 역시 간단했다. 임무 유형은 트랩 제거. 때문에, 이번엔 서지호가 활약해 줬다.

"잘했어, 지호야."

"고마워요, 형."

"허허- 이번엔 지호 덕분에 쉽게 가는구면?"

"지호, 나이스!"

일행들의 칭찬에 쑥스러워하며 머리를 긁적이는 서지호.

처음에 정찰 포지션을 맡겼을 때, '멋' 타령하던 서지호는 이제 없었다. 훈련을 많이 했는지, 컨트롤도 그렇고 스킬 사용도 그렇고 아주 깔끔해졌다.

'잘해주고 있군.'

걱정했었는데, 기대 이상이었다. 정찰도 정찰이지만, 경계를 끝내주게 잘한다. 가끔 시키지 않아도 알아서 자리 잡고 경계하는 것 보면, 짬 찬 엘리트 상병을 보는 듯했다. 앞으로의 활약이 기대됐다.

[시련의 탑 5층을 클리어하셨습니다.]

[생존자 전원에게 특수한 보상이 지급됩니다.]

['담건호' 파티가 '현재 랭킹 1위(5층)'를 달성합니다.]

역시, 5층도 1등. 생각보다 빨랐다. 오늘 하루 5층까지 오르는 데 총 3시간이 걸리지 않았으니 말 다 했지.

"6층은요?"

"6층은 안 돼."

서은채의 물음에 난 단호하게 답했다. 5층까지는 여유롭게 깼다지만, 6층부터는 많이 힘들 거다. 여태까지와 달리 성공률 100%를 장담하기도 어렵다. 최대한 안전하게 깨기 위해서는 적어도 이틀 정도의 훈련과 반복 숙달이 필요했다.

"일단, 점점 배도 고파오고, 보상도 정리해야 하니 '터'로 이동합시다."

"넵!"

각 120,000골드, 각 레벨업 주문서 10개, 중급 몬스터 소환 이용권 245개, 상급 몬스터 소환 이용권 21개.

"와……."

"허어."

'터'에 둘러앉아 보상을 확인한 일행들에게 감탄사가 터져 나왔다. 2~5층의 보상을 모두 모으니, 입이 떡 벌어지는 수준의 보상이 나왔기 때문이다. 그간의 메인 퀘스트가 무색할 정도로 압도적인 양의 보상이었다.

"대단하구먼, 고작 5층인데……."

"고작이 아닙니다, 어르신."

할아버지의 감탄에, 양종현이 고개를 저었다.

"아마, 전무후무한 기록일 겁니다. 아무리 스펙이 좋다 해도, 이 시기에는 절대 나올 수 없는 그런 기록이었습니다."

"그 정도인가?"

"네, 장담할 수 있습니다. 허- 7년 전 탑 5층까지 오르려고 몇 달이고 발악했던 걸 생각하면 이건……."

양종현이 허탈한 목소리로 중얼거렸다.

그의 마음이 이해는 됐다. 나도 초창기엔 그랬었으니까.

"자, 그럼 먼저 뽑기를 시작해 볼까요?"

나는 박수를 치며, 분위기를 전환했다.

우리는 다시 소환권들을 빈서율에게 넘겼다. 특히, 이번엔 상급 소환 이용권이 있다. 그것도 21장이나. 빈서율의 전적대로라면 적어도 4성 하나는 뽑아줄 거라는 기대감이 있었다.

"서율 씨."

"네!"

"그냥 마음 편히 질러주세요."

"알겠어요."

빙긋 웃으며 답하는 그녀.

중급 245장. 그리고 상급 21장. 중급은 1성부터 3성까지 나오고 상급은 1성부터 4성까지 나온다.

"중급부터 깔게요?"

"네, 하나하나 까면 귀찮으니까 단체 뽑기로 진행하세요."

"넵!"

옛날에는 막 긴장하고 그랬는데, 이제는 여유롭게 뽑는다. 뭐, 혹여나 그녀가 못 뽑아준다 해도 상관없다. 지금까지 뽑아준 것만 해도 엄청나니까.

번쩍! 번쩍!

아무리 단체 뽑기라 해도 245장은 나름 오래 걸렸다. 나 역시 집중해야 했다. 정신없이 쏟아지는 몬스터들의 향연 때문이다. 나는 눈을 빠르게 굴려 계속 스캔해 나갔다.

1성(★) 203개, 2성(★★) 29개, 3성(★★★) 13개.

'후우, 역시나 다 재료네.'

그래도 잘 나왔다. 무려 3성이 13개. 이 정도 재료면 이제 모든 단원의 4성화가 가능해질 거다.

더해서 오늘 안에 내 거 5성도 올릴 수 있겠는데? 레벨업 주문서도 얻었으니…….

"후우, 이번엔 3성 13개네요."

"꺄악! 서율아! 잘했어!"

주예린이 빈서율을 껴안았다. 13개 정도면 정말 선방이었다. 역시는 역시인가. 10년 동안 축캐를 인정하지 않고 고집을 부렸던 나 자신이 초라해지는 결과였다.

뭐, 어쨌든 좋은 건 좋은 거니까.

"이제, 상급 갈게요."

"네, 서율 씨."

상급 21장. 이건 하나하나씩 까기로 했다. 메시지창을 보고 싶다는 일행들의 의견 때문이었다.

[두근두근!]

[소환소가 활성화됩니다!]

[근처에 곰족 '우브'(★)가 소환됩니다.]

[근처에 늑대족 '하올'(★)이 소환됩니다.]

[근처에 여우족 '이미호'(★)가 소환됩니다.]

……

쭉, 올라오는 메시지.

간혹가다 올라오는 2성을 제외하고는 거의 다 1성이었다. 그래, 아무리 상급이라 해도 원래 이게 정상이지. 라고 생각할 찰나

[신비한 기운이 공간 전체를 감쌉니다.]

[강력한 힘이 한 곳에 집중합니다.]

[빰빠밤!]

[근처에 여우족 '구미호'(★★★★)가 소환됩니다.]

'허?'

때는 14번째 소환. 마침내 사고가 터져 버렸다.

"저, 정말이야. 이거?"

주예린이 경악했다. 놀랄 만도 하지. 벌써 4성만 다섯 개째다. 「몬스터즈」를 조금이나마 했던 유저라면 절대 믿지 못할 그런 광경이었다.

나는 재빨리 '구미호'의 스펙을 확인했다.

[몬스터:'구미호'(★★★★)]

[종족:여우족]

[레벨:1 (Exp 0/150)]

[보유 스킬:4/4]

-유혹(Lv.1):보스를 제외한 두 등급 아래의 몬스터들을 20초

동안 행동불능으로 만든다. (범위:반경 10m) (제한:30분에 1번)

　-트랩감지(Lv.1):반경 20m 내, 트랩이 존재할 시 여우가 감지한다.

　-꼬리치기(Lv.1):9개의 꼬리는 채찍과도 같다. (제한:30분에 1번)

　-불의 가호(Lv.1):불의 정령들이 친근감을 느낀다.

　'이번에도 '화'(火)속성이네.'

　살짝 아쉬웠다. 우리 집단에 '화'(火)속성은 나와 주예린으로도 충분했으니까.

　'그래도 트랩감지 스킬은 나이스야.'

　숙련도를 쌓을수록 빛을 발하는 스킬이다. 특수 조건으로만 발동되는 어려운 트랩까지 단박에 찾아주는, 탑 등반 필수 스킬이다. 특히 '레드폭스'(★★★)의 트랩 제거와 함께 사용하면 괜찮을 거다. 이건 역시 서지호에게 줘야겠다.

　빈서율은 계속 주문서를 활성화했다. 아쉽게도, 그 이후의 4성은 없었다. 아니, 전혀 아쉽지 않았다. 4성 한 개면 선방을 넘어선 대박이니까.

　"와…… 이게 진짜였구나."

　주예린이 넋 놓고 빈서율을 쳐다봤다. 마치, 소중한 보물이라도 보는 듯한 눈빛이었다.

　나는 빈서율에게 뽑은 몬스터들을 건네받았다. 그리고 기존에 가진 재료와 합쳤다.

　'많이도 모였네.'

　역시, 탑만큼 빠른 성장 방법은 없다. 아무리 메인 퀘스트를 빠르게 민다 해도, 이 정도까지 성장하는 것은 불가능할 거다.

나는 멀뚱히 앉아 있는 일행들에게 말했다.

"자, 이제 해산입니다. 6층 공략은 나중에 알려 드릴 테니, 일단 아직까지 3성 들고 계신 분은 오늘 안에 전부 4성으로 업그레이드해 주세요."

일행들을 전부 해산시켰다. 그 후, 강화소로 이동해 1, 2성 재료들을 전부 '3성 재료 카드'로 만들었다.

날 찾아온 사람은 네 명이었다.

빈서율 1마리, 서은채 2마리, 서지호 2마리, 할아버지 3마리. 해서, 총 3성짜리 8마리가 4성으로 진화했다. 처음에 목표로 잡았던 전원 4성화가 마침내 완성된 것이다.

물론, 그러고도 재료가 남아돌았다.

'많긴 많네, 진짜.'

확실히 혼자 모으는 거랑 집단이 함께 모으는 거랑은 차원이 달랐다. 나 혼자 솔플했다면, 탑을 깬다 해도 절대 이 수량으로 모으지 못했을 거다. 도전하는 자의 수가 많을수록 더 많은 보상을 받을 수 있으니까.

'마음 같아선 보상받고 버스 얻어탈 사람이라도 구해보고 싶지만……'

탑은 한 명이라도 합이 맞지 않으면 위험해질 수 있다. 그냥 지금 이 멤버 그대로 가는 게 안전하다.

'훈련하기 전에 5성부터 만들어보자.'

일단, 내가 가진 몬스터부터 전부 5성을 찍을 예정이다. 내가 가진 4성 3마리를 전부 5성으로 만드는데 드는 4성 재료의 수는 12개. 지금 있는 재료로 충분하다.

"뿔하피, 켈피, 그리고 엔트로피.'

무려 3피. 나는 내 소중한 몬스터들을 꺼내 강화소 앞에 세웠다.

[주인님! 주인님!]

등급 업그레이드를 할 참인 걸 알았는지, 뿔하피가 신나서 날뛰었다.

그래, 좀만 기다려라.

나는 가슴이 두근거렸다. 과연, 뿔하피는 5성이 되면 나와 제대로 된 소통을 할 수 있을 것인가.

제법 기대된다.

Chapter 2

'좋았어.'

강화소에서 가진 재료들을 모두 4성 재료 카드로 바꿨다. 이제, 내가 가진 모든 몬스터들을 5성화할 차례.

일단, '유령마 켈피'부터 육망성 문양 위로 올려보냈다.

푸르르!

신나게 투레질하며 올라가는 켈피.

투웅! 푸히힝!

그러나 튕겨져 나온다.

[4성 몬스터가 올라가기 위해선, 강화소의 레벨이 최소 4여야 합니다.]

'하- 맞다. 또 이런 실수를.'

「몬스터즈」 초창기 때도 항상 실수했었는데, 이것도 참……
버릇이라면 버릇이다.

"미안. 미안해, 켈피."

나는 내 머리를 혼자 한 대 쥐어박고, 켈피의 갈기를 쓰다듬
으며 달래줬다.

문득, 일행들 생각이 났다.

'광산에만 투자하라고 했었는데.'

그래도 4성까지 무사 진화시킨 거 보면, 알아서 강화소에
투자했었나보다.

쩝, 다들 그 정도 센스는 있겠지.

나는 30,000골드를 투자해 강화소를 4렙으로 업그레이드시
켰다. 그 후, 남은 돈은 전부 광산에 틀어박았다.

70,000골드를 박으니 광산 7렙이다.

그렇게 투자해도 남은 골드가 51,800골드.

[골드 광산(Lv.7)]

-지속적으로 골드를 생산하는 광산입니다.

-효과:골드 채광 + 2,000골드/1일.

'이제 어느 정도 자리 잡혔네.'

골드 광산이 황금알 낳는 거위 수준까지 올라왔다. 나중에
'거래소' 레벨을 올리면 등장하는 비싼 히든 아이템들을 사려

면, 평소 골드 수급은 필수다.

"다시 올라가자, 켈피."

나는 켈피를 다시 제단에 올렸다.

['유령마 켈피'(★★★)를 '유령마 켈피'(★★★★)로 등급 업그레이드하시겠습니까?]

[잠시만 기다려 주세요!]

[축하합니다. '유령마 켈피'(★★★★)로 등급 업그레이드되었습니다!]

다음, 몬스터들도 바로바로 진행했다. 레벨업 주문서를 사용하는 것도 잊지 않았다.

[축하합니다. '엔트로피'(★★★★★)로 등급 업그레이드되었습니다!]

[축하합니다. '연옥 뿔하피'(★★★★)로 등급 업그레이드되었습니다!]

신비한 빛과 함께 성장하는 엔트로피와 뿔하피.

'허.'

난 뿔하피를 멍하니 쳐다봤다. 얼굴과 몸매는 변함없었다. 다만 달라진 거라면······.

'뭔가 간지 나졌어.'

4개였던 뿔도 다시 2개로 줄었다. 다만, 더 날카롭고 튼튼하게 변했다. 게다가 날개의 색도 더 붉어졌다. 뭔가 지금까지는 저등급 몬스터의 느낌이었다면, 이제는 뭔가 고등급인 티가 난달까.

[주인님?]

"하피야?"

그래도 귀여운 모습은 여전했다. 내 부름에 하피가 강아지처럼 달려와 안겼다.

"이그, 이그. 이거 버릇인데."

[주인님! 주인님! 반가워!]

"오?"

반갑다고? 이제 말을 제대로 할 줄 아는 건가?

"이제 소통이 되는 거야?"

[응! 나 답답했어! 주인님! 고마워! 나 키워줘서! 좋은 스킬! 좋은 먹이! 고마워!]

"허어-그래, 그래."

신기했다. 기분이 묘했다. 문장이 뭔가 짧은 것 같긴 했지만, 그래도 이제 소통을 할 수 있다니.

감격이었다. 자신이 키운 몬스터와 소통한다라……

「몬스터즈」 플레이 당시에는 상상도 할 수 없는 일이었는데…….

나는 그날 처음으로 뿔하피와 대화다운 대화를 나누었다.

그날 저녁. 훈련소 안.

"뿔하피! 왼쪽으로!"

[웅! 왼쪽으로!]

"고렇지!"

나는 연습하던 마창술을 집어던지고, 새로 개발해낸 하피 창술을 연습했다. 하피에 탄 채로 공중에서 날아다니며 적과 싸우는 방법인데, 가속이 엄청나고 방향전환이 자유롭기에 꽤 유용하게 쓰일 것 같았다.

"하앗!"

힘찬 비명을 내질렀다. 그리고 뿔하피 등에 안긴 상태로 허수아비 인형 하나를 향해 창을 내질렀다.

콰드득!

인형이 창에 꿰뚫려 따라 올라왔다.

"자, 찔렀고! 그다음 바로! 깃털 폭파!"

[깃털 폭파아!]

하피가 빼액 소리 지르며 허공으로 솟구쳤다.

그와 동시에 내리꽂히는 하피의 깃털들.

콰가가강!

바닥에 있던 다른 허수아비 인형 수십 개가 갈기갈기 찢어졌다.

"나이스, 잘했어!"

[나이쓰!]

"뿔하피, 왼쪽 전환이 쉬워, 오른쪽 전환이 쉬워?"

[음, 나 왼쪽?]

"오케이, 왼쪽 위주로 연습 더 해보자."

[웅! 웅! 주인님!]

의사소통이 되니, 훈련이 훨씬 편해졌다.

'이제 공중까지 커버할 수 있겠어.'

지금은 괜찮지만, 나중 가면 공중전도 필수이기에 미리 연습해 놓을 필요가 있다.

[훈련소 인형을 보충합니다.]

다시, 새로운 인형을 보충할 때였다.

"건호 씨?"

훈련소에 빈서율이 찾아왔다. 곧이어 뿔하피 위에서 창을 휘두르는 걸 본 그녀가 경악했다.

"와, 이게 무슨……! 이제 공중까지 섭렵하시려는 거예요?"

"아, 잠시만요."

나는 바닥에 내려섰다. 그리고 하늘을 쳐다봤다. 음, 벌써 시간이 이렇게 됐나? 아직 해가 완전히 지지는 않았는데…….

사실, 단원들에게 해가 질 때까지 정비를 마치고 내 훈련소로 모이라 지시한 상태였다.

"다른 일행들은요?"

빈서율에게 물었다.

"헤헤, 아마 두 시간 정도 남았을걸요?"

"그럼, 왜 벌써?"

"저도 이제 근접전을 연습해 보고 싶어서요."

그녀가 볼트 하나를 꺼내 들어 역수로 잡았다. 단검 대신 볼트를 쓴다고? 내가 빤히 쳐다보다 빈서율이 급히 말을 이었다.

"볼트가 떨어지거나, 갑작스러운 근접전에 저도 대처할 수 있는 방안이 있어야겠더라구요."

"그렇군요."

맞는 말이다. 사실, 일행들을 부른 이유도 거기에 있었다.

'보호족'을 지닌 주예린이나 양종현은 괜찮다지만, 나머지 인원들이 너무 몬스터에게만 의존하고 있기 때문이다.

지금까지는 괜찮았지만, 탑 6층은 다르다. 그에 맞는 예행연습이 필요했다.

"혹시, 도와주실 수 있나요?"

"흠, 창밖에 모르는 제가 뭘 어떻게……."

"그냥 저랑 상대해 주세요."

"네?"

놀라서 되물었다. 아무리 그녀가 발전했다 해도, 아델까지 이기는 나다. 그런 나와 1:1을?

"……건호 씨 상대로 연습하다 보면, 누가 와도 해볼 만할 것 같다는 생각이 들어서."

"……음."

기특한 생각이었다. 그녀가 근접전까지 보충하게 되면, 팀의 전력도 좋아진다. 게다가 스펙과 실력이 오를수록 더 좋은 연습 상대가 될 수 있다.

"잘됐네요. 그동안 감 좀 떨어졌었는데."

"해주실 거예요?"

"그러죠. 일행들 오기 전까지 몸만 좀 풀어봅시다."

"넵!"

그녀가 역수로 잡은 볼트를 막무가내로 흔들며 준비 동작을 취했다. 누가 알려준 사람이 없기에, 기본도 안 되는 풋내기 동작이었다.

"후, 아니요."

난 그런 빈서율을 바라보며 고개를 흔들었다.

"네?"

"석궁을 드세요."

그녀가 고개를 갸웃한다.

난 그녀를 일부러 싸늘하게 쳐다봤다.

"지금부터 살아남기 위해 몸부림치세요. 진심을 다해 상대하세요, 그렇지 않으면……"

실력이 빨리 느는 법은 간단하다. 바로 한계까지 몰아붙이는 것. 스승도 교본도 없는 세상에서 혼자 기술을 익히려면 생사를 걸어야 한다.

"많이 아플 겁니다."

나는 창을 들어 자세를 취했다. 그리고 눈짓을 보냈다. 준비됐냐고 묻는 거다. 빈서율이 침을 꼴깍 삼켰다. 그러더니 석궁을 들었다.

"아, 알겠어요. 제대로 할게요."

그와 동시에 뒤로 내달렸다.

나와 거리를 벌리려는 수작. 좋은 판단이었다.

빈서율이 석궁을 조준했다. 나 역시 진지한 태도로 집중했다. 그녀의 볼트는 나에게도 많이 위협적이다.

슈웅! 슈웅!

2연발로 날아오는 볼트. 재빨리 스텝을 밟아, 하나를 피했다. 그러나 뒤에 있는 볼트가 살짝 굴곡지게 날 노리고 날아온다.

'호오, 피할 걸 예측했어?'

까앙!

반사적으로 창을 들어 쳐냈다. 욱신거리는 손아귀. 그러나 이 정도로는 어림없다.

"하앗!"

난 땅을 박차고 질주했다.

까앙! 깡!

계속 날아오는 볼트를 옆으로 흘리면서 그녀에게 붙었다. 당황하는 빈서율의 모습이 클로즈업된다. 난 그런 그녀에게 창을 찔러넣었다.

"꺄악!"

비명을 지르며 볼트로 창을 쳐내는 그녀. 창날과 쇠 촉이 맞부딪치는 소리가 훈련장 내부를 쩌렁쩌렁하게 울렸다.

오른손으로 볼트를 잡고 있던 빈서율의 손아귀가 찢어진다. 나는 곧바로 그녀의 팔을 향해 창을 휘둘렀다.

"허억!"

순식간에 뒤로 물러나는 그녀. 그동안 같이 운동해서 그런지 꽤나 재빠르다. 그와 동시에 전방에 날아오는 볼트. 그 와중에 물러나면서 조준사격을 한 것이다.

슈웅!

나는 곧바로 고개를 살짝 꺾어서 피했다. 그러나 뺨이 뜨거워졌다. 흐르는 피가 느껴졌다. 살짝 스쳐 베인 것 같았다.

'오, 괜찮네.'

나쁘지 않았다.

그래도 자신은 있었다는 건가?

다시 연달아 조준하는 빈서율. 그러나 조준 방향이 뻔히 보인다. 두 번 당할 내가 아니기에 곧바로 옆으로 스텝을 밟았다.

'아델에게 배웠던 보법.'

물 흐르듯 매끄럽게 움직이는 육체가 어느새 그녀의 측방을 점령했다. 갑작스레 붙은 나에게 당황하는 그녀. 그리고-

퍼억!

창대로 그녀의 허벅다리를 후렸다.

"꺄악!"

차마 피하지 못하고 자빠지는 그녀. 그 즉시, 석궁을 발로 찬 후에 창으로 그녀의 목에 가져다 댔다. 빈서율이 고통스러운 표정으로 날 쳐다봤다.

"너, 너무해."

"할 거면 제대로 해야죠."

"쏴도 다 막는데 어떡해요."

"그건 서율 씨 사정이고. 계속 그렇게 누워 있을 겁니까? 겨우 그런 각오로 대련 신청한 거예요?"

"큭, 알았다구요."

그녀가 다시 일어났다. 그래도 능력치가 많이 올랐다고, 한 방 정도는 견딜 만한가 보다.

빈서율이 다시 석궁을 줍고 나를 노려봤다. 투기를 다지는 거다.

"다시 해 봐요. 그래도 뺨에 상처는 냈네."

"이젠 그럴 일 없을 겁니다."

말은 그렇게 했지만, 생각보다 괜찮았다. 근접전은 형편없는 수준이었지만, 원거리 공격은 그래도 날카로웠다.

'무엇보다 재능이 있어.'

몸놀림이 날랬다. 한 번이었지만 분명히 내 창을 피했으니까. 나는 다시 창을 들어 자세를 잡았다. 그리고 그녀에게 말했다.

"어차피, 주거지도 있고, 은채도 곧 오니까 좀 더 날카롭게 가겠습니다."

"그, 그 말 좀 무서운데요?"

"자, 갑니다!"

곧바로 달려들었다. 아까운 훈련 시간. 나든, 빈서율이든 뭐라도 얻어가야 하지 않겠는가.

"흑흑."

그녀가 우는 시늉을 했다. 아니, 진짜 우는 걸지도 모르겠다. 이미 옷은 피로 물들어 있었고, 다리와 팔이 퉁퉁 부어 있어 성한 곳이 없었으니까.

"……너무해."

약 2시간 동안 한 30번은 싸웠다. 전적은 30전 30승. 모두 내 승리였다. 옛날 아델과의 대련이 떠올랐다. 그때는 내가 이렇게 당했었지.

"그래도 많이 늘었습니다."

"그, 그래요?"

그냥 하는 말이 아니었다. 나야 '아레스의 본능' 스킬이 있다지만, 그녀는 스킬의 힘을 받지 않았음에도 불구하고 나름의 운동신경이 있었다.

"네, 그래도 한 다섯 번은 받아치지 않았습니까."

"그거, 놀리는 거 맞죠?"

"아뇨, 진심입니다."

솔직히, 한 대도 못 받아 칠 줄 알았거든.

나는 훈련장에 비치된 물을 그녀에게 넘겼다. 피와 땀으로 범벅된 그녀가 물을 벌컥벌컥 들이마신다. 일행들이 훈련장에 들어온 것은 그때였다.

"어, 언니?"

"아니, 자네 얼굴이 왜 이리 부었는가?"

당황하는 일행들.

서은채가 다급히 유지넬을 꺼내 그녀를 치료했다. 자초지종 설명을 들은 일행들은 빈서율을 추켜세웠다.

'저 괴물 오빠랑 상대할 생각을 하다니 용기 있네.' 라는 주예린의 속닥거림이 귀에 들어왔으나 그냥 무시했다.

어쨌든, 각설하고-

"다들 잘 왔습니다."

나는 일행들을 불러모았다. 유지넬의 힐링이 좋긴 좋은지, 빈서율도 금방 회복한 모습이었다.

어느새 떠드는 것을 멈추고 나에게 집중하는 단원들.

"지금부터 6층 대비 특훈을 시작하겠습니다."

사실, 무엇보다 간단한 게 6층이다. 단, 하나만 해결한다면 말이다. 나는 그 하나를 위해 약 삼 일간 특훈을 시킬 생각이었다.

그리고 특훈을 시작하기 전에 일행들에게 탑 6층에 관한 간략한 설명을 마쳤다.

"······이상입니다. 혹시, 궁금한 거 있습니까?"

일행들을 둘러봤다. 역시, 예상대로 표정이 좋지 않았다. 오전에 보였던 자신감은 이미 사라진 지 오래였다.

그럴 만도 했다. 6층의 입장 방식은 지금껏 해왔던 것과 완전히 다른 방식이었으니까.

"형."

서지호가 물어볼 것이 있는지, 손을 번쩍 들었다. 나는 고개를 끄덕였다.

"어, 물어볼 거 있으면 물어봐."

"음, 그러니까 6층에 입장하게 되면 일행들이 서로 다 떨어진다는 거예요? 뿔뿔이?"

"그래, 제대로 이해했네."

"우, 운 좋게 둘이 붙어서 나오는 것도 없이, 정말 다 멀리 떨어진다고요? 그냥 시스템상으로?"

"어, 혼자 필드에 던져지는 거야. 끔찍한 몬스터들이 앞다투어 달라붙겠지."

서지호가 입을 꾹 다물었다. 주예린과 양종현을 제외한 다른 인원들의 안색도 파리해져 있었다. 이번엔 서은채가 나섰다.

"그럼, 각자 버티고 있는 동안, 아저씨랑 예린 언니가 보스를 처리하는 거네요? 저번 3층에서 임무 유형 점령 깼었던 것처럼……."

"응, 이번엔 거기에 빈서율 씨도 포함할 거야."

옆에 있던 빈서율이 화들짝 놀랐다.

"저, 저도요?"

"네, 6층 보스가 물리 딜링에 약하거든요. 서율 씨와 아델이 지원해 주면 더 빠르게 처리할 수 있을 거예요. 이 방식으로 깨기 위해서는 스피드가 생명이라 어쩔 수 없습니다."

"그치만, 저를 어떻게 찾으시려고……."

"6층의 필드 타입은 숲으로 고정될 겁니다. 그곳에선 공중 이동이 가능해요. 서율 씨가 신호를 보내면, 모찌…… 아니, 주예린이 데리러 갈 겁니다."

"……신호요?"

"네, 거래소에 파는 '신호용 폭죽'을 이용하면 돼요."

"아……."

신호용 폭죽. 거래소에서 100골드에 판다. 서로의 위치를 파악하거나 각종 신호를 보낼 때 이용하는 소모성 아이템이다.

"결국, 요지는 6층 보스를 잡아 클리어할 동안, 각자 생존할 방법을 찾아야 한다는 거네요……?"

서은채가 허탈한 듯 중얼거렸다.

그녀의 말이 맞다. 내가 지금부터 알려줄 것도, 그 생존 방식이었다.

'현재로써는 그게 가장 효율적이니까.'

각자 일행들이 버티는 동안, 6층 보스를 처리하는 것. 그게 가장 스피디하고 무난하게 깰 수 있는 방법이다.

'사실, 나와 주예린. 그리고 빈서율만 들어가서 클리어하는 게 가장 깔끔하지만……'

그래서는 안 된다. 탑의 메커니즘 때문이다. 일행 중 한 명이라도 해당 층을 깨지 못하면, 다음 층에 다 같이 나아갈 수가 없다. 6층을 쉽게 깨자고 일행들을 버리면, 나중에 더 골치 아파지는 거다. 보상이 적어지는 것도 있었고.

"음……. 할아버지, 양종현 씨 그리고 서율 씨는 아마 어느 정도 견딜 수 있을 겁니다. 그쵸?"

할아버지는 탱커고, 양종현은 보호족이 있다. 빈서율은 아델과 석궁을 쓰면 되니 문제없다.

"보스를 제외하고는 모두 2성짜리라 하지 않았나. 그 정도면 어느 정도 버틸 수 있을 걸세."

내 물음에 할아버지가 답했다.

양종현도 고개를 끄덕이며 말했다.

"나도 10분 정도 버티는 것 정도면 충분하오. 비록 무한 리젠 된다지만, 그래도 4성이 4마린데…… 그 정도도 못 버티겠소?"

무한 리젠. 사실, 「몬스터즈」 초창기 6층이 악명을 떨쳤던 것은 바로 다음과 같은 이유 때문이었다.

보스를 제외한 몬스터들이 전부 2성이라 우습게 보이지만, 실상은 숲에서 무한 리젠 된다는 것.

정말 끝도 없이 쏟아져 나온다. 양으로 밀어붙이는 상황에서, 일행들을 다 떨어뜨려 놓기까지 하니 생존이 애매해지는 것이다.

"물론, 10분만 버텨주면 충분합니다."

나는 고개를 끄덕였다. 10분이 뭐야, 약 7분 정도만 버텨줘도 간단히 처리할 수 있다.

문제는 서지호와 서은채. 그 둘이었다.

나는 일행들에게 각각 훈련 방법을 알려준 채로 돌려보냈다. 그리고 서지호, 서은채, 빈서율 세 사람은 남겼다.

"저는 왜요?"

빈서율이 대뜸 물었다.

그래서 답했다.

"아직, 근접전 연습 안 끝났잖아요."

"헐, 아까 30판이나 했는데요?"

"30판'밖에'가 아니라요?"

"……진짜 절 죽이시려고……."

"죽을 만큼 연습해도 늘리기 힘든 게 실력입니다."

"히잉."

입을 삐쭉 내미는 그녀. 물론, 절대 안 통한다. 나는 한쪽 구석을 턱짓으로 가리켰다.

"조금 있다가 다시 대련할 거니까, 구석에서 연습하고 있으세요. 은채도 있겠다, 좀 더 과격하게 해도 되겠네요."

"……."

"하지 말까요? 겨우 그 정도 각오로……."

"후우, 알겠어요. 해요, 해. 한다구요!"

오케이, 빈서율은 됐고.

이제 서 씨 남매다. 이 둘은 내가 직접 봐줘야 한다. 난 이들의 생존율을 적어도 99.9%까지 끌어올릴 생각이었다.

"둘 다 이리 와봐."

두 남매가 긴장한 표정으로 다가왔다. 본인들도 알 거다. 내가 굳이 시간을 투자하고 있는 이유가 자신들 때문이라는 것을.

당연히, 탓하는 건 아니다. 애초에 내가 포지션을 그리 정해 준 거니까.

"먼저 서지호부터."

둘 중 그나마, 서지호가 방법이 쉽다. 그래서 먼저 알려주기로 했다.

"네, 형."

"이제부터 너만의 생존 방법을 알려줄 거야."

"넵!"

"일단, 이번에 받은 '구미호'랑 '레드팍스' 꺼내 봐."

여우족은 함정 해체와 탐지에 특화되어 있다. 그게 대부분의 유저들에게 알려진 상식이다. 그러나 실은 남들이 알지 못하는 정보가 있다. 바로 여우족이 '도굴'에 특화되어 있다는 사실. '도굴 관련 스킬만 주면, 효율이 3배는 나왔었으니까.'

지금부터 서지호에게 알려줄 방식은 「몬스터즈」에서 일종의 전략으로 통하던 거다. '땅굴 파기' 스킬을 이용해 캐릭터를 은신시키는 방법.

'비록, 스킬은 없지만.'

트랩을 해제하는 여우족이니까, 연습시키면 땅은 잘 팔 거다. 아니, 무조건 파게끔 만들어야 한다.

"구미호 '유혹' 스킬 알지?"

서지호에게 물었다.

-유혹(Lv.1):보스를 제외한 두 등급 아래의 몬스터들을 20초 동안 행동불능으로 만든다. (범위:반경 10m) (제한:30분에 1번)

"네, 아까 확인했어요. 범위 스킬에 20초간 단체 행동불능! 단, 두 등급 아래 몬스터들만……. 아, 설마! 그곳에 나오는 몬스터들이 다 2성이니까!"

"아니, '유혹'은 그냥 시간 벌이용이야."

"네?"

"넌 여우족 두 마리를 이용해 땅을 파고 숨어야 해. 몬스터들이 유혹에 걸려 있는 동안."

"헉."

난 여우족의 땅 파는 재능에 대해 간략하게 설명했다.

"땅을 파고, 흙을 다시 뒤덮어서 완벽히 가릴 거야. 물론, 10분간 버텨야 하니, 숨구멍도 만들어야겠지."

스킬이 아니라, 직접 하는 것이기에 이런 것도 고려해 줘야 한다.

"그, 그걸 20초 만에 다 해야 한다고요?"

"최대 20초야. 줄일 수 있으면 더 줄여. 그 짧은 시간이 네 목숨을 구해줄 테니까."

"……다 덮고 나면요?"

"소환 해제시켜야지. 그리고 숨죽여 버틴다."

"아."

직접 전투에 참여한 게 아니므로, 소환 해제가 가능하다.

"3일 동안 넌 이것만 연습해. 20초 안에 완벽하게 숙달된 것 같으면 나한테 시험받고."

"……저, 근데."

"왜."

"……땅속에 있으면, 확실히 살 수 있는 거예요?"

"어, 놈들은 몬스터지만 숲의 정령들이기도 해. 절대 땅속이나 나무는 파헤치지 않아. 실제로 옛날에 땅굴 파기 스킬을 통해 버티는 전략도 있었어."

"그, 그렇군요. 알겠습니닷!"

서지호가 빈서율 반대쪽 구석으로 이동했다.

파파팍!

곧이어, 여우들을 통해 땅을 파기 시작했다. 처음 시도라 그런지 어설프고 시간이 오래 걸렸다. 하지만, 끝까지 연습해야 한다. 반복 숙달해서 자신의 것으로 만들어야 한다. 그렇지 않으면 미안하지만, 6층에 함께할 수 없다.

당연히 내가 버스 태워줄 7층에도 함께하지 못하겠지.

[훈련소 흙이 보충됩니다.]

잠시 후, 떠오르는 메시지. 아직 훈련소 레벨이 1이기 때문에 바닥이 흙이다. 서지호에게는 연습하기 참 좋은 장소였다.

"다음은 서은채."

"네, 아저씨."

이제 서은채 차례다. 그녀는 좀 더 까다로웠다.

"요정족 클레어 있지?"

"넵!"

"꺼내봐."

내가 주목한 것은 바로 클레어의 스킬이었다.

[몬스터:'클레어'(★★★★)]

[종족:요정족]

[레벨:1 (Exp 0/150)]

[보유 스킬:3/4]

　-실드(Lv.5):몬스터에게 '요정의 가호'를 통한 보호막을 씌운다. (제한:15분에 1번)

　-환기(Lv.2):몬스터의 스킬 쿨다운을 1분 감소시킨다. (제한:30분에 1번)

　-숲의 가호(Lv.3):숲의 정령들이 친근감을 느낀다.

"꺼냈어요."

"거기, '숲의 가호'라는 스킬 있지?"

"네."

"그거, 앞으로 3일 동안 최소 5렙까지 올려. 그러면, 적어도 선공 당하진 않을 거야."

"헉, 정말요?"

서은채의 눈이 휘둥그레졌다. '숲의 가호' 스킬. 레벨이 높을수록 식물들을 다룰 수 있는 능력인데, 여태 어디다 쓰는지 몰랐을 거다.

"어, 버그……. 아니다. 나름의 히든 공략이야. 몬스터 중 한 마리가 그 스킬 5레벨 이상 도달하면, 2성 등급 이하 '목(木) 속성 몬스터들이 선공하지 않거든. 그냥 꺼내놓고 서 있기만 하면 돼.”

물론, 먼저 공격하면 득달같이 달려들 거다. 별 쓸모없는 스킬이긴 한데, 이런 식으로 유용하게 쓰게 될 줄은 몰랐다.

“어떻게 올리는 대요?”

“클레어랑 숲 주변에서 교감해야지.”

“숲이요?”

“그렇다고 산에 찾아갈 수는 없고, 잠깐만 기다려 봐.”

난 훈련소 설정 창을 건드렸다. 그리고, 연습용 고목 하나를 지었다.

[훈련소에 연습용 고목을 설치합니다.]

그리고 지호를 불러 그 주변에 땅을 팠다.

“여기, 들어가.”

“네? 그, 그게 무슨.”

“충격요법이라 생각해. 숲은 나무와 흙으로 이루어져 있잖아. 그냥 이곳이 숲이라 생각하고 클레어랑 계속 함께 있어.”

‘숲의 가호’ 같은 느낌의 스킬은 그냥 몬스터와 해당 환경에서 함께하다 보면 자연스럽게 오른다. 그래서 만들 수 있는 한 최대한 비슷한 환경을 만들어줘야 한다.

“아마 지금 레벨이면, 클레어로 나무뿌리 정도는 컨트롤 할 수 있을 거야. 그 속에서 계속 집중해서 연습해. 계속 자극을 주다 보면 숙련도도 그만큼 더 빨리 찰 거야."

"해볼게요. 꼭 5레벨, 찍고 말겠어요."

결연한 표정으로 다짐하는 서은채.

나는 그런 그녀의 정수리를 톡톡 두들겨줬다.

'후.'

이제 어느 정도 정리가 끝났다. 주변을 둘러봤다. 어느새 훈련장이 우스꽝스럽게 변해 있다.

땅 파는 서지호, 매장당해 있는 서은채, 그리고 볼트를 휘두르는 빈서율.

'재밌네.'

맨날 혼자 훈련하느라 심심했는데, 기분이 좋아졌다.

나는 창을 다시 꺼내 들었다. 이들이 열심히 하는 만큼, 나도 더 발전해야 한다. 나는 한창 훈련 중인 빈서율에게 다가갔다. 오늘은 기분도 좋은데, 밤새 대련이나 할 생각이었다.

3일 후.

우리 일행은 장비를 갖춘 채, 탑 앞에서 대기했다. 여느 때처럼, 전투 준비를 다 마친 상태였다.

"준비됐나요?"

지난 시간 동안, 다들 소기의 성과를 얻었다. 서 씨 남매도 목표로 하는 바를 이뤘고, 다른 단원들도 마인드 트레이닝과

PVP 대련을 통해 감을 잡은 상태였다.

꿀꺽-

침 삼키는 소리가 들려왔다. 그 많은 훈련에도 일행들의 몸은 굳어 있었다. 혼자 낯선 공간에 떨어진다는 그 상황 자체가 긴장되는 거다.

"연습한 대로만 하면 됩니다. 10분, 아니, 8분. 딱 8분만 버티시면 돼요."

나는 일행들을 독려했다. 주예린도 분위기를 띄워가며, 긴장을 풀어주기 위해 노력했다.

그렇게, 어느 정도 시간이 흘렀고-

"자, 그럼 가겠습니다."

우리는 다시 탑을 향해 걸어나갔다.

[시련의 탑'에 입장하셨습니다.]

[다음 도전 층수:6층]

마침내, 6층을 정복할 때가 온 것이다.

[시련의 탑 6층입니다.]

[임무 유형 -섬멸]

[숲속에 존재하는 '트리가드'(★★★★)를 제거하세요!]

빛이 사라졌다. 눈을 뜨니, 울창한 숲속 한가운데. 역시, 예측한 대로 주변에 일행들이 한 명도 없다.

'서둘러 움직여야 해.'

후웅!

창을 한번 휘둘러, 고쳐잡았다. 시원한 바람 소리가 귀를 간지럽혔다. 휘두른 궤도에 시퍼런 묵빛 창날의 잔상이 남는다.

['무명'(無名)(EX급)]

-레벨:3

-특징:성장형.

-이름 없는 창. 그 누구도 이 아이템의 근원을 추측할 수 없습니다.

-사용자와 함께 성장합니다.

-캐릭터 혹은 인간형 몬스터만이 사용할 수 있습니다.

-모든 속성에 우위 대미지를 부여합니다.

-속성 대미지×140%

-기본 대미지×140%

어느새 레벨 3까지 올랐다. 아직 특수한 능력은 없고, 속성 대미지와 기본 대미지가 20%씩 증가했다.

'나쁘진 않네.'

만렙이 몇인지는 모르겠지만, 1렙당 20%면 나쁘지 않은 증가 폭이다. 게다가 일정 레벨에 도달하면, 분명 무언가 보여줄 거다. 나름 EX급 창이지 않은가.

구어어!

그으으어!

숲속 구성물들이 움직이기 시작했다. 나무, 바위, 꽃 등의 모양을 한 몬스터들이 괴성을 지르며 다가오고 있었다. 놈들이 바로 2성짜리 '숲의 정령'들이다.

피유웅!

동시에, 먼 곳에서 신호용 폭죽 소리가 들려왔다. 빈서율의 신호였다. 위치는 서쪽 하늘.

"서두르자, 뿔하피."

[응, 서두르자!]

난 귀엽게 대답하는 뿔하피를 타고 하늘로 날아올랐다. 서쪽에는 폭죽을 향해 날아가는 주예린의 드래곤이 보였다. 그녀가 빈서율을 태우고 보스가 있는 쪽으로 날아올 거다.

'다들 잘 버티길.'

필드 타입 '숲'. 그리고 그 숲에 존재하는 모든 것들이 바로 시련의 탑 6층의 몬스터들이다. 그리고 각 일행들은 3일간 연습했던 생존 기술을 이용하여 어떻게든 살아남아야 한다.

'어디 보자.'

나는 재빨리 주변을 둘러봤다. '트리가드(★★★★)'는 6층 숲, 중앙에 존재하는 거대한 나무다.

높은 곳으로 오르자, 동쪽에 커다란 놈의 형태가 어렴풋이 보였다. 그렇다면 저곳이 중앙. 난 신속히 그곳을 가리켰다.

"뿔하피! 저기로 이동해!"

[웅! 웅! 주인님! 빠르게?]

"웅, 최고 속도로."

순간, 거센 바람이 얼굴을 때렸다. 엄청난 속도감이 몸 전체를 압박했다. 뿔하피의 허리를 감고 있는 다리에 자연스럽게 힘이 들어갔다.

'허, 진짜 빠르네.'

이제 5등급인 뿔하피는 속도도 그전과는 차원이 달라졌다. 훈련장에서 하피 창술이라고 연습했던 건, 정말 아무것도 아닐 정도였다.

[다 왔어!]

불과 1분도 흐르지 않아서 도착했다. 어렴풋이 보였던 보스가 이제는 눈앞에 명확히 보인다.

그어어어어!

육중한 나뭇가지들을 허공으로 힘차게 들어 올리는 '트리가드'

'어마어마하구먼.'

폰으로 봤을 땐 그냥 커다란 나무였는데, 실제로 보니 그 위압감이 장난이 아니다.

슈웅! 슈웅!

놈이 몸체를 크게 휘둘러, 날카로운 나뭇가지들을 날렸다. 뿔하피가 허공으로 크게 돌며 피해냈다.

"아직! 스킬은 쓰지 말고!"

[웅! 알겠어! 주인님!]

'트리가드'(★★★★).

놈은 강력한 보호막을 두르고 있다. 그리고 그것은 오직 물리 대미지로만 뚫을 수 있다.

'저걸 빨리 벗겨내는 게 관건이야.'

그 후에는 놈의 약점인 '화'(火) 속성 스킬로 조지면 끝이다.

"뿔하피, 준비해!"

[쇼크웨이브?]

"응."

이제는 찰떡같이 알아듣는 뿔하피. 나는 창을 놈에게 조준하고 자세를 잡았다. 놈은 근거리 대미지가 엄청나기에 이렇게 원거리에서 상대해 줘야 한다.

['디스트럭션 쇼크웨이브'를 가동합니다.]

"흐앗!"

힘찬 기합과 함께, 창을 찔러냈다. 그러자, 모든 것을 잡아먹을 것 같은 그 기운이 놈에게 쏟아져 나갔다.

쿠과가가!

반동으로 뒤로 휩쓸려 나가는 뿔하피. 그와 동시에, 황금빛 웨이브가 놈에게 가 부딪혀 폭발한다.

콰아아아!

[크리티컬!]

[물리 대미지가 들어갑니다.]

['무명'(無名) 효과로 속성에 우위를 점합니다.]

[남은 보호막:20/100]

'좋았어.'

기대 이상이었다. 한 방에 80%나 깎을 줄은 몰랐는데.

구어어어!

분노한 듯, 발광하는 나무. 놈의 괴성이 숲 전체를 쩌렁쩌렁 울렸다. 뿔하피 위에 있어서 못 느꼈지만, 지진이라도 난 듯 공간이 흔들렸다.

"오빠! 우리도 왔어!"

때마침 주예린도 도착했다. 난 뒤에서 석궁으로 놈을 조준하는 빈서율을 불렀다.

"서율 씨!"

"알겠어요!"

슈웅! 슈웅! 슈웅!

빈서율의 전매특허 볼트 3점사. 이제는 거의 보이지 않을 정도로 빠르게 날아간다.

퉁! 퉁! 퉁!

놈의 하얀 보호막이 번쩍인다. 그 말은 물리 대미지가 먹힌다는 것. 나는 목청껏 외쳤다.

"계속 쏴요!"

"오케이!"

벌써 5분이 흘렀다. 마음이 급해졌다. 늦어질수록 일행들이 위험하기 때문. 최대한 빨리 처리해야 한다.

철컥! 퉁! 퉁! 퉁!

빈서율의 손가락이 화려하게 움직인다. 볼트가 마치 K-2로 1점사를 연달아 쏘듯 리듬감 있게 날아가, 놈의 보호막에 때려 박힌다.

구어어어어!

놈이 끔찍한 비명을 질러댔다.

'굽긴 뭘 구워.'

[남은 보호막:0/100]

['트리가드'(★★★★)의 보호막이 해제됩니다.]

마침내, 남은 보호막이 깨졌다. 이제 마무리를 해야 할 때.

"뿔하피! 가자! 깃털 폭파!"

[웅! 깃털 폭파아!]

'아그니스'의 브레스와 '연옥 뿔하피'의 깃털이 놈에게 날아갔다.

콰가가가!

우리 집단 최강의 딜링을 자랑하는 두 스킬인 데다가, '목(木) 속성에게 강한 '화(火) 속성이기까지 하니, 놈이 견뎌낼 리 만무했다. 곧바로 찢기고 타오르는 놈의 육중한 몸체.

[크리티컬!]

['트리가드'(★★★★)를 처리합니다!]

[레벨이 올랐습니다!]

[레벨이 올랐습니다!]

[모든 상태 이상을 회복합니다.]

'됐어.'

이번 탑의 조건은 놈을 제거하는 것. 나는 곧이어 떠오를 클리어 메시지를 기다렸다.

'제발.'

한 명도 죽지 않았기를.

[축하합니다! 시련의 탑 6층을 클리어하셨습니다.]

[생존자 전원에게 특수한 보상이 지급됩니다.]

[존 인원 총 7/7명]

[클리어 보상:나무의 숨결 1개, 10,000골드]

"휴."

안도의 한숨이 절로 나왔다. 생존 인원 7명. 다행히 전원 생존이었다.

['담건호' 파티가 '현재 랭킹 1위(6층)'를 달성합니다.]

[클리어 시간 -00:06:55]

[추가로 각각 20,000골드씩 지급됩니다.]

랭킹 갱신 보상까지 깔끔했다.

7층에는 바로 도전하지 않았다. 오르기 전, 주예린과 합을 맞춰봐야 할 게 있기 때문이다. 일행들의 얼굴에 피곤이 가득하기도 했고.

"형, 저 진짜 죽는 줄 알았어요."

"나도 마찬가지요, 리더. 놈들이 얼마나 끈질기게 달라붙던지. 후우."

특히, 서지호와 양종현은 정말 힘들어 보였다. 약 7분. 비교적 짧은 시간이었다. 그러나 이들에겐 체감상 거의 7시간처럼 느껴졌을 거다. 생사의 갈림길이었을 테니까.

"고생하셨어요. 오늘은 여기까지만 하고, 각자 개인 정비하겠습니다. 훈련할 사람은 훈련하고 쉴 사람은 쉬세요."

그동안 빡세게 달려왔다. 육체적으로도 심리적으로도 휴식이 필요할 시기였다.

"……고맙소."

양종현이 고개를 숙였다. 나는 그런 그들에게 이어 말했다.

"아, 이번에 받은 '나무의 숨결'은 즉시 섭취하시고요."

['나무의 숨결'(A급)]

-'트리가드'(★★★★)가 10년에 한 번 본인의 정수를 담아 만들어내는 열매.

-복용 시, 체력이 영구적으로 3 증가.

-중복 복용 불가.

-1달 내 미사용 시 소멸.

"까먹고 있다가 못 먹으면 썩습니다."

나는 열매를 꺼내 베어 물었다. 달콤한 사과 향이 배어 나왔다.

['나무의 숨결'(A급)을 섭취합니다.]

[체력이 영구적으로 3 증가합니다.]

탑 6층에서만 구할 수 있는 보상. 영구히 가지고 있을 수 없기 때문에, 이것들은 그냥 바로 먹는 게 낫다.

나나 빈서율의 경우에도, 합체족이기에 최대한 나중에 먹는 게 효율적이지만…… 어쩔 수 없다.

어차피 뭐, 이제 웬만한 훈련으로는 능력치가 오르지도 않을뿐더러, 고층에 더 좋은 복용형 아이템이 널리고 널렸으니까.

'이래서 합체족이 사기지.'

보통은 캐릭터 능력치 따위 신경 쓰지 않는다. 몬스터만 잘 키우면 되니까. 그러나 합체족을 사용하는 유저에겐 이런 복용형 아이템이 정말 꿀이다.

'개꿀.'

나는 오랜만에 주거지로 돌아왔다. 하얀 침대에 누워 천장을 바라봤다. 주예린과의 훈련은 이따가 저녁 먹고 난 후에 하기로 했다. 그래서 나도 오랜만에 휴식을 가졌다.

"……."

문득 생각이 들었다.

'난 잘 하고 있는 걸까.'

오직, 살아남기 위해 목숨을 걸고 탑을 오른다. 탑을 오른다고 살아남을 수 있을지, 장담할 수도 없다. 그저, 주어진 상황에 맞추어 정신없이 해결하고 있을 뿐. 앞으로의 미래가 어찌 될지, 한 치 앞도 바라볼 수 없는 상황이었다.

'별수 없잖아.'

「몬스터즈」. 내 인생에 가장 잘했던 게임이자, 인생 그 자체였다. 그리고 그 게임이 이제는 정말 삶이 되어버렸다.

'최선을 다해 살아남는 수밖에.'

깊은 한숨이 나왔다. 몸이 근질거렸다. 불과 10분밖에 쉬지 않았는데, 또 훈련이 마려웠다. 이것도 병이라면 병인데…….

'에이, 채팅창이나 보자.'

오랜만에 머리 좀 환기시킬 겸 용사 채팅창을 띄웠다.

[병아리콩(Lv.19):와, 폭행 아재. 언제 그렇게 폭렙했어?]
[폭행몬스터즈(Lv.24):ㅋ 탑 깼음.]
[병아리콩(Lv.19):미쳤나 봐. 무슨 그 렙에 탑을 가.]
[폭행몬스터즈(Lv.24):내가 니같은 초보냐, 다 컨트롤로 커버되지.]

심지어 5층까지 깼음.]

채팅창에 상주하는 '병아리콩'과 저번에 소수정예를 저격했던 '폭행몬스터즈'가 대화하고 있었다.

'뭐야, 저건.'

저번엔 닥치고 있더니, 이제 렙 좀 올랐다는 건가? 실소가 흘러나왔다. 그냥 귀여운 수준의 대화. 그러려니 하고 좀 더 지켜봤다.

[병아리콩(Lv.19):말을 뭐 그렇게 하냐, 누가 보면 아재 혼자 고인물인 줄 알겠네. 누가 못 깨서 안 감? 지금 가봐야 괜한 단원들 희생시킬 수 있으니까 안 가는 거지.]

[폭행몬스터즈(Lv.24):ㅋ, 랭킹 1등 선점해야지.]

[병아리콩(Lv.19):? 그쪽이 랭킹 1위임?]

[폭행몬스터즈(Lv.24):ㅇㅇ. 1층만 3위했고, 나머지는 다 1위했쥐. 지금 하면 개꿀임.]

[병아리콩(Lv.19):오, 빨리하면 그런 장점이 있긴 하네? 갱신 보상받기 쉬워지는 거.]

'뭐지?'

다 1등이었다고?

순간, 의아했다. 우리 집단도 전부 1등이었으니까. 그럼, 내가 깨기 전에 탑에 올랐다는 건가?

[카드값줘체리(Lv.23):ㅋ 폭행 너 바보냐?]

[폭행몬스터즈(Lv.24):?]

[카드값줘체리(Lv.23):순위 까발리면 니 본명 들키잖아. 머저리야 ㅋ
ㅋ. 나 지금 탑 주변인데 랭킹보드 확인해 보고옴.]

[폭행몬스터즈(Lv.24):×발.]

[몬스터콜렉터(Lv.22):ㅋㅋㅋ 그러네, 개웃기네.]

[조류족성애자(Lv.20):바보 인증.]

'아.'

그러고 보니, 내 이름도 랭킹에 올라와 있겠구나. 뭐, 딱히
상관은 없다. 저번 대전 때부터 예측할 사람은 다 예측하고 있
을 테니까.

'카드값줘체리'가 다시 온 것은 그때였다.

[카드값줘체리(Lv.23):나 확인하고 왔음…….]

[폭행몬스터즈(Lv.24):닥쳐라, 뒈지기 싫으면.]

[카드값줘체리(Lv.23):아니 너나 닥쳐 봐, 나 지금 개당황스러움. 이
거 뭐지?]

[병아리콩(Lv.19):체리오빠. 왜왜?]

[조류족성애자(Lv.20):?? 궁금.]

[카드값줘체리(Lv.23):기록이 존나 말도 안 되는데?]

[병아리콩(Lv.19):???]

[카드값줘체리(Lv.23):야, 폭행.]

[폭행몬스터즈(Lv.24):뭐.]

[카드값줘체리(Lv.23):설마, 니 이름이 담건호냐?]

'이런.'

결국, 내 이름이 나왔다. 잠깐 머리만 식히려고 킨 채팅창이었는데, 상황이 재밌어지고 있었다. 나는 굳이 별말 하지 않고 상황을 지켜봤다.

[폭행몬스터즈(Lv.24):??? 담건호? 그게 누군데.]

[카드값줘체리(Lv.23):너, 1등이라며? 내가 1층부터 5층까지 랭킹보드 쭉 확인하고 왔는데, 담건호 파티가 전부 1등이던데? 아니, 그나저나 애들아. 이거 미쳤다니까. 와…….]

[병아리콩(Lv.19):??? 뭔데, 말을 해, 이색기야!]

[아리아리동동(Lv.20):그래서 기록이 몇 이길래 그리 놀라누?]

[몬스터콜렉터(Lv.22):궁금하게, 고구마 쳐 멕이지 말고 빨리 말해라.]

[카드값줘체리(Lv.23):잠깐만 기다려 봐. 적고 있으니까.]

'그 와중에 랭킹 보드를 적어왔어?'

참, 열정이 대단한 친구였다.

시간이 조금 더 흐르자, 다시 '카드값줘체리'의 채팅이 올라왔다.

[카드값줘체리(Lv.23):① 1시간 30분, ② 7분대, ③ 17분대, ④ 11분

대, ⑤ 1시간 20분. 이게 5층까지의 기록임. 담건호 파티.]

기어코 기록들을 나열한 '카드값줘체리'
시끄러웠던 채팅창에 잠깐의 침묵이 흘렀다.

[병아리콩(Lv.19):……미친?]
[아리아리동동(Lv.20):……뭐냐 저 괴물 같은 시간대는? 2시간을 넘긴 게 없네.]
[병아리콩(Lv.19):그니까ㅋㅋ. 이게 지금 타이밍에 나올 수 있는 시간대냐?]
[문스터(Lv.25):구라 아니냐?]
[몬스터콜렉터(Lv.22):ㄷㄷ]

평소보다 빠르게 올라가는 채팅창.
곧이어, '카드값줘체리'가 한 번 더 부연했다.

[카드값줘체리(Lv.23):웃긴 건, 그걸 전부 7명이서 깼다는 거임. 그것도 전원 생존으로.]
[아리아리동동(Lv.20):진짜임?? 미쳤다;;]
[문스터(Lv.25):ㅆㅂ]
[병아리콩(Lv.19):그럼, 그 담건호가 폭행 아재는 아니란 거네?]
[아리아리동동(Lv.20):당연하지. 설마 폭행 그놈이겠냐?]
[문스터(Lv.25):이미 아까 담건호가 누구냐 말함ㅋ 야, 폭행아, 또 어

디 숨었니? 입장표명 좀.]

　채팅창 상주 인원들이 불타오르기 시작했다. 곧이어, 저 점수가 가능한 점수인지 토론하기 시작했다. 고인물들답게 갖가지 심도 있는 전략들이 오갔지만, 결론은 하나였다.

　'지금은 불가능하다.'

　약 3분 후- '카드값줘체리'가 또다시 나타났다.

　[카드값줘체리(Lv.23):미친, 애들아. 혹시나 해서 6층도 보고 왔거든? 담건호 파티 있음.]

　[병아리콩(Lv.19):미친? 6층은 쌉오반데? 지금 6층을 깼다고? 리얼?]

　[아리아리동동(Lv.20):……6층이 트리가드였나?]

　[병아리콩(Lv.19):ㅇㅇ. 보스가 문제가 아니라, 뿔뿔이 흩어지는 게 문제잖아. 지금 스펙으로는 절대 무리임.]

　[아리아리동동(Lv.20):그래서 기록은?]

　누군가가 기록을 물었다. 약, 3초 후 '카드값줘체리'가 답했다.

　[카드값줘체리(Lv.23):6분 55초. 그냥 무쌍 찍어 놈.]

　[병아리콩(Lv.19):;;]

　[문스터(Lv.25):ㅆㅂ]

　[아리아리동동(Lv.20):허-그 정도면 거의 혼자나 둘이 깼겠네?]

　[카드값줘체리(Lv.23):ㄴㄴ 여기도 7명 전부 들어감.]

[아리아리동동(Lv.20):미친.]

[병아리콩(Lv.19):우리 서버통합 한지 아직, 일주일 안 지난 거 맞지?]

[아리아리동동(Lv.20):ㅇㅇ, 게다가 탑은 최종 콘텐츠잖어.]

[문스터(Lv.25):깬 건 그렇다 쳐도 기록이 짜증 나는데? ㅆㅂ. 랭킹 갱신 보상받아야 하는데.]

이렇듯, 경악과 투덜이 오갈 때였다.

[조류족성애자(Lv.20):아, 담건호? 설마…… 대전에서 그, 떲……!]

아, 기억난다. 저번에 모찌한테 채팅창에서 협박받았던 그 놈이다. 내 이름 말하면 어떻게든 찾아서 죽인다 했었지.

닉네임이 특이해서 더 확실하게 기억났다. 우리 귀여운 뽈하 피가 생각나는 그런 닉네임.

[병아리콩(Lv.19):떲? 아, 조류 오빠, 그때……! 설마 그때 말하려고 했던 대전 1등이 담건호야?]

[몬스터콜렉터(Lv.22):아, 그때 26만점으로 무쌍 찍었다던 사람?]

[조류족성애자(Lv.20):……]

[병아리콩(Lv.19):뭐야, 쫄아서 말 못 하는 거야?]

[몬스터콜렉터(Lv.22):걍, 말해ㅋㅋ 내가 봤을 때, 여기 '소수정예' 눈팅 안 하는 듯. 그동안 그렇게 떠들어 댔는데 아무도 안 나타났잖아. 그 사람들 레벨 봐. 채팅 칠 시간 없어. ㅇㅈ?]

[병아리콩(Lv.19):인정.]

'······이것들이.'

아무래도 평소에 뒷담화라도 나눈 모양이다.

그나저나 참 대단했다. 하루하루 생존하고 훈련하기도 바쁜데 저렇게 온종일 채팅을 칠 수가 있나? 그러면서도 어떻게 레벨들은 꾸준히 올리는 것 같다.

"오빠! 오빠!"

거주지 밖에서 주예린의 목소리가 들려온 것은 그때였다.

'응? 아직 저녁 먹기 전인데?'

아직 이른 저녁. 훈련은 밥 먹고 난 후 하기로 했었으니까.

곧이어, 그녀가 문을 두들겼다.

"들어가도 돼?"

"들어와."

문을 열자, 그녀가 신속히 들어왔다. 그리고 다급한 표정으로 말했다.

"오빠, 큰일 났어!"

"무슨 일인데."

"지금 당장 채팅창 켜봐. 지금 랭킹보드 때문에 오빠 본명 다 까발려지게 생겼단 말야."

아, 그것 때문이었나. 싱겁긴.

"호들갑 떨지 마. 아까부터 보고 있었으니까."

"잉? 보고 있었어?"

주예린의 눈이 커졌다.

"응."

"……웬일이래. 음, 어떡할까? 저번처럼 또 협박이라도 할까?"

"됐어, 놔두자. 별 신경 쓸 일도 아니고."

이제 고인물들과의 격차가 많이 벌어졌다. 시기와 질투, 그로 인한 시비 같은 것들은 가볍게 웃어넘길 수 있을 정도로 발전했다. 그리고 조만간 또 그 격차를 벌릴 참이다. 더 아득하게 먼 곳으로…….

저들이 내 이름을 안다 해도 뭐, 어떻게 할 수 있는 방도가 없을 만큼 강해질 예정이다.

"뭐야, 그럼 괜히 걱정했네."

주예린이 입을 삐쭉 내밀었다.

그러더니 내 침대 위에 벌러덩 눕는다.

"왜, 여기 있으려고?"

"그냥, 이왕 온 거 같이 채팅창이나 보자. 보다 보니 애들 재밌던데?"

"귀엽긴 하지."

"그치?"

'조류족성애자'도 그렇고 '폭행몬스터즈'도 그렇고 내 눈에는 그냥 귀엽게만 보일 뿐이었다.

나는 그 자리에 서서 다시 눈길을 채팅창 쪽으로 돌렸다.

[조류족성애자(Lv.20):후, 맞음. 대전 1위. 담건호임. 집단 1위도 소

수정예였음.]

　결국, 제대로 찜 당했는지 정체를 밝히는 '조류족성애자.' 주예린이 침대 위에서 '저것을 그냥!'이라고 외치는 것이 들렸지만 무시했다.

[몬스터콜렉터(Lv.22):그럴 것 같더라니…….]
[병아리콩(Lv.19):ㅋㅋ 난 사실 '뜳!' 할 때부터 알아봄. 확답을 듣고 싶었을 뿐.]
[조류족성애자(Lv.20):아놔, 이 악마 새끼들. 나 무섭다고.]

별로 놀라지 않는 고인물들.
곧이어 '카드값줘체리'가 또 나섰다.

[카드값줘체리(Lv.23):6층 기록 보니까. 2위도 없음. 오직 담건호 파티만 깬 놈. 다행히 7층은 아무도 없고.]
[병아리콩(Lv.19):캬-스스가, 소수정예 클라스;;]
[문스터(Lv.25):ㅆㅂ.]
[몬스터콜렉터(Lv.22):그래, 7층까지 깼으면 진짜 놀랄뻔했다.]
[병아리콩(Lv.19):인정. 7층은 지금 스펙으로 깨는 건 진짜 자살행위임.]

'응?'
7층은 내일 바로 깰 건데…….

[카드값줘체리(Lv.23):아, 그리고 폭행몬스터즈, 이 새끼. 이름 '유현동'임. 5층 깬 사람 두 파티밖에 없는데 2위 유현동 ㅋㅋㅋ.]

[폭행몬스터즈(Lv.24):야 이!]

[병아리콩(Lv.19):ㅋㅋㅋ 본인 등판.]

[몬스터콜렉터(Lv.22):ㅋㅋㅋ 또, 쫄아서 눈팅 중이었음?]

[폭행몬스터즈(Lv.24):닥쳐.]

'저건 멍청한 건지 순진한 건지.'

그냥 거짓말이었다고 얼버무리면 될 것을 과민반응해서 본인임을 더 드러낸다. 곧이어 '카드값줘체리'의 글이 또 올라왔다.

[카드값줘체리(Lv.23):폭행 이새끼, 개 쓰레긴데? 2층부터 기록 쪽 봤는데, 파티원들 다 죽이면서 클리어했음. 모든 층 생존율이 60%를 못 넘기는데?]

[병아리콩(Lv.19):레알? 인성 쓰레기네 진짜;]

[몬스터콜렉터(Lv.22):뭐? 그건 쫌 소름인데?]

[폭행몬스터즈(Lv.24):닥치라고 새끼들아.]

결국, 폭발하는 '폭행몬스터즈'.

[폭행몬스터즈(Lv.24):니들이 탑 올라봄? 핸드폰 게임 화면이랑 똑같을 거라 생각하냐? 착각하지 마라. 현실이랑 게임이랑은 다르다. 이

오타쿠 새끼들아.]

[문스터(Lv.25):난 올라봤는데? 생존율 60%는 살인이지. 그래도 나름 고인물이라는 놈이 ㅆㅂ.]

[병아리콩(Lv.19):미친, 자기합리화하는 거 봐라. 소름.]

[폭행몬스터즈(Lv.24):개새끼들. 내가 6층 올라서 니네 다 찾아내서 죽인다.]

[병아리콩(Lv.19):죽여 봐, 이 살인마 사이코패스 새끼야.]

갑자기 채팅창에 욕설이 난무하기 시작했다.

그래서인지 흥미가 빠르게 식었다.

'그냥 끄자.'

채팅창을 끄고, 침대를 보니 주예린이 누워 있다.

쟤는 뭐지, 진짜?

간만의 휴식이었는데 김이 샜다. 역시, 훈련이나 해야겠다.

난 누워서 심각한 표정으로 채팅창을 쳐다보는 주예린을 불렀다.

"채팅창 그만 끄고 나와, 7층 합 맞추자."

"벌써? 저녁 먹고 하자며."

"그런 쓸데없는 거 볼 시간에, 훈련하는 게 더 낫겠어."

"으휴, 이 훈련광!"

주예린이 일어났다.

이른 새벽. 하늘에 떠 있는 커다란 보름달.

나와 주예린은 훈련에 한창이었다.

"헥헥, 와-이거, 직접 몸 움직여서 하니까 토 나오는데?"

땀 하나 흘리지 않고 있는 나에 비해, 주예린은 땀을 비 오듯 쏟아내고 있었다.

합체족이 있고 없고의 차이. 즉, 체력 차이였다.

"그래도 완벽히 기억은 하고 있네?"

"그럼, 3년 전에 이거 깨보겠다고 거의 한 달 밤새웠었잖아. 매니저한테 얼마나 혼났는지 몰라."

매니저? 아, 주예린 여배우였지. 그것도 나름 잘나가는.

간혹, 까먹는다.

"더 연습해야 해. 10번 시도하면 10번 다 성공할 때까지."

"알고 있어."

시련의 탑 7층은 살짝 아케이드 게임 형식과 비슷하다. 먼저, 우리는 전부 홀 밖에 떨어진다. 일단, 홀 밖은 안전하다. 다만, 탑을 깨려면 홀 안에 들어가야 한다.

홀 안에는 커다랗고 흉포한 보스가 있다. 그 보스는 오직 근접 딜로만 때려잡을 수 있는데, 일반적인 방법으로는 절대 잡지 못한다.

왜냐. 놈의 파워가 너무 세기 때문이다. 그 강력한 발톱에 찢기기라도 하면, 웬만한 5성 만렙 몬스터들도 한 방에 골로 간다. 아마 5성 탱커족 정도는 되어야 3방은 버틸 수 있을 거다.

'그 말은 뭐냐?'

놈을 한 대도 맞지 않고 잡아야 한다. 그리고 나와 주예린은 놈의 패턴을 완벽하게 숙지하고 있었다. 그 당시, 스펙은 빵빵했지만 일부러 저스펙으로 잡기 위해 엄청난 노력을 했기 때문이다.

'놈의 발톱을 100번 피해야 히든 피스가 발동되니까.'

그것에 대한 정보는 탑 77층에서 얻었다. 77층에는 탑의 설계도가 존재한다. 우리는 우여곡절 끝에 그 설계도를 얻었었고, 우리가 올라왔던 각종 층의 비밀들을 알게 됐다.

어쨌든, 우리 '소수정예'만 아는 정보라는 거다.

설계도에서 얻었던 정보 중 하나에 대해 대충 말해보자면.

탑에는 뒷자리 수가 7인 층마다 '히든 피스'가 존재한다. '히든 피스'는 일정 조건을 달성하면 열리는 일종의 보상공간인데, 보상은 '랜덤'이다. 몬스터가 나올지, 스킬이 나올지, 아이템이 나올지, 아니면 다른 특별한 것이 나올지 그 누구도 모른다. 게다가, '히든 피스'는 오직 조건을 달성한 자만이 들어갈 수 있다.

'다른 단원들도 다 같이 연습시키고 싶지만.'

너무 오래 걸린다.

주예린과 나도 2달이 걸려서 체득한 패턴이다. 복잡하고 어려웠지만, 일단 체득하기만 하면 아주 간단하다. 몸을 가볍게 움직이는 것만으로도 전부 피해낼 수 있다.

"헥헥."

주예린이 헐떡였다. 지속되는 움직임에 지친 것이다.

이제는 거의 대부분 성공하고 있지만, 나는 계속 반복 숙달시

컸다. 조금이라도 실수하면 그 즉시 죽음과 연결되기 때문이다.

"놈의 왼쪽 눈이 하늘로 치솟으면?"

"왼쪽으로 한걸음, 3초 후 오른쪽으로 한걸음."

"놈의 왼쪽 발을 치켜들면?"

"좌상으로 한걸음, 5초 후 우상으로 뒷걸음."

이런 식이었다. 놈을 상대로 레드 드래곤을 쓸 수는 없다. 덩치가 커 어디로 피하든 얻어맞기 때문이다.

'어차피 놈을 잡는 건 나.'

주예린은 피하는 거로 '히든 피스' 조건만 달성시킨다. 그럼 최소 두 개의 선물을 획득할 수 있을 거다. 나머지 일행들은 그냥 홀 밖에 가만히 서서 구경하고 있으면 된다. 버스 타면 된다는 말이다. 그것도 승차감 좋은 푹신푹신한 버스.

다음 날 아침. 우리는 탑 앞으로 이동했다.

준비는 끝났다. 주예린과의 연습도 완벽히 마쳤다. 이제는 간단하게 클리어할 일만 남았다.

"가시죠!"

덜커덩!

시커먼 문이 열렸다. 우리는 그곳으로 천천히 들어갔다.

[시련의 탑'에 입장하셨습니다.]

떠오르는 메시지를 느끼며 심호흡을 했다. 이제 얼마 남지 않았다. 「갓 컴퍼니」가 제시했던 건 9층. 지금은 6층.

이제 3층만 더 오르면 그 빌어먹을 '히든 퀘스트'를 없애 버릴 수 있다.

Chapter 3

[시련의 탑 7층입니다.]

[임무 유형 -결투]

[검투장에 존재하는 고대의 검투 괴물 '글라스기브넨'(★★★★)을 처치하세요.]

이번에 이동한 필드는 거대한 홀. 마치 콜로세움을 연상시키는듯한 커다란 건축물 안이었다.

우리가 떨어진 곳은 홀 상층부. 흔히들 관중석이라 부르는 곳이다. 원래 처음 7층에 입장하게 되면, 이렇게 경기장 관중석에서 아래를 내려다볼 수 있게 된다.

"……저건."

"허억, 무슨 저런 게."

"저런 걸 잡아야 한다고요?"

곧이어 일행들이 경악했다. 홀 하층부, 원형 결투장에 보기만 해도 끔찍한 괴물이 서 있었기 때문이다.

'글라스 기브넨'(★★★★). 켈트 신화에 등장하는 암소의 이름인데, 실상은 신화와 생김새가 완전히 딴판인 놈이다.

10m는 되어 보이는 커다란 크기. 질질 흘리는 침. 끔찍하게 무너져 있는 얼굴. 병이라도 걸린 듯 붉게 빛나는 눈.

특히, 사람의 몸통보다 더 커 보이는 저 발톱은 놈이 주로 사용하는 무기다.

그아아아!

순간, 놈이 우리를 올려다보고 포효했다. 고막을 쩌렁쩌렁하게 울리는 괴물의 울부짖음은 엄청났다.

놈과 나름 거리가 있는 홀 상층부. 즉, 관중석임에도 그 짙은 살기가 느껴졌다.

"꺄악."

"뭐, 뭐야!"

"……이건 미쳤군."

"저런 걸 어떻게 잡겠다는 겐가."

자세를 낮추고 당황하는 일행들. 지진이라도 난 듯 흔들리는 공간에 간신히 중심을 잡고 있는 상태였다. 나는 창백한 낯빛의 일행들을 달래줬다.

"다들 걱정 마세요. 결투장 안, 그러니까 저 밑으로 내려가지만 않으면 큰 문제 없을 테니까요."

놈은 검투 괴물. 자신을 상대하러 결투장 안에 들어온 캐릭터나 몬스터만을 상대하는 녀석이다. 절대 경기장 밖 관중석 인원들은 건들지 않는다.

그런데도, 7층이 어려운 이유는 놈이 정말 말도 안 되는 괴물이기 때문.

절대 4성이라고 무시하면 안 된다. 탑에 있는 모든 괴물들, 보스들은 절대 별 등급만으로 판단할 수 없는 놈들이니까.

"······건호 씨, 예린 언니. 괜찮겠어요?"

"저걸 진짜 둘이서만 잡아요?"

"너무 위험하지 않을까요?"

일행들이 걱정했다. 나는 싱긋 웃으며 고개를 끄덕였다. 그리고 주예린을 바라봤다.

'······이런.'

아니나 다를까, 그녀의 얼굴도 살짝 창백하게 질려 있었다. 느끼고 있는 것이다. 저놈의 흉포함을. 강력한 살기를.

하긴, 폰으로 봤을 때의 놈과 현실로 느끼는 놈의 간극이 좀 심하긴 했다.

'그러나, 이제 가야 해.'

괜히 머뭇거리다간 공포심만 더 증폭할 뿐. 빠르게 부딪치는 게 백번 낫다.

"슬슬, 준비하자. 주예린."

"······오빠."

"왜."

"……나 그냥 포기할까?"

포기한다고?

"음……."

굳이, 그녀가 하지 않아도 상관은 없다. 나야 혼자서도 충분히 깰 수 있으니까.

"선택은 네 몫이지."

놈이 가지고 있는 수백 가지의 패턴들이 내 머릿속에 온전히 남아 있다. 난 단언컨대, 한 대도 맞지 않을 자신이 있다. 그러나 그녀는 아닐 수도 있다. 그래서 다시 담담하게 말을 이었다.

"포기하려면 해. 강요할 생각은 없어. 겨우 히든 피스 하나일 뿐이야."

"……."

랜덤 보상인 '히든 피스'에 목숨을 걸어 볼 가치가 있는지 없는지는 본인의 판단이다.

주예린이 잠시 고민하다 물었다.

"히든 피스 보상이 뭐였더라?"

"다 랜덤으로 나오긴 하는데, 섭섭하게 주진 않았던 거 같아."

우리는 「몬스터즈」 당시 탑을 오르며 각자 총 9번의 '히든 피스'를 얻었다. 오래전에 깼던 것들도 있어서 전부 다 기억은 못 하지만, S급 스킬, 수십만 골드, 몬스터 각성 등등 다 나름 괜찮은 보상이었던 것 같다.

한참을 고민하던 주예린이 다시 물어왔다.

"……아무래도 해야겠지?"

"선택은 네 몫이라니까."

"후, 결정했어. 할래."

"혹시, 긴장해서 실수할 것 같으면 하지 마. 나도 괜한 피 보기 싫으니까."

"응?"

"할 거면 정신 똑바로 차리라고."

막상 시작하면, 나도 그녀를 돌볼 수가 없다. 온 신경을 놈에게 쏟아야 하기 때문이다. 그래서 미리 말해놓는 거다. 도중에 위험하면 도와줄 수 없을 거라는 것을.

"아, 오케이. 시작하면 난 신경 쓰지 마."

주예린이 내 말을 완벽히 이해했다. 그녀는 피하기만 하면 되지만, 난 피함과 동시에 놈에게 직접 딜링을 넣어야 한다. 그리고 그 두 방식의 난이도 차는 상당하다.

놈을 때리기 위해서는 더 깊숙이 들어가야 하고, 그럴수록 회피의 난이도와 연계가 더욱 어려워지기 때문이다.

난 심호흡을 하고 서은채를 바라봤다. 그러자 눈치 빠른 그녀가 곧바로 버프를 걸어준다.

[요정족 '쉐핀'(★★★★)의 축복을 받습니다.]
[공격속도, 이동속도가 220% 증가합니다.]

'오케이, 준비는 끝났어.'

나는 마음을 다잡았다. 아무리 나라도 떨리지 않을 리 없다. 아무리 정확히 알고 있고, 또 자신 있다 해도 실전 경험은 처음이라 불안함도 컸다. 그래도, 깨야만 한다. 기존 유저들과의 격차는 둘째치고, 히든 퀘스트를 클리어해야 하니까.

[유저 '담건호'가 검투장에 입장합니다!]
[유저 '주예린'이 검투장에 입장합니다!]

일행들을 관중석에 내버려 두고 홀 아래로 내려온 우리. 위를 힐끗 쳐다보니, 얼굴을 빼꼼 내밀고 지켜보는 단원들이 보인다.
'보여줘야지. 썩은 물이 어떤 건지.'
나와 주예린은 계속해서 앞으로 걸어나갔다. 곧이어 끔찍한 괴물의 시선이 우리를 향했다.
그아아아!

[검투 괴물 '글라스 기브넨'(★★★★)이 결투 상대를 인식합니다!]

쿵! 쿵!
육중한 무게로 쿵쿵거리며 다가오는 놈. 곧이어 왼쪽 발톱을 들어 올렸다.
서슬 퍼렇게 빛나는 안광.
"지금이야! 오른쪽!"
"꺅!"
후웅!

오른쪽으로 피하자, 놈의 발톱이 정면을 훑고 지나간다. 간발의 차이로 피한 우리. 그와 동시에 왼쪽 전역에 놈의 꼬리가 연달아 박힌다.

파바바박!

'역시, 먹힌다.'

「몬스터즈」당시 외웠었던 패턴 그대로다. 수백, 수천 번을 연습하며 몸에 익혔던 그 패턴.

나는 곧바로 앞으로 달려 나갔다. 이제 주예린은 알아서 생존해야 한다. 난 저놈에게만 집중한다.

난 달리면서 눈을 부릅떴다. 다음 놈의 움직임을 확인해야 한다. 곧이어, 놈이 상체를 높게 들어 올렸다. 그리고 내 눈에 보였다. 놈의 턱이 움찔-하고 움직이는 것이.

'이번엔 턱 공격이군.'

콰아앙!

살짝 뒤로 피하자, 바로 앞 바닥에 놈의 턱이 틀어박힌다.

역시나였다.

'여기서 한 대 때려주고.'

창으로 푹 찌른다.

[크리티컬!]

이 정도로는 턱도 없다. 아마, 지금 스펙으로 혼자서 놈을 잡으려면 100번은 더 때려야 할 거다.

다시 턱을 들어 올리는 놈. 이번엔 두 발톱을 들어 올려, 가슴 앞에 크로스한다.

'이번엔 전방으로 붙어야 해.'

나는 곧바로 앞으로 달려 나가 또 한 대를 때렸다.

"꺄악!"

바로 등 뒤에 주예린이 비명을 지르며 딱 달라붙는다. 이번 패턴은 후방 전체공격. 그녀도 재빨리 파악한 후, 앞으로 함께 피한 거다. 깜짝깜짝 놀라면서도 정석대로 잘 피하고 있었다.

'걱정은 없겠군.'

나도 처음 긴장했던 것보다 몸이 서서히 풀리기 시작했다. 다행히도 놈이 하는 행동 하나하나마다, 본능적으로 피할 곳이 보였다. 깊게 생각하지 않아도 자동반사적으로 튀어나왔다. '아레스의 본능' 효과 덕분일까. 아니면, 원래 재능이 있었던 걸까.

어제 잠깐 연습했을 뿐임에도 몸이 물 흐르듯 움직여진다.

신들린 듯 움직이는 컨트롤. 벌써 80번 정도 피하고 50대는 때린 거 같다. 이제는 한층 여유까지 생겼다.

잠깐 관중석 쪽을 바라보니 일행들이 입을 떡-벌린 상태로 우릴 쳐다보고 있었다.

"……내가 뭘 보고 있는 거지?"

"저, 저게 가능한 움직임이에요?"

"내가 여태껏 저런 괴물 같은 존재들이랑 함께 다녔다니……."

"……건호 씨도 그렇지만, 예린 언니도 대단한데요?"

자세히 들리지는 않았지만, 대충 이렇게 말하는 듯했다. 이제 작게나마 일행들의 목소리까지 들릴 정도로 여유로워졌다. 그렇게 한참을 피하고 때렸을 때였다.

[빠밤!]

['히든 피스' 조건이 충족됩니다!]

[조건:'글라스 기브넨'(★★★★)의 공격을 한 대도 맞지 않고 100회 회피.]

[보상:해당 층 클리어 시 '히든 스페이스'로 이동.]

[Tip 탑의 특수층에는 도전자 여러분들을 위한 숨겨진 장소가 존재한답니다.]

'좋았어.'

이제 놈의 피가 거의 다 깎였다. 곧이어 놈의 얼굴이 흉측하게 일그러졌다. 저건 신호다. 놈의 최후의 수단이자 전체공격기. 브레스를 쏘겠다는 신호.

놈의 약점이 가장 잘 드러나는 순간이기도 하다.

"주예린!"

"응, 봤어!"

나는 준비했다. 곧이어 놈의 아가리 쪽에 막대한 에너지가 모이기 시작했다.

고개를 쳐듦과 동시에 가슴팍에 보이는 노란 핵.

'저기다.'

나는 땅을 박차 내달렸다. 그 후, 힘껏 창을 찔러 넣었다.

푸우욱!

[크리티컬!]

그아아아!

고통스러운 괴성을 지르는 놈. 그러나 브레스를 포기할 생각은 없어 보인다. 이제 완벽히 마무리를 해야 할 때. 빠르게 피를 빼지 않으면, 전부 브레스에 녹아 돼질 거다.

"뿔하피! 켈피!"

"아그니스! 픽시! 케이!"

마지막 총공격 준비.

우리는 가용할 수 있는 모든 몬스터들을 소환했다.

"놈의 핵을 노려!"

[알겠어! 주인님!]

까랑까랑한 뿔하피의 대답. 그와 동시에 쓸 수 있는 모든 스킬들이 놈의 핵에 틀어박혔다.

화르르르!

콰가가가!

나 역시 '디스트럭션 쇼크웨이브'를 날렸다.

콰아아아!

그야말로 엄청난 딜링이었다.

그리고 그 결과-

[크리티컬!]

['글라스 기브넨'(★★★★)을 처리합니다!]
[레벨이 올랐습니다!]
[레벨이 올랐습니다!]
[모든 상태 이상을 회복합니다.]

기분 좋은 메시지가 떠올랐다.

[축하합니다! 시련의 탑 7층을 클리어하셨습니다.]
[생존자 전원에게 특수한 보상이 지급됩니다.]
[생존 인원 총 7/7명]
[클리어 보상:상급 몬스터 소환 이용권 3개, 20,000골드]
['담건호' 파티가 '현재 랭킹 1위(7층)'를 달성합니다.]
[클리어 시간 -00:25:11]
[추가로 각각 20,000골드씩 지급됩니다.]

곧이어, 7층 정복 메시지가 떠올랐고-
슈슉!
관중석에 있는 일행들이 사라졌다. 그리고 나와 주예린은
계속 탑 안에 남아 있었다. 우린 아직 받아야 할 보상이 더 있
기 때문이다.
'나와라, 히든 피스.'

난 주예린을 바라봤다. 간만에 펼친 하드코어한 운동에 땀을 뻘뻘 흘리고 있는 그녀.

"헥헥, 죽다 살았네……. 증말."

"고생했다."

"후우, 후우. 이놈의 지랄 맞은 게임. 좋은 거 안 주기만 해봐."

씩씩거리는 주예린.

곧이어, 알림창이 떴다.

['히든 스페이스'가 열립니다.]
[장소를 변경합니다.]

그와 동시에 시야가 번쩍였다.

['히든 스페이스'에 입장하셨습니다.]
[부디, 그대에게 행운이 따르길.]

곧이어 도착한 장소. '히든 스페이스'는 나름 심플한 공간이었다.

텅 빈 검은 방. 중앙에 세워진 괴상한 석상 하나. 그리고 그 뒤에는 황금빛으로 빛나는 보물상자 2개가 놓여 있다.

주예린 거, 그리고 내 거. 이렇게 딱 두 개였다. 보상은 원래 '히든 피스' 조건을 달성한 자들 수 만큼 딱 맞춰 제공된다.

"와, 오빠. 이 석상 좀 봐. 몬스터즈에서 봤던 모습 그대론데?"

주예린이 보물상자로 이동하며 말을 이었다.

"어떤 거 할래. 왼쪽? 오른쪽?"

이곳 보물상자 역시 랜덤이다. 랜덤 뽑기엔 항상 약한 나였지만, 그래도 '히든 피스'는 '히든 피스'. 애초에 일정치 이상의 보상을 주기 때문에 크게 걱정할 필요는 없었다.

"난 아무거나."

"고럼, 내가 왼쪽 할래!"

"그러던지."

나는 오른쪽 상자로 이동했다. 감회가 새로웠다. 「몬스터즈」 유저들 중, 오직 우리 '소수정예' 멤버들만 알았던 공간.

형들과 함께 이 공간을 발견했을 당시, 엄청 흥분했었던 기억이 떠올랐다.

히든 스페이스. 다른 고인물들은 절대 알 수 없는 장소다. '조건'이 오직 탑 77층을 클리어한 자들에게만 제공되는 정보이기 때문.

'이로써 격차를 더 벌린다.'

철컥!

난 앞에 있는 황금빛 보물상자를 힘껏 열었다.

[히든 피스를 개봉하셨습니다.]

[두근 두근!]

[Error! Error! Error!]

[무작위 보상 지급이 해제됩니다.]

[띠링-「갓 컴퍼니」가 개입합니다.]

[보상을 '고정'합니다.]

'이건 또 뭐야?'

갓 컴퍼니? 보상 고정? 또 무슨 짓을 벌이려는 거지?

[띠링-]

[갓 컴퍼니로부터 쪽지가 도착했습니다.]

[읽어보시겠습니까?]

라고 생각할 찰나, 곧바로 쪽지가 날아왔다.

'그래, 어디 읽어나 보자.'

-To. 비운 고객님.

안녕하십니까. 고객님.

먼저 감사의 말씀 올립니다. 고객님이 클리어하신 '히든 피스'로 인해 막대한 간섭력을 얻었습니다.

회의 결과, 이번에 얻은 간섭력을 전부 비운 님께 투자하기로 했습니다. 기존의 '랜덤' 보상을 막고, 새로운 '고정' 보상을 도입했습니다.

특전이라 생각하셔도 좋습니다. 비운 님께 가장 도움이 되는 방향으로 수정했으니 부디 마음에 드셨으면 좋겠습니다.

저번 '히든 퀘스트'에 관한 건은 잘 전달받았습니다.

해당 사항은 당사 측 실수였음을 밝힙니다. 이번 개입이 저번 실수에 대한 사과의 표시라 생각해 주시면 감사하겠습니다.

뭐야. 보상을 바꿨다고? 그것도 나한테 가장 도움 되는 방향으로? 그리고 그게 잘못된 퀘스트에 대한 사과의 표현이라고?

'흠, 과연……'

보상이 아직 뭔지는 모르겠지만, 찝찝한 기분은 마찬가지다. 놈들이 내 플레이를 계속 지켜보고 있다는 말일 테니.

게다가 고객님 캐릭터를 살펴보던 도중, 고객님의 행운 수치가 비정상적으로 낮은 점을 확인하였습니다. 이 부분은 당사의 실수가 아닌, 놈들의 개입이 있었던 것 같습니다.

당사 측도 최대한 빠르게 대처하고 있습니다. 행운 수치를 원상태로 수정하기 위해서는 막대한 간섭력이 필요하기에, 많은 시간이 소요되는 점 양해 부탁드립니다.

당분간은, 직접 '뽑기' 하시는 것을 권장 드리지 않습니다.

비운 고객님. 당사는 이렇듯, 고객님이 '시련의 탑'을 오르는 동안만큼은, 항상 아낌없는 지원을 할 것을 약속드립니다.

그러니 부디 탑을 정복해 주세요.

감사합니다.

From. 갓 컴퍼니 대표이사. 레너드.

'미친.'

행운 수치? 그건 또 뭐야.

「몬스터즈」 플레이 10년 동안 처음 들어보는 개념이다.

'그리고.'

여태껏 행운 수치가 낮았다고? 아니, 그나저나 그걸 이제야 찾았다고?

10년 동안 운 없어서 고생한 걸 생각하면 열불이 터지는데, 이것들이 장난하나.

'그나저나.'

운이 없었던 건 10년 전, 핸드폰 게임에서부터인데……. 그때부터 놈들이 개입했다는 건가? 그 말은, 「몬스터즈」 초창기 플레이 당시부터 날 주시했다는 말일 텐데…….

그게 말이 되나?

뭔가 혼란스럽다.

'어쨌든 뭐, 수정해 준다니 다행이지.'

사실, 굳이 수정 안 해줘도 되는데.

우리 '축캐' 빈서율의 도움을 받으면 되니까.

"오빠, 뭐 받았어?"

옆에서 주예린이 물어온다. 별다른 반응 없는 거 보니, 그녀는 「갓 컴퍼니」 쪽지 없이 그냥 일반 '히든 피스' 보상을 받은 것 같았다.

"아직, 기다려 봐."

눈짓으로 쪽지를 닫자, 곧이어 '보상'이 도착했다.

[띠링-]

[캐릭터 스킬 '합체족 마스터리'를 획득합니다.]

[Tip 캐릭터 스킬은 몬스터 스킬과 다르게 유저가 직접 활용할 수 있는 스킬입니다.]

'합체족 마스터리?'

이건 또 뭐야. 합체족 관련된 건가?

간만에 상태창이나 켜보자.

'스테이터스.'

[보유 스킬:5/5]

-'심연의 눈동자'(EX급):캐릭터와 몬스터의 정보를 볼 수 있다.

-'아레스의 본능'(S급):전신 아레스의 가호를 받아 전투 관련 운동신경이 향상된다.

-'네르갈의 재판'(S급):유저와 계약 설정 가능. 어길 시 네르갈의 저주가 떨어진다.

-'만류귀종'(S급):모든 무술의 끝은 하나로 통한다. 극의로 향하는 길을 탐구한다.

-'합체족 마스터리'(S급):합체족을 중복으로 사용할 수 있다.

[스킬:합체족 마스터리]

[등급:S급]

[특성:패시브]

[유저 '담건호' 전용 스킬]

[합체족을 중복으로 등록 및 사용할 수 있다.]

'허.'

나에게 도움이 되는 방향이란 게…… 이런 거였나.

나쁘지 않았다, 아니, 좋았다. 어차피 합체족이 무쌍이어서 딱히 쓸 몬스터도 없었는데, 정말 나한테 딱 필요한 스킬이었다.

'흠.'

「몬스터즈」의 '비운'이 태생 3성 합체족으로만 PvP 1위를 먹었는데, 합체족 중복이라……. 아마, 전부 다 키운다면 과거 '비운' 정도의 캐릭터는 가볍게 씹어먹지 않을까 생각해 본다.

나는 눈을 감고 생각에 잠겼다. 합체족을 중복으로 사용하면 어떻게 될까, 머리를 굴려 떠올려 봤다.

일단, 사용할 수 있는 스킬 칸이 넓어진다. 스킬 6개짜리 6성 합체족이 다섯 마리라면 스킬을 총 30개 사용할 수 있다는 말아닌가. 그럼 더 폭넓고 다양한 전투가 가능해질 거다.

'그게 전부 다 S급 스킬이라면?'

그야말로 미친 거다. 쿨다운 생각 없이 30개의 사기급 스킬을 쏟아낸다고 생각해 봐라.

'끔찍하네.'

어쨌든, 성장 가능성은 더 좋아졌다. 하긴, 원 코인으로 탑에 올라야 하는데 이 정도는 챙겨줘야 뭐 해볼 맛이 나지.

'게다가 능력치 상승은 또 어떨까?'

합체족은 훈련하는 양에 따라서 능력치가 영구히 증가한

다. 그게 만약 중복으로 적용된다면? 더 짧은 시간에 효율적인 훈련이 가능해진다.

그뿐인가? 딜량도 사용하는 수만큼 뻥튀기되겠지.

'간만에 맘에 드는 스킬이네.'

효용도가 무궁무진했다. 물론, 또 다른 합체족이 있는 경우에 한하여 말이다. 여태껏, 그 많은 소환권을 뽑았는데 나온 합체족은 두 마리뿐. 사실 그것도 엄청 많이 나온 거다.

원래는 정말 극악의 드랍률을 자랑하는 게 합체족이다.

'거래소 좀 뒤져봐야겠네.'

보통 사람들이라면 합체족을 쓰지 않는다. 게임에서도 그랬는데 현실이면 더욱더 쓰지 않겠지. 결국, 누군가 거래소에 올려놨기를 바랄 수밖에 없다.

"오빠!"

주예린의 외침과 동시에 상념에서 깨어났다.

"아까부터 무슨 생각을 그렇게 해. 이제 슬슬 나가야지."

"아."

눈앞에 하얀색 포탈이 보인다. 저곳으로 걸어나가면, 아마 탑 앞으로 이동할 거다. 난 기다리는 주예린을 심연의 눈동자로 슬쩍 봤다. 그녀가 받은 보상은 '최상급 랜덤 스킬 박스' 하나. 뭐, 나쁘지 않다. 목숨 건 거에 비해 좋지도 않고.

"오빠?"

"그래, 가야지. 들어가자."

나는 포탈로 이동했다. 아마 탑 밖에서 일행들이 기다리고 있을 거다. 그리고 이번에 받은 상급 소환권. 또, 빈서율의 대리 뽑기 타임이 시작되겠지.

좋아, 어디 한번 또 뽑으러 가보자고.

내 주거지 앞. 일행들이 또 한 번 몰려 있다.

그리고 언제나처럼 빈서율이 가운데 서 있었다.

상급 몬스터 소환 이용권 21개.

"자, 이제 뽑을 거예요."

상급은 1성부터 4성까지 나오는 소환권. 빈서율이 허공에 영롱하게 빛나는 카드들을 다량 띄웠다. 그리고 소환 준비를 했다.

"뽑기 여신! 서율이 파이팅!"

"누나! 믿을게요!"

"허허, 이번에도 기대되는구먼."

일행들은 이제 4성 하나쯤은 기본이라고 생각하는 듯했다.

사실, 나도 그랬다. 이제 그녀가 뽑기 실패라도 하는 날에는 살짝 서운할 것 같은 그런 느낌이 든다.

그만큼 여태껏 그녀가 보여준 모습은 경이로웠다.

[두근두근!]

[소환소가 활성화됩니다!]

……

[근처에 합체족 '마라나타'(★★)가 소환됩니다.]

'오?'
몇 번의 뽑기가 지나가고 기다리던 합체족이 등장했다.

[몬스터:'마라나타'(★★)]
[종족:합체족]
[레벨:1 (Exp 0/50)]
[보유 스킬:2/2]
-합체(Lv.1):합체 시 힘5, 민첩5, 체력5 증가.
-소환(Lv.1):'수련용 건틀릿' 소환 가능.

'와, 빈서율……. 대체.'
그녀가 너무 멋있었다. 어떻게 매번 이렇게 필요한 것을 딱딱 뽑아다 줄까? 뽑기를 하는 그녀의 뒤에 후광이 있는 것 같았다. 눈부시게 반짝반짝 빛났다. 어쨌든, 저 합체족은 내 거 찜!
그 후로도 일단, 뽑기는 지속됐다. 거의 대부분은 1성. 그리고 드문드문 나오는 2성과 3성. 그렇게 20번의 뽑기가 끝났고, 마지막 21개를 깔 때였다.

[신비한 기운이 공간 전체를 감쌉니다.]
[강력한 힘이 한 곳에 집중합니다.]

역시는 역시, 빈서율. 여느 때처럼 빛이 흘러나왔다.

주변 공간을 뒤덮던 신비한 빛이 천천히 사그라들었다.

[빰빠밤!]

[근처에 보호족 '이니시스'(★★★★)가 소환됩니다.]

4성 보호족의 소환. 결국, 또 한 번 대박을 터뜨린 빈서율을 향해 일행들이 환호를 내질렀다.

"와! 역시 서율 누나!"

"와……. 세상에, 진짜 할 말을 잃게 만든다."

"도대체 몇 번째 4성이요?"

"허허허. 좋구먼."

어느새 분위기가 흥겨운 축제 분위기처럼 달아올랐다.

일행들은 좋아했지만, 난 이제 생각해야 한다. 몬스터 배분은 내 몫. 또 하나의 4성을 누구에게 쥐여줄지 판단을 내려야 하니까.

'흠, 이니시스라…….'

난 '심연의 눈동자'를 사용했다.

[몬스터:'이니시스'(★★★★)]

[종족:보호족]

[레벨:1 (Exp 0/150)]

[보유 스킬:4/4]

-융합(Lv.1):캐릭터 속으로 들어간다.

-캐릭터 보호(Lv.1):적의를 가진 몬스터가 캐릭터에 접근할 시, 공격한다.

　-암살 방어(Lv.1):'암살족'의 투명화 공격을 1회에 한하여 완벽히 막는다.(제한:30분에 1번)

　-긴급 보호막(Lv.1):캐릭터의 목숨이 위태로울 때, 딜량 200을 흡수하는 보호막을 생성한다.(제한:하루에 1번)

　전형적인 보호족의 스킬들. 거의 대다수의 보호족 스킬들은 이런 식으로 고정되어 나온다.

　'어떤 포지션이든 꼭 한 칸쯤은 할애하는 게 정석이지.'

　혹시 모를 암살이나, 위급한 상황에서 캐릭터를 보호하기 위해 꼭 필요한 것이 바로 이 '보호족'이다. '보호족' 역시 '합체족'과 마찬가지로 오브젝트형. '융합' 스킬을 통해 캐릭터와 합체한다.

　'흠, 어디 보자.'

　나는 일행들의 정보를 낱낱이 파악했다. 일단, 할아버지와 서지호, 양종현은 남는 몬스터 등록 칸이 없는 상태. 대상에서 제외한다.

　'주예린은 이미 보호족이 있고.'

　우리 집단에 보호족을 가진 인원은 총 둘이다.

　양종현의 '케일'(★★★★) 그리고 주예린의 '케이'(★★★★). 특이하게 이름이 비슷했지만, 어쨌든 그렇다.

　'그럼 남은 것은 나, 빈서율, 서은채뿐인데.'

　사실, 보호족만큼 합체족과 잘 어울리는 것도 없다. 직접 앞에 나서서 싸우는 만큼, 더 많은 위기에 노출되니까.

나나, 빈서율이나 꼭 하나쯤은 필요한 게 보호족이라는 거다.

'그래도 이번엔 서은채가 가지는 게 맞아.'

서은채는 힐러. 나와 빈서율에 비해, 자신을 보호할 수단이 전혀 없다시피 했다. 저번, 탑 6층에서도 그래서 힘들지 않았는가.

나나, 빈서율은 아직까지는 그렇게 위험하지 않다. 아직 6성 암살족들이 판을 치는 건 아니니까. 일단은 그게 내 판단이다.

"이번, 4성은 은채에게 주도록 하겠습니다."

나는 일행들에게 그 이유를 설명했다. 다행히 불만 없이 수긍하는 것 같았다. 빈서율은 서은채에게 '이니시스'를 넘겼고 서은채는 일행들에게 고개를 숙이며 감사히 받았다.

"고마워요. 앞으로 더 전략적인 힐링과 버프로 도움 되도록 할게요."

뽑기는 이걸로 끝. 나머지 몬스터 재료들과 합체족 '마라나타'(★★)를 받은 후, 각자 정비를 위해 해산했다.

내가 가장 먼저 이동한 곳은 '강화소'였다. 새로 받은 합체족의 등급 업그레이드를 위해서였다. 아마, 남는 재료를 털면 4성까지는 강화할 수 있을 거다. 난 모아둔 2성 재료 카드2개와 3성 재료 카드3개를 한 번에 갈아 넣었다.

[축하합니다. '마라나타'(★★★)로 등급 업그레이드되었습니다!]
[축하합니다. '마라나타'(★★★★)로 등급 업그레이드되었습니다!]

'엔트로피'와 같은 푸른 빛을 사방으로 뿜어내는 오브.

'자, 이제 두 합체족을 장착해 볼까?'

기대됐다. 합체족 두 개를 동시에 사용하는 건 나도 처음이었으니까.

노파심에 말하지만, 합체족은 굳이 태생 등급이 높은 걸 쓸 필요가 없다. 어차피 합체족을 쓰는 절대적인 이유가 '능력치 증가 버그'이기 때문이다.

['마라나타'(★★★★)를 등록합니다.]

[Tip 등록은 신중하게 하세요. 한 번 등록하시면 유저끼리 거래가 불가능해진답니다.]

나는 스테이터스에 마라나타를 등록하고 '합체' 스킬을 사용해 봤다. 그러자 오브가 내 몸속으로 스르륵- 들어온다.

[스킬 '합체족 마스터리'(S급)이 사용됩니다.]

['마라나타'(★★★★)의 기운이 몸속에 깃듭니다.]

[유저 '담건호'의 능력치가 증가합니다.]

'오, 그러고 보니.'

합체 스킬 능력치도 중복 적용되겠구나?

'힘75, 민첩73, 체력79, 화염 저항2, 냉기 저항4.'

능력치 상태를 보니 각 능력치 당 +5씩 더 적용되어 올라가 있었다.

이건 개이득이다. 후반으로 갈수록 능력치 1 올리기가 어려운 상황인데, 이런 식으로 쉽게 능력치를 올릴 수 있다니.

'벌써 능력치 70대를 돌파했네.'

고작 33레벨치고는 굉장히 높은 수치다. 보통 일반 유저 같으면 레벨 60은 찍어야 얻을 수 있는 능력치.

뭐, 걔네들은 직접 싸우는 게 아니니 상관없긴 하지만…….

그럼 추가한 합체족에 대한 실험은 이따가 해보는 거로 하고.

"쉐넌!"

나는 간만에 쉐넌을 불렀다.

[응웅! 건호!]

"지금 건물 레벨 상황이 어떻게 되지?"

[건물 레벨? 잠깐만~]

쉐넌이 허공에 홀로그램을 띄웠다.

[강화소 5레벨! 골드 광산 7레벨! 방어 타워 4레벨! 나머지는 다 1레벨이야. 으음, 광산만 너무 올리는데……. 다른 건 안 올릴 거야? 너무 비효율적인 것 같은데 괜찮겠어?]

"어, 일단 내버려 둬봐."

지금 보유하고 있는 골드는 133,800. 광산 만렙까지 필요한 골드는 총 350,000. 아직 한참 남았다. 그래도 벌써 광산 7렙이라니, 엄청나게 빠른 거다.

탑을 올랐기에 가능한 수치. 나쁘지 않았다. 만렙까지 찍기만 하면 그동안 썼던 골드도 금방 회수할 수 있을 테니까.

미리 올려놓은 광산은 점차 눈덩이처럼 불어 남들과 비교할 수 없을 만큼 막대한 골드를 벌어다 줄 거다.

"일단, 광산 8레벨 찍고, 나머진 나중에 짓자."

[알겠어! 가격은 50,000골드인데 괜찮지?]

"그래. 남은 돈은 보관해 두고."

[웅! 웅!]

나는 일단, 광산을 제외한 모든 곳에 돈을 아끼기로 했다.

아직까진 탑에 오를 수 있는 상태. 높은 레벨의 건물이 딱히 필요하진 않았다.

[골드 광산 (Lv.8)]

골드 채광 + 2,500골드/1일.

'좋군.'

어차피 만렙 찍을 광산. 최대한 빠르게 올려 효율적인 자원 수급을 하겠다는 단순한 이치.

'이제 훈련이나 해볼까?'

새로 얻은 합체족에 적응할 겸, 나는 이끌린 듯 훈련소로 이동했다.

"후욱, 후욱."

기분 좋은 땀이 흘렀다.

'……이제 마지막 하나!'

창대로 훈련용 인형을 있는 힘껏 후렸다.

퍼억!

한순간에 형체도 남기지 않고 박살 나는 훈련용 인형.

마침내 '때리기' 1,000번을 완수했다.

'찌르기, 베기, 때리기.'

3단계로 나누어진 베르트랑 창술의 기초. 오늘은 다시 초심으로 돌아가 각 기본 기술을 1,000번씩 진행했다.

'할 만하네.'

창을 내려두고 스트레칭을 했다. 옛날 같은 근육통이나 떨림이 없다. 이제 완전히 적응한 것이다.

'좋고.'

기술 훈련이 끝났으니 체력 단련을 할 차례. 나는 트랙을 달릴 준비를 하며 '용사 채팅창'을 켰다. 그냥 운동하면서 볼 생각이었다. TV나 스마트폰이 사라진 지금, 고인물들의 수다를 지켜보면 그래도 심심하지는 않았다. 또 멍하니 지켜보다 보면, 나름시간이 빨리 흘러가서 체력 단련에는 최고다.

[병아리콩(Lv.19):아니, 오빠들 도대체 왜 여기서 싸워? 차라리 그냥 만나서 결판을 내.]

[문스터(Lv.25):진짜 개 시끄럽네 ㅆㅂ.]

들어가자마자, 띠링-띠링- 거리며 올라오는 글.

첫 메시지부터 심상치가 않았다.

'뭐지?'

온몸에 훈련용 타이어와 고목을 묶고 달리며 채팅창을 주시했다. 뭔가, 흥미로운 사건이 벌어지고 있나 보다.

[담배하나피까츄(Lv.20):그래서 그게 스틸한 게 정당화가 된다고?]

[배추꿍(Lv.19):아까부터 스틸은 무슨 지랄 염병을 하고 자빠졌네. 와-저거 진짜 대가리 깨졌나ㅋㅋ]

둘 다 채팅창에서는 처음 보는 아이다. 아무래도 밖에서 고인물들끼리 시비가 붙은 것 같은데…….

[담배하나피까츄(Lv.20):온종일 기다리던 보스 니네 집단이 홀랑 처먹어놓고 스틸이 아니라고?]

[배추꿍(Lv.19):미친색끼ㅋㅋ 니가 그 자리 전세 냈냐? 지금 무슨 쌍팔년도에서 게임하는 것도 아니고 아직도 자리 타령하고 있어. 여기가 무슨 단풍잎 게임이야?]

[담배하나피까츄(Lv.20):하, 진짜 옛날부터 느꼈는데 얌생이같이 플레이하네. 진짜 뒈지고 싶냐? 살인하기 싫어서 봐줬더니.]

[문스터(Lv.25):저렙들 좀 닥쳐. ㅆㅂ.]

오고 가는 쌍두문자.

상황을 계속 지켜보니 이랬다. 메인 퀘스트인 '재해급 필드 보스'를 잡기 위해 도시 근교로 이동했다가 만난 두 집단이 저 둘. 먼저 와서 한참 동안 기다리던 집단의 사냥감을 나중에 온 타 집단이 빠르게 잡아버린 것 같았다.

서로 목숨이 하나씩밖에 없기도 했고 싸워봐야 서로 얻는 게 없기에 자리를 피했다가 채팅방에서 시비가 튼 것 같았다. 아마 서로가 고인물인 걸 알아보고 채팅창에서 찾았겠지.

'별거 아니었네.'

「몬스터즈」 초창기 때는 자주 있던 일이었다. 세 번째 메인 퀘스트 1단계가 '재해급 필드 보스' 5마리 잡기. 2단계가 '재해급 필드 보스' 20마리 잡기다.

총 25마리를 잡아야 하는데, 문제는 '재해급 필드 보스'의 등장률이 굉장히 낮다는 점. 온종일 돌아다녀야 한두 마리 겨우 잡을 정도로 잘 나오지 않는데, 경쟁자마저 많으니 이렇게 문제가 되는 거다.

[카드값줘체리(Lv.23):도대체 왜 여기에서들 싸우는 거냐. 정 아니꼬우면 탑 8층 가면 되잖아?]

[병아리콩(Lv.19):ㅋㅋㅋ 8층 가기엔 6층이랑 7층이 너무 빡세지. 하, 나도 아직 그거 다 못 깼는데. 진짜 메인 퀘스트가 더럽긴 해. 그치?]

[문스터(Lv.25):ㅆㅂ.]

맞다. 사실, 메인 퀘스트를 가장 효율적으로 깨는 방법은 '시런의 탑' 8층에 있다.

8층에는 '재해급 필드 보스' 총 50마리가 쫄따구로 등장하니까, 단순히 클리어하는 것만으로도 메인 퀘스트 두 개 단계를 한 번에 깰 수 있는 거다. 다른 상주 인원들의 만류에도 두 고인물은 계속 싸움을 시작했다.

[담배하나피까츄(Lv.20):아무래도 열 받아서 안 되겠다. 아까 거기로 다시 와. 이 새끼야. 안 봐준다.]

[배추꿍(Lv.19):ㅋㅋㅋ 가오충. 가오 오지게 부리네. 니가 그러고도 집단장이냐? 제 감정컨트롤 하나 제대로 못 해서 팀원 목숨까지 걸어버리죠? ㅋㅋ]

계속되는 비난과 욕설에 그냥 채팅창을 껐다. 제일 재밌는 게 불구경과 싸움 구경이라지만, 지금은 딱히 흥미가 없어졌다. 그래도 나름 10년 차 마지막까지 남아 있던 유저들인데, 아직도 19렙, 20렙을 찍고 한심한 말싸움이나 하고 있다는 게 안타까웠기 때문이다.

게다가 평범한 게임도 아니고 생존이 걸려 있는 현실이다. 저런 불필요한 싸움은 지양해야 하는 게 기본 수칙. 상대를 완벽하게 제압할 수 있는 게 아닌 이상, 괜한 자존심으로 목숨을 잃을 수 있다.

'쯧, 훈련이나 하자.'

뭐, 내가 관심 가질 일은 아니니.

주렁주렁 달린 타이어를 매달고 속도를 좀 더 내려 할 때였다.

"건호 씨?"

훈련장에 빈서율이 들어왔다. 난 달리던 걸 멈췄다. 무슨 일이지? 오늘 훈련은 각자 하기로 했었는데…….

그러고 보니, 머리카락이 축축한 게 샤워도 한 것 같았다. 오늘은 훈련 안 할 생각인가?

"……무슨 일이에요?"

"잠깐 나와보실래요? 엄청난 걸 발견했어요."

'엄청난 거?'

그게 뭐지.

호기심에 그녀를 따라나섰다. 빈서율 성격에 웬만한 일로는 날 부르지 않았을 거다. 내가 훈련을 얼마나 사랑하는지, 잘 알 테니까.

"일단, 주거지에서 땀 좀 씻고 나오세요."

"……흠, 그나저나 뭣 때문에."

"네? 식사하셔야죠. 아까 저녁 먹을 때 불러달라 하셨잖아요."

"아."

그러고 보니, 벌써 저녁 시간이었구나.

하늘을 보니 해가 점점 저물어가고 있었다. 정신없이 창을 휘두르느라 이렇게까지 시간이 흐른 줄도 몰랐다.

"그것도 그렇고 이번엔 기대하셔도 좋아요. 좀 귀한 음식이 나왔거든요."

"귀한 음식이요?"

아, 그걸 '엄청난 거'라고 표현한 건가?

난 또 뭐라고. 별거 아니었네.

"네, 일단 어서 씻고 오세요. 기다릴게요."

"……그러죠."

아무리 훈련이 고파도 식사는 꾸준히 해줘야 한다. 근력이 붙기 위해서는 근육을 만들어 낼 에너지가 필요한 거니까.

특히 나 같은 경우, 기초대사량이 높아져서 일반 사람들보다 훨씬 많이 먹는다.

나는 간단히 씻은 후, 밖으로 나왔다. 주거지 앞에서 기다리던 빈서율이 날 보고 싱긋 웃었다. 빨리 가자는 제스처다. 나역시 마주 보고 웃어줬다.

기분이 오묘했다. 부모님이 돌아가신 후, 단칸방에서 연명하며 편의점 음식만 먹던 삶. 혼자였던 삶. 누군가가 나에게 이렇듯 식사하라고 다가와 준 게 얼마 만인가.

'그러고 보니……'

다들 가족이나 친인척이 있었을 텐데. 생각해 보니 그녀는 내 앞에서 우울한 표정을 단 한 번도 보인 적이 없다.

빈서율뿐만이 아니었다. 서 씨 남매도 그렇고 할아버지, 양종현도 그렇고, 주예린도 그렇고……. 전부 이상하리만큼 밝았다.

'……다들 잘 적응하고 있는 건가?'

여하튼 자리를 이동하니, 슬슬 빈서율이 말한 게 뭐였는지 감이 왔다. 멀리서도 알 수 있었다. 아니, 알 수밖에 없었다. 주린 배를 자극하는 고소한 냄새. 정말 오랜만에 맡아보는 고기

굽는 냄새였으니까.

난 놀라서 빈서율에게 물었다.

"삼겹살을 구한 거예요?"

"네, 깜짝 놀랐죠? 헤헤."

"허, 그걸 어떻게……."

자연스럽게 군침이 돌았다. 먹어본 지 꽤 오래된 음식. 맨날 기본 식자재로 이루어진 간단한 요리나 통조림, 초코바만 먹었었는데…….

"주거지에 나오는 식자재도 '뽑기'인가 봐요."

"네? 뽑기요?"

"원래 채소나 달걀 이런 것만 나오다가, 이번에 처음으로 제 냉장고에서 삼겹살이 나왔거든요. 그것도 두 근이나!"

"허……."

식자재도 랜덤 뽑기라. 그것도 하필, 빈서율의 냉장고에서 나오다니. 과연 축캐는 축캐인 것일까?

대단했다. 아마, 식자재를 등급으로 매긴다면 4성 '삼겹살'(★★★★) 정도 되려나…….

'괜찮네.'

저번에도 말했다시피, 맛있는 음식은 스트레스 관리에 도움이 된다. 두 근이면 일곱 명이 먹기엔 적은 양이지만, 그래도 분위기를 한 번 환기시킬 수 있는 용도는 될 것이다.

치이이익-

기분 좋은 소리가 청각을 자극했다. 양종현이 어디서 구했는지 모를 솥뚜껑에다 열심히 고기를 굽고 있었다.

"리더, 오셨소?"

"제가 구울까요?"

"아니, 아니. 괜찮소! 내가 굽는 게 편하오."

내가 옆자리에 앉아 묻자, 양종현이 만류했다.

"뭐야, 이제 왔어, 오빠?"

멀리서 주예린과 서지호도 다가왔다. 그녀의 손아귀에는 초록색 병 두 개가 들려 있었다.

"그건?"

"소주지. 지호랑 먼 곳까지 가서 주변 건물 좀 털었거든. 거기서 발견했어. 마셔도 괜찮지?"

유난히 밝아 보이는 모습의 주예린. 그리고 뭔가 신나 보이는 서지호.

'……흠.'

나는 고민했다. 내일이면 8층에 올라야 하는데, 음주라……. 어느새 솥뚜껑 주변으로 모인 일행들.

나는 그들을 둘러봤다. 다들 묘하게 기대하고 있는 눈빛이었다.

문득, 그런 생각이 들었다.

우리가 지금껏 제대로 휴식한 적이 있던가.

쏟아지는 메인 퀘스트들과 시련의 탑 등반. 그리고 그곳에서 살아남기 위한 끝없는 훈련.

'과연, 이들은 이 세상에서 살아갈 동기를 얻을 수 있을까?'

생존에 대한 욕구가 강해야 오래 살아남는다. 살아남아도 끊임없는 고통의 반복이면 그게 무슨 의미가 있겠는가. 행복한 미래가 보장되어 있는 것도 아니고 말이다.

게다가 이들의 표정.

그제야 보였다. 이들은 분명 슬퍼하고 있었다. 우울해하고 있었다. 다만, 참고 있는 거였다. 생존에 방해가 될까 봐. 집단을 이끄는 나에게 괜한 피해를 줄까 봐.

일종의 불문율이랄까.

서로가 서로를 묻지 않았다. 그저 웃고 농담을 건네며, 서로에게 기대고 있었다. 밝아 보였던 게, 결코 밝은 게 아니었다.

"후."

나는 호흡을 내뱉으며 피식- 웃었다. 그리고 말을 이었다.

"좋습니다. 한 잔씩만 하죠. 어차피 두 병뿐이니까."

그러자 터져 나오는 환호.

"와아아아!"

"역시, 우리 리더가 최고요!"

"좋네요. 간만에 술도."

나쁘지 않았다. 집단의 리더로서, 이들의 복지도 챙겨 줄 필요가 있다.

"형!"

서지호가 손을 든 건 그때였다.

"왜."

"저도 마시면 안 돼요?"

"너?"

힐끗 쳐다봤다. 서지호가 호기심 어린 눈망울로 날 바라본다. 어지간히 먹고 싶나 보다.

'허, 참.'

미성년자라고 나한테 허락받겠다는 건가? 세상이 멸망했고, 법이 사라졌는데 미성년자라는 개념이 어딨겠는가. 나이가 어려도 이제 본인은 본인이 책임져야 하는 시대다. 난 별 상관없는데…….

"서지호, 너 지금 뭐라 했어!"

그러나, 서은채가 도끼눈을 뜨고 서지호를 바라봤다. 뭐, 가족이 아니라 판단하는데, 내가 나설 필요는 없겠지.

"아무래도 넌 사이다 먹어야 할 것 같은데……?"

"히잉."

곧이어, 침울해지는 서지호.

"나중에 기회되면 알려줄게."

"알겠어요. 형."

그렇게 해프닝이 끝나고 파티가 시작됐다. 나 역시 빈서율에게 받은 소주를 한잔 털어 넣었다. 간만에 식도를 적시는 알코올의 느낌에 기분이 좋아졌다.

일행들은 삼겹살을 먹느라 정신 팔려 있는 상태. 나는 눈앞에 고기를 한 점 털어놓고 말했다.

"드시면서 들으세요."

그러자 일행들의 이목이 나에게 집중된다. 먹는 건 먹는 거고, 이제 8층에 대한 브리핑을 시작해야 한다.

"이번 8층의 필드는 지금과는 많이 다를 겁니다."

"그럼, 다르지 달라."

주예린이 고개를 끄덕이며 대꾸했다.

나머지 일행들의 눈빛에도 호기심이 어렸다. 난 계속 말을 이었다.

"일단, 엄청나게 커요. 얼마나 방대하냐면 아마, 일주일이 넘어도 공간 전부를 다 돌아다니지 못할 정도죠."

"그치, 보통 8층 깨려면 일주일은 커둬야 했었으니까. 옛날에 오빠한테 엄청 깨졌던 거 생각나네, 참."

그때는 바쁜 직업인지 몰랐지. 어쨌든⋯⋯.

나는 눈으로 '히든 퀘스트'창을 띄어봤다.

[집단 히든 퀘스트 -'시련의 탑 등반']

[목표:탑 9층을 클리어하라.]

[제한 시간:3주.]

[성공 시:각 +500,000 골드]

[실패 시:집단 전원사망]

이놈의 빌어먹을 퀘스트를 받은 지 벌써 6일째. 이제 약 2주라는 시간밖에 남지 않았다.

"오랜 여행이 될 수 있으니, 내일까지 준비 철저히 하셔야 합니다."

그냥 보스만 잡는 거면 나름 빨리 깰 수 있지만, 메인 퀘스트도 동시에 진행할 생각이다. 그 거대한 필드 곳곳에 숨겨진 재해급 필드 보스 50마리. 그중 반을 처리하고 올라가야 한다.

"저, 질문이요."

누군가 손을 들었다. 빈서율이었다.

"말씀하세요."

"자리를 오래 비우면, '터'는 어떡하나요?"

좋은 질문이었다. 지금까지는 금방 다녀올 거라 슬쩍 비워 두고 갔었는데, 이제는 장기간 여행이 될 수도 있다. 혹시 모를 침략에도 대비해야 한다.

방어 타워가 뚫리고 건물이 무너질 경우, 복구하는데 꽤 많은 시간과 비용이 드는 거로 알고 있다.

"잠시만요. 서율 씨."

"넵."

"쉐넌, 나와봐."

[응! 응! 불렀어?]

난 잠깐 대화를 중단하고 쉐넌을 불렀다. 일행들에게 정확한 수치를 알려주기 위해서였다.

"건물이 타 집단이나 몬스터한테 깨지면 어떻게 되는 거지?"

[당연히 다시 처음부터 지어야지! 물론, 우리 요정들에게는 복구 시스템이란 게 있어서 일정 비용만 지불하면…….]

"그래, 건물 복구 비용이랑 복구 시간이 얼마였더라?"

[으음, 복구 비용은 저렴해! 공식도 간단하지! (건설비용 +

총 업그레이드 비용)×30%!]

한 번 지은 건물은 본인이 원하는 레벨 비용의 30%만 지급하면 다시 지을 수 있다.

[무너졌을 땐, 꼭 고렙 건물로 안 지어도 돼. 돈이 부족하면 낮은 레벨부터 천천히 복구할 수도 있어!]

예를 들어, 만렙 광산을 깨 먹어도 다시 저렙부터 올릴 수 있다는 말이다. 물론, 가격은 싸게.

"시간은 얼마나 걸리는데?"

[어떤 레벨이든 약! 일주일! 이건 규칙이야. 돈이 많아도 어쩔 수 없어! 단, 한 번 복구하면 업그레이드할 때 드는 시간은 없어. 업그레이드 비용은 똑같이 30% 적용하고!]

"오케이."

난 쉐넌을 돌려보냈다. 일행들도 전부 알아들었는지 고개를 끄덕였다. 난 다시 빈서율을 바라봤다.

"들었죠?"

"넵."

"이런 이유로 두고 가기엔 좀 꺼림칙합니다. 아무리 방어 타워 레벨이 중간은 간다 해도 여러 명이 모여서 침략하면 어쩔 수 없으니까요."

'터'를 회수하게 되면 골드 광산 효과를 받을 수 없다. 그게 아깝긴 했지만, 혹여나 건물을 잃었을 때의 손해가 너무 크다. 해봐야 일주일뿐이지 않은가.

"변수가 크겠군요."

"그죠. 그래서 터는 정리하고 가기로 했습니다."

사실, 그것과 관련해서는 주예린과 이미 대화를 나눈 상태였다. 빈서율이 다시 물었다.

"그럼, 그동안 이 자리를 뺏기면……."

"그건 걱정하지 마, 서율아."

주예린이 나섰다.

"네?"

"내가 알아서 할 테니까. 다 방법이 있거든."

자신감에 차 있는 주예린이 큰소리를 떵떵 쳤다.

어쩔 거냐고 묻는데, 다 방법이 있다며 나에게도 알려주지 않았다.

뭐, 상관없었다. 아직 '터' 위치를 고집할 정도로 주변이 빽빽한 것도 아니고 그녀도 다 생각이 있겠지.

"좋습니다. 그럼 마저 즐기죠."

"그래, 마시자! 마셔!"

파티는 지속됐다.

다음 날 아침.

우리는 모든 채비를 마치고 '터'를 접었다.

쿠구구구-

쉐넌의 주도하에 탑 옆자리에 펼쳐졌던 건물들이 일순간에 사라졌다.

나는 주변을 둘러봤다. 예전엔 을씨년스러울 정도로 텅 빈 공간이었는데, 이제는 제법 많은 건물들이 들어서 있다.

그런데도 이상하게 탑 주변에는 절대 '터'를 잡지 않는다.

'하긴, 이 시기에 탑 오르는 사람이 몇 명이나 있다고.'

지금도 수십 명의 인원들이 시련의 탑 안으로 입장하고 있긴 했다. 하지만, 1 서버 전체 인구가 몇인가. 저번에 확인했을 때, 약 34만 명이었다. 아마 그들 대부분은 근교에서 아직까지 메인 퀘스트 노가다 중일 거다.

아니면, 어디 틀어박혀서 살고 있겠지. 아직 이곳에 모이기엔 너무 이르다.

"언니, 이번 8층은 7층에 비해 난이도가 어떤가요?"

서은채가 주예린에게 물었다.

주예린이 빙긋 웃으며 그녀의 머리를 쓰다듬었다.

"걱정 마. 보스층을 제외하고는 원래 각 7층이 제일 어려우니까."

"헐, 그런 게 있어요?"

"어, 원래 '히든 피스' 층은 어렵거든. 아마 이번 게 체감 난이도는 조금 더 쉬울 거야. 으음, 좀 오래 걸린다는 것 빼고는?"

"그렇구나, 다행이네요."

주예린이 이런 식으로 일행들의 긴장감을 풀어줬다. 내 생각엔 7층이나 8층이나 난이도는 비슷할 것 같지만……

뭐, 내 말만 잘 들으면 할 만할 거다. 공포에 빠지게 만드는 것보다는 이렇게 믿음을 주는 게 훨씬 더 낫다.

자, 이제 준비는 끝. 다시 퀘스트를 깨러 갈 차례다. 이제 9층까지 진짜 얼마 남지 않았다.

나는 창을 뽑아 들었다. 그리고 앞장서서 이동했다.

그러자 따라오는 일행들.

덜컹!

탑의 문이 열렸다. 곧이어 시커먼 어둠이 우리를 반겼다.

['시련의 탑'에 입장하셨습니다.]
[입장 파티:소수정예(7명)]
[다음 도전 층수:8층]

이제, 그동안 내버려 뒀던 '메인 퀘스트' 진도를 나갈 차례다.

고대 유적지 같은 장소. 제법 깔끔하게 다듬어져 있는 건축물들과 조형물들. 주변 통로에 은은하게 피어 있는 횃불들이 늘어져 있다.

퍼엉!

콰가가가!

그리고 그곳에 있는 '돌 강아지'(★★)들과 싸우는 일행들.

"앞에 힐링 좀 해주게!"

"네, 할아버지!"

"종현 씨, 디버프 쿨다운이 끝난 것 같아요!"

"알겠소!"

난 그런 일행들을 둘러봤다. 탑 8층에 들어온 지 어언 일주일. 이제는 완전히 체계가 잡혀 있었다.

'많이 발전했어.'

내가 많은 도움을 줬다지만, 벌써 시련의 탑 8층에 도전하고 있는 멤버들이었다. 다들 레벨도 20대 중후반으로 채팅방 고인물들과 비슷하거나 좀 더 높은 레벨.

슈웅! 슈웅!

특히, 빈서율의 움직임이 대단했다.

'돌 강아지'의 돌멩이 공격을 한 바퀴 굴러 간단하게 피해낸 후, 2연발 사격.

푸숙! 푸숙!

정확히 꽂히는 볼트.

부스러지는 두 마리의 '돌 강아지'.

마치, 전쟁터에서 5년은 굴러먹은 베테랑 여전사를 보는 듯했다.

'다들, 기대 이상이야.'

게임과 현실은 분명 다르다. 눈앞에 야구공처럼 빠르게 날아오는 돌멩이들. 저거에 맞으면 대가리가 터지진 않더라도 엄청 아플 텐데……

이제 일행들에겐 일말의 긴장감조차 없어 보였다. 공장에서 상품을 찍어내듯, 놈들을 기계적으로 사냥하고 있었다.

분명, 두려움을 가지고 있을 텐데도 말이다. 이게 내가 이들을 높이 평가하는 이유나.

[깃털 폭파아아!]

콰아아앙!

마지막, 마무리는 뽈하피였다. 공간을 뒤흔드는 폭발음과 함께, 던전이 고요함으로 물들었다.

완벽하게 정리된 '돌 강아지'(★★)들. 어느새 주변은 돌 부스러기들로 가득했다.

"잘했어, 뽈하피."

[웅! 주인님!]

"그래, 그래."

난 날개를 꼿꼿이 세운 채로 칭찬을 요구하는 뽈하피의 머리를 쓰다듬었다. 그리고 일행들을 돌아다 봤다.

"자, 이제 마지막 필드 보스네요."

"후, 드디어……"

"지긋지긋하네요."

피곤에 찌들어 있는 일행들의 표정. 그렇다. 우리는 일주일 동안 이곳 유적들을 뒤지며 '재해급 필드 보스'를 처리하고 있었다.

이제 남은 것은 한 마리. 이전에 받았던 5마리 처치 퀘스트는 이미 깨고 보상을 받은 상태.

"그래도 근교에서 찾아다니는 것보단 훨씬 나을 겁니다."

"맞아요. 이걸로 웬만한 고인물들 진도는 다 따라잡았을걸요?"

내 말에 주예린도 고개를 끄덕이며 동조했다.

우리는 계속 이동했다. 곧이어 나타나는 마지막 방.

이곳에 재해급 필드 보스 '돌 두더지'(★★★)가 서식한다.

콰가가강!

놈을 잡는 것도 순식간이었다. '재앙급 필드 보스'였던 '리치'(★★★★★) 정도까지는 아니지만, 그래도 재해급은 재해급이다. 수많은 파티가 레이드를 해야 잡을 수 있는 몹을 고작 7명이서 여유롭게 처치했다.

[삐빅-]

[축하드립니다. '재해급 필드 보스' 20마리를 처치하였습니다.]

[메인 퀘스트 ③ -2. '재해급 필드 보스 처치'가 종료되었습니다.]

[특수한 보상이 지급됩니다.]

[기본 보상:30,000골드]

퀘스트 클리어 메시지가 날라왔고, 곧이어-

[새로운 메인 퀘스트가 도달합니다.]

[메인 퀘스트 ③ -3. '재난급 필드 보스 처치']

[도시 근교에는 간혹가다 생존자들을 위협하는 끔찍한 몬스터가 나타납니다.]

[보스를 처치해서 도시의 평화를 지켜주세요.]

[성공 시:+50,000골드]

새로운 메인 퀘스트도 도착했다. '재난급'은 '재해급'보단 상위지만, '재앙급'보단 하위에 있는 필드 보스다.

보상은 50,000 골드. 기본적으로 '메인 퀘스트'의 보상은 탑에 비해 짜다.

어쩔 수 없다. 난이도가 탑에 비해 어렵지 않기 때문이다. 물론, 이번 퀘스트 역시 탑만 꾸준히 오르다 보면 클리어할 수 있을 거다.

놈을 처리한 우리는 잠깐의 휴식을 가졌다. 각자, 정비할 것을 정비하고 주린 배도 채웠다.

쉬는 사이 비상식량을 씹으면서 확인해 보니 벌써 레벨이 35까지 올랐다. 능력치도 레벨 보너스를 제외하고 각 +2씩 더 올랐다. 아무래도 합체족을 중복으로 쓰다 보니 오르는 효과가 더 빨라진 것 같았다.

"이제, 마지막 한 놈 남은 건가요?"

빈서율이 물었다. 난 고개를 끄덕였다.

사라졌던 긴장감이 다시 오른다.

탑 8층의 보스. '에인션트 골렘'(★★★★).

대부분의 고인물들이 말한다. 8층 보스가 7층 보스에 비하면 쉽다고. 하지만, 내 생각은 달랐다.

'7층 패턴은 지겨울 정도로 외웠어. 그러나 8층 보스는……'

혼자 캐리할 수가 없다. 팀과의 신뢰, 그리고 타이밍이 맞아야 잡을 수 있는 몹이라 나에겐 훨씬 더 까다롭다.

"일단, 보스 방 앞으로 자리를 이동하죠."

우리는 다시 자리를 이동했다.

Chapter 4

[주의하십시오. 주변에 보스방이 있습니다.]

3시간쯤, 이동했을까 위험 문구가 떴다.

눈앞에는 버려진 신전 같은 곳이 있었다. 이곳이 '에인션트 골렘'이 잠들어 있는 곳. 아직 입장하지 않았는데도 이유 모를 위압감이 느껴졌다.

"다들 모이세요."

"넵!"

"들어가기 전, 상세 임무와 목표, 역할을 나눌 겁니다."

나는 일행들을 차례로 둘러봤다. 신뢰의 눈빛으로 나를 바라보는 단원들. 나는 심호흡을 한 번 내뱉었다.

"먼저, 팀을 두 팀으로 나누겠습니다. 어그로 팀. 그리고 제어장치 제거팀."

"제어장치 제거요?"

빈서율이 고개를 갸웃했다.

"네, 처음 들어가게 되면, 놈은 거의 무적과 마찬가지인 상태일 겁니다. 제어장치에서 보내고 있는 보호막이 놈을 방어하기 때문인데……. 압도적인 딜로 뚫으면 되긴 하지만, 아직 우리 스펙이 그 정도까지는 아니에요. 놈을 잡으려면 제어장치를 제거해야만 합니다. 제거만 하면 뭐, 쉬워지죠."

"……그렇군요."

"문제는 그 제어장치 제거가 무척이나 까다롭다는 사실입니다. 그리고 골렘이 그 루트를 방해하기라도 하면 거의 불가능에 가까운 미션이라, 어그로 팀이 계속 골렘의 시선을 끌어줘야 해요."

나는 시선을 옮겨, 주예린을 바라봤다.

"주예린."

"응?"

"네가 제어장치 제거팀을 맡아줘."

"내가?"

"함정 위치 다 기억하지?"

제어장치로 가는 길에는 수많은 함정과 목숨을 위협하는 잡몹들이 도사리고 있다.

"음……. 기억하긴 하는데."

"어그로 팀은 자칫 실수하면 목숨을 잃을 수 있어서, 내가 케어해 줘야 해. 제어장치 제거팀은 그래도 잘 아는 사람이 너

밖에 없으니까."

"……아, 오케이. 해볼게."

나는 곧바로 팀을 나눴다.

어그로 팀 나, 지병수, 서은채.

제어장치 제거팀 주예린, 서지호, 양종현, 빈서율.

"10분 안에 제어장치를 부숴야 해. 그 이상 시간 끌면, 나도 힘들어."

"……그건 나도 알지."

주예린이 자신 없는 소리로 대꾸한다. 항상 나나 다른 형들의 지시만 따랐지, 직접 일행들을 이끌어 본 적이 없는 탓일 거다. 게다가 게임이 아닌 현실이기도 했고.

"자신감을 가져. 내가 어떻게든 버텨줄 테니까."

"알겠어."

"나머지는 각 팀장의 오더만 정확히 따르면 됩니다."

브리핑을 간단히 끝냈다. 그러자 할아버지가 질문했다.

"설마, 7층에 있는 그놈처럼 무지막지한 놈인가?"

"아뇨, 생긴 건 똑같이 무서울지 몰라도 딜량은 놈보다 약합니다. 방어력이 강할 뿐. 그래도 정신 차려야 합니다. 사실상, 우리 스펙으로 깨기엔 거의 불가능에 가까운 놈이에요."

"크흠, 자네가 그렇게 말하니 긴장되는구먼."

할아버지의 헛기침을 끝으로 전투 준비는 끝났다.

"자, 이제 들어가시죠."

우선, 나와 할아버지 그리고 서은채가 먼저 입장했다. 놈의 시선을 끌기 위해서다.

[보스방에 입장하셨습니다.]
[경고! 경고! 경고!]
['에인션트 골렘'(★★★★)이 깨어납니다.]

쿠구구구-
신전이 흔들렸다. 곧이어 바닥이 갈라졌다. 그리고 누워 있
던 커다란 바윗덩어리가 천천히 일어났다.
놈의 몸에는 문신이라도 한 듯 룬 무늬가 가득했다. 게다가
크기 또한 정말 어마어마했다. 눈대중으로, 7층의 '글라스 기
브넨'(★★★★)보다 조금 더 큰 정도?
"무, 무슨……."
"저런 걸 상대로 10분을 버티라는 겐가?"
일행들의 목소리가 떨려왔다.
"정신 차리고 왼쪽으로 달리세요!"
나는 목청껏 일갈했다.
제어장치로 가는 길은 오른쪽. 주예린 팀의 길을 터줘야 한다.
그어어어!
공간을 울리는 골렘의 포효.
입도 없는 바윗덩어리가 소리는 어떻게 내는 거지?
"할아버지!"
"알겠네!"

놈의 딜이 무시무시하다고는 하지만, '글라스 기브넨' 정도
는 아닌바, 할아버지의 탱커로 어느 정도 막을 순 있다.

카아아아! 크아아앙!

동시에 등장하는 4마리의 탱커. '라이', '콰르르', '카메르', '검
붉은 그리즐리 베어'가 왼쪽 구석에 일정 거리를 두고 대형을
갖췄다. 가장 선두에는 할아버지와 초창기부터 함께해 온 '라
이'가 서 있었다.

"은채 보호막! 버프! 대상은 '라이'한테!"

"네!"

곧이어 펼쳐지는 '클레어'의 실드와 쉐핀의 '축복'.

단일 대상 버프이기에 가장 선두에 있는 '라이'(★★★★)가 버프
를 받는다. 일단 골렘의 공격을 '라이'가 최대한 버텨줘야 한다.

"뿔하피, 너두 나와!"

[웅! 주인님!]

뿔하피를 소환하는 이유는 별다른 거 없다. 스킬 '아테나의
지휘'(S급) 때문이다. 주변 몬스터의 공격력과 방어력을 130%씩
올려주는 버프.

난, 켈피도 소환해 서은채와 할아버지를 태웠다. 혹시 모를
안전에 대비한 것이다. 은신의 지속시간은 20분. 이들을 지켜
주기엔 충분하다.

구아아아!

골렘이 다시 한번 울부짖었다. 그리고-

['에인션트 골렘'(★★★★)이 몬스터 '라이'를 표적으로 삼습니다.]

역시, 가장 선두에 있는 놈을 표적으로 삼았다. 오른쪽을 힐끗 바라봤다. 주예린 팀이 구석으로 신속하게 이동하고 있었다. 제어장치까지의 거리는 대략 500m 정도. 길을 알고 있는 주예린이 알아서 잘해줄 거다.

"다들 준비하세요! 이제 버텨야 합니다."

이미 표적은 '라이'. 놈의 크기 때문에 그 주변에 있다가는 휩쓸려 버릴 수 있다. 빠르게 퍼져야 한다.

쿵! 쿵! 쿵! 쿵!

빠르게 다가오는 골렘.

"켈피! 도망쳐!"

나는 켈피를 컨트롤했다. 그 후, 나 역시 뿔하피를 탄 채로 재빨리 옆으로 도망쳤다.

그아아아!

한껏 괴성을 지른 놈이 거대한 돌덩이를 들어 올렸다. 보아하니 놈의 팔이었다. 핑그르르- 수십 바퀴를 회전한 놈의 팔이 곧바로 '라이'를 향해 내려 찍었다.

콰아앙!

"라이!"

할아버지의 외침이 공간을 울렸다.

골렘의 내려찍기가 '라이'에게 정통으로 들어갔다. 공간을 뒤흔드는 굉음과 피어오르는 먼지. 곧이어 먼지가 걷혔다.

"안 된다! 라이야!"

할아버지가 다시 한번 외쳤다. 골렘 아래에는 입가에 피를 흘리며 다리를 저는 곰족 '라이'의 모습이 보였다. 다행히 죽지는 않았다. 그래도 4성까지 올린 탱커인데, 한 방에 저 정도라니 실로 골렘의 파워는 대단했다.

"할아버지, 진정하세요! 아직, '라이' 괜찮아요! 유지넬! 힐링해 줘!"

서은채가 켈피 위에서 발작하는 할아버지를 말렸다. '라이'는 할아버지가 1성부터 테이밍 했던 몬스터. 놀라시는 것 보니, 아마 저 공격 한 방에 죽은 줄 알았나 보다.

나도 괜히 우리 귀여운 뿔하피가 떠올라 신경 써드리고 싶었지만, 지금은 그럴 때가 아니었다.

"뿔하피!"

[웅! 주인님! 갈게!]

난 뿔하피 위에서 창을 고쳐잡았다. 그리고 골렘 후방에 가까이 붙었다.

'할아버지의 탱커는 오직 4개.'

다행히 골렘의 공격 한 방 정도는 어떻게 버티는 것 같다.

그러나 이대로 가면 10분은커녕, 2분도 버티지 못하고 다 뒈질 거다. 유지넬이 회복시켜 주는 동안 최대한 내가 시간을 끌어야 한다.

"하앗!"

골렘 후미에 붙은 나는 곧바로 놈에게 창을 찔러넣었다.

까득!

돌에 닿는 창. 그러나 전혀 통하지 않는 공격.

안다. 통하라고 공격한 거 아니다.

['에인션트 골렘'(★★★★)이 캐릭터 '담건호'를 표적으로 삼습
니다.]

'그렇지.'

애초에 목표는 이거였다.

그아아아!

고개를 돌려 나를 노려보는 골렘. 그러나 싸워줄 필요는 없
다. 일단 곧장 뒤로 빠진다.

"튀어!"

[웅! 튈게!]

뿔하피가 전속력으로 빠져나왔다.

쿵! 쿵! 쿵!

그러나 골렘은 크기가 큰 만큼, 금방 따라붙었다.

쐐애액! 콰아아아앙!

제대로 보이지도 않을 속도로 날아온 놈의 팔이 신전 벽을
후려쳤다. 다행히 뿔하피가 제대로 보고 피했다.

'제길.'

심장이 찌릿찌릿했다. 섬뜩했다.

'저런 거에 맞으면 정말 끔찍하겠지?'라고 생각하는 찰나, 놈이 발을 힘차게 들었다.

"피해!"

[끼아아아!]

뿔하피도 당황했는지, 본래의 포효를 내지르며 저공비행을 시작했다.

콰아앙!

아슬아슬하게 스쳐 가는 놈의 발이 땅바닥을 다 박살 냈다.

'이거 돌았네.'

겨우 두 번 피했는데도 정신이 하나도 없었다. 놈은 집요하게 따라붙었다. 접촉되어 있는 뿔하피의 심장도 빠르게 뛰는 게 느껴졌다.

"뿔하피, 미안해. 좀만 버텨줘……!"

[으, 으응! 헥헥!]

날개를 힘차게 파닥이는 뿔하피가 가여워 보인다.

제길, 빨리 할아버지가 정신 차리셔야 하는데.

크아아아!

다행이었다. 할아버지의 컨트롤로 '콰르르'가 달려와 골렘의 발부분을 힘차게 가격했다.

'나이스. 한 턴 쉬자.'

['에인션트 골렘'(★★★★)이 몬스터 '콰르르'를 표적으로 삼습니다.]

다행히 골렘은 뇌가 없어서인지 단순했다. 표적 도중에, 누군가의 공격이 들어오면 표적을 잽싸게 바꾼다.

그렇다고 어그로가 쉽다는 건 아니다. 놈의 속도가 제법 빠르기 때문에, 계속 신경 써줘야 한다.

시간이 흘렀다.

'아직인가?'

10분은 훨씬 넘은 것 같은데.

아직, 주예린 팀에서 연락이 없었다. 이제, 나도 더 이상 버티기 힘든 상태.

할아버지의 탱커들도 이미 골렘한테 두어 방 씩 맞아, 나가떨어진 상태였고, '뽈하피'와 '유지넬'도 지쳐 있었다.

쿵! 쿵! 쿵!

골렘의 체력은 끝내줬다. 처음 만났을 때와 동일한 속도, 동일한 파워로 계속 움직였다.

'후우.'

이제 별수 없었다. 맞서 싸울 수밖에. 계속 이러다가는 기어코 누군가 다칠 거다.

'이 방법까진 쓰지 않으려 했는데.'

나는 뽈하피에서 내렸다.

"켈피 좀 쓰겠습니다."

"자, 자네, 설마……!"

"싸, 싸우시려고요?"

[주, 주인님! 안 돼!]

"어서요!"

시간이 없었다. 골렘이 벌써 근처까지 다가와 '검붉은 그리즐리 베어'를 한 방에 쳐냈다. 피를 토하며 날아가는 곰족.

'제기랄.'

나는 신속히 켈피에 갈아탄 후, 앞으로 내달렸다.

'이젠 주예린을 믿을 수밖에 없어.'

원래 시련의 탑이 그렇다. 팀끼리의 신뢰가 없으면 전부 죽는 곳. 누군가의 실수로 팀 전체가 전멸당할 수도 있는 곳.

'그렇기에, 단원 선정에 그 노력을 했던 거였고.'

특히, 8층은 그게 더 심하다. 그래서 난 7층보다 여기가 더 싫다.

그아아아!

눈앞의 골렘이 포효했다. 이제 정말 주예린이 제어장치를 제거할 때까지 혼자 버텨내야 한다. 그리고 난 지금부터 딱 2분까지는 버틸 자신이 있었다. 아까부터 놈의 공격 패턴이 눈에 익었기 때문이다.

"가자!"

난 달리는 속도 그대로 놈에게 창을 내질렀다. 말 위에서 펼쳐지는 랜스 차징.

까강-

제어장치의 보호막에 막힌다.

['에인션트 골렘'(★★★★)이 캐릭터 '담건호'를 표적으로 삼습니다.]

"그래. 덤벼봐, 새끼야."
놈이 날 밟으려는 듯, 다리를 높게 들었다.
'은신.'
일단 은신을 사용한 후, 최대한 거리를 벌린다. 벌릴 수 있을 만큼.
그아아아!
내가 사라지자 놈이 올렸던 다리를 퉁-하고 내려놓는다. 그리고 두리번두리번했다. 곧이어 골렘이 다시 할아버지의 탱커를 표적으로 삼았을 때-

['디스트럭션 쇼크웨이브'를 가동합니다.]

광장 맨 끝까지 이동했던 나는 놈에게 쇼크웨이브를 한 방 날렸다.
콰아아아!
방출하는 황금빛 웨이브. 충돌하는 막대한 에너지.
콰가가강!
커다란 폭발음과 함께, 다시 놈의 어그로를 가지고 오는 데

성공했다.

그아아아!

그때였다. 놈이 미친 듯이 울부짖기 시작했다. 바윗덩어리 주제에 괴롭다는 듯 발광을 치기 시작했다.

'뭐야, 저거……'

갑자기 왜 저러지? 쇼크웨이브가 먹힌 건가?'

아니었다. 다음에 뜨는 메시지를 보고 알 수 있었다.

[제어장치를 제거합니다.]

['에인션트 골렘'(★★★★)의 보호막이 해제됩니다.]

'좋았어, 주예린. 해냈구나.'

나이스 타이밍이었다. 보호막이 제거된 골렘은 약 10초 동안 마비가 걸리고, 치명적인 약점을 드러낸다. 놈을 한 방에 처리할 수 있는 유일한 약점.

그리고 난 그 약점을 곧바로 찌를 수 있는 방도가 있다.

"켈피, 도약!"

목표는 놈의 가슴에 있는 노란 핵 위.

스르륵-

순식간에 시야가 바뀌었다. 바로 눈앞에 보이는 노란 돌덩이. 허공에 뜬 내 몸. 배 아래에서 느껴지는 알싸한 감각.

"뒈져라!"

나는 그대로 켈피에서 뛰어내리면서, 창을 있는 힘껏 핵에 내리꽂았다.

푸욱!

돌멩이답지 않게 쉽게 들어가는 창. 마치, 푸딩을 찌른 것처럼 부드럽다.

그아아아!

고통스럽게 울려 퍼지는 놈의 괴성과 함께, 황금빛이 사방으로 퍼져 나가기 시작했다.

[크리티컬!]
['에인션트 골렘'(★★★★)을 처리합니다!]

마침내, 소멸하는 놈. 그리고-

[띠링-]
[축하합니다!]
[시련의 탑 8층을 클리어하셨습니다.]

언제나처럼, 클리어 메시지가 올라왔다.

"자, 자네!"

"아저씨!"

감동스러운 표정으로 올려다보는 할아버지와 서은채. 떨어지는 내 몸. 그리고 끼아아아! 거리며 날아오는 귀여운 뿔하피.

'후, 아슬아슬했네.'

[주인님! 괜찮아?]

뿔하피가 허공에서 나를 받아 안았다. 그러고는 곧장 그르릉거린다. 흠, 이거 조류족 맞아? 묘인족 아니야?

"그래, 그래. 괜찮아."

뿔하피의 머리를 쓰다듬으며 천천히 아래로 내려갈 때였다.

파스슷- 파스슷-

기계음과 함께, 할아버지와 서은채가 사라졌다.

'응?'

사실, 별일 아닐 수 있다. 원래 퀘스트 클리어 메시지가 뜸과 동시에 탑 입구로 이동하는 게 지금까지의 규칙이었으니까.

그런데 묘하게 이상했다. 나 혼자만 이 공간에 붕- 떠 있는 듯한 괴리감. 마치 다른 차원에 온 것과 같은 느낌이 들었다.

'흠, 그러고 보니⋯⋯.'

탑을 클리어할 때마다, 내 눈으로 일행들이 사라진 걸 본 적은 없었다. 그리고, 당연히 클리어 메시지가 떴으니 나도 바깥으로 이동하는 게 맞다.

근데 왜 여기에 남았지?

"뭐야, 이거."

[주인님! 왜?]

"잠깐, 뿔하피."

다행히 뿔하피도 여기에 있었다. 켈피도 여유롭게 바닥에 착지했다.

나는 주변을 돌아다 봤다. 부서진 신전의 흔적, 파괴된 골렘

덩어리. 공간에 있는 것은 그것뿐이었다.

나머지 일행들의 인기척이나 신호는 전혀 들려오지 않았다. 묘한 적막감이 공간을 덮쳤다.

'뭐야, 이거. 설마 버근가?'

왜 나만 이곳에 남아 있을까. 아무리 생각해 봐도 답이 나오지 않았다.

파즈즉-

허공에 전류가 살짝 흐른 것은 그때였다.

"아씨, 깜짝이야."

순간, 땅이 흔들리기 시작했다. 세상이 어둠에 잠기기 시작했다. 어둠보다 더 시커먼 칠흑의 어둠이 온 공간을 잠식했다. 그와 동시에-

[삐빅-]
[Error! Error! Error!]
[누군가가 비상식적인 접근을 시도합니다.]

커다란 눈이 보인 것은 그때였다. 커다랗고 시뻘건 눈. 그 눈이 나를 바라보는 감정은 분명했다. 적의 그리고 악의.

"으읍……!"

순간, 정체 모를 힘이 전신을 압박했다. 강한 압력에 오장육부가 으스러지는 것 같은 느낌이 들었다.

"……이런, 씨이……."

욕도 나오지 않았다. 시야가 흐려졌고 숨도 쉴 수 없었다. 두통이 일었다. 토할 것 같은 느낌이 들었다.

[경고! 경고! 경고!]
[감당할 수 없는 힘이 존재합니다.]
['사이버'(★★★★★★)가 캐릭터 '담건호'를 바라봅니다.]

'뭐, 이딴……!'
그놈이었다. 그때 등장했던 7성짜리 그놈.
저번엔, 호의적인 눈빛으로 초대까지 하더니 갑자기 왜 이래? 내가 「갓 컴퍼니」랑 붙어먹고 있다고 생각해서 화난 건가?
[담…… 건…… 호…….]
놈의 목소리가 들려왔다. 순간, 기운이 살짝 풀렸다.
"……커헉."
간신히 기도가 풀린 나는 거칠게 숨을 몰아쉬었다. 그런데도 아직 압박감이 남아 있었다. 놈의 지독한 살기에 짓눌려서 힘들었다.
"……뭐냐."
나는 간신히 대답했다.
[갓…… 컴…… 퍼…… 니…… 의…… 개…….]
역시, 그거였나?
"개 같은……. 나보고 어쩌라고! 내 목표는 오직 생존인데!"
나는 힘껏 외쳤다. 언제나 그렇듯, 난 두 집단의 싸움에 관심이 없다. 단, 살기 위해 몸부림치고 있었을 뿐.

날 쳐다보던 놈의 눈동자가 길쭉하게 찢어졌다. 그 모습이 참 소름 끼쳐 보였다.

[선…… 물…… 을…… 주…… 지…….]

그와 동시에 눈이 직선으로 접혀 사라졌다. 동시에 온몸을 짓눌렀던 압박감이 눈 녹듯 없어졌다.

"커허억, 허억!"

참았던 숨을 토해냈다. 무릎을 꿇고 땅을 짚었다. 어지러웠다. 온몸은 어느새 식은땀으로 가득 차 있었다.

[주인님! 주인님! 왜 그래!]

걱정스러운 표정으로 달려오는 뿔하피. 뿔하피는 괜찮은 거 보니, 그 '눈'을 쳐다본 것은 나뿐이었나보다.

제기랄 갑자기 뭐지?

욕이 튀어나왔다. 왜 또 나타나서 깽판인 거야.

'……그리고 선물? 무슨 선물.'

곧이어, 놈의 선물이 뭔지 깨달았다.

[삐빅-]
[시련의 탑 9층입니다.]
[임무 유형 -탈출]
[던전에서 탈출하세요.]
[도전 인원:1/1]

갑자기 떠오른 메시지와 함께 이동하는 몸. 놈은 일행들 없이, 나를 맨몸으로 9층에 던져 버렸다.

빛이 한번 빈쩍였다.

눈을 감았다가 다시 눈을 떴을 때, 시야에 비친 곳은 낡은 지하 던전이었다.

가득 찬 습기. 퀴퀴한 냄새. 곳곳에 치여 있는 거미줄. 벽에 새겨진 수많은 동물 모양의 갑골문자들.

나는 곧바로 근처를 둘러보았다. 다행히 주변은 안전했다.

'×발, 뭐야 이게.'

어이가 없었다. 전개가 뜬금없다 못해, 황당했다.

저번처럼 튀는 행동을 한 것도 아니었고 버그를 사용해서 깬 것도 아니었는데, 갑자기 이렇게 개입을 한다고?

'완전, 제멋대로네.'

'사이버'(★★★★★★★). 놈이 누구인지는 모르지만, 이제 노선은 확실히 정해졌다. 놈은 분명 날 적대하고 있었다.

간섭력인가 뭔가 하는 것 때문에 날 직접 죽이지는 못하는 것 같지만, 분명하게 느껴졌다. 놈은 끔찍이도 날 경계하고 있었다.

'어디 해보자고.'

놈이 날 적대하면, 난 「갓 컴퍼니」에 붙으면 그만이다. 적어도 「갓 컴퍼니」는 도우면 도왔지, 눈 앞에서 날 적대하진 않았으니까.

푸르릉!

[주인님!]

켈피와 뿔하피가 다가왔다. 다행히 요 녀석들까지 튕겨 나가지는 않은 듯했다.

"후-."

한숨이 절로 나왔다. 시련의 탑 9층을 나 혼자서 깨라니. 뭐, 그건 크게 걱정 없다만 그래도 짜증 났다. 자꾸 놈의 개입으로 계획이 틀어지는 느낌이었으니까.

우선, 걱정되는 건 일행들이었다. 그들은 과연 무사히 탑 바깥으로 나갔을까? 그들도 나처럼 다른 곳으로 소환된 것은 아닐까?

난 곧바로 '용사 채팅창'을 켰다. 혹시, 주예린과 소통이 될까 싶어서였다.

['용사 채팅창'이 활성화됩니다.]

다행히, 탑에서도 채팅창은 켜졌다.

'음?'

그런데 채팅창이 평소보다 유난히 조용했다. 원래 '병아리콩'인가 하는 유저가 주도해서, 항상 시끄러웠던 곳이었는데…….

'뭐지?'

약 30초쯤 흘렀을까- 곧이어 띠링-하고 글 하나가 올라왔다.

[폭행몬스터즈(Lv.24):아놔, 근데 왜 자꾸 조용히 하라는 거? 여기 방에 전세 내심?]

오랜만에 보는 '폭행몬스터즈'였다.

뭐야, 누가 조용히 시키기라도 했던 걸까?

[모찌(Lv.30):아니, 미안하다고. 급한 일이라 그렇다니까. 너희 때문에 채팅 묻혀서 큰일이라도 나면, 나 진짜 다 가만 안 둘 거야.]

[폭행몬스터즈(Lv.24):후우, 참……. 한 번만 봐준다.]

[모찌(Lv.30):그래그래, 고맙다 새끼야.]

[모찌(Lv.30):오빠! 이거 보이면 나와 봐. 비운 오빠~ 있어?]

주예린의 아이디가 보였다.

'역시.'

사람의 생각이 다 거기서 거긴가 보다. 그녀도 내가 보이지 않자, 곧바로 '용사 채팅창'을 켰던 것이다. 계속해서 날 찾고 있었겠지. 나는 바로 답했다.

[비운(Lv.37):지금 확인했다. 너, 어디야?]

[모찌(Lv.30):헐, 오빠! 우린 탑 나왔지! 오빠는 어딘데. 왜 갑자기 사라졌어!]

곧바로 반응을 보내주는 주예린. 내가 다시 채팅창을 치려할 때였다. 잠깐 버퍼링이 걸리더니, 두 개의 글이 올라왔다.

[문스터(Lv.28):뭐야, ㅆㅂ?]

[카드값줘체리(Lv.25):……레벨 37?]

'아, 레벨……'

그 두 글을 필두로 수많은 메시지가 쏟아졌다.

[병아리콩(Lv.22):뭐야, 37이라고? 내가 지금 뭘 본 거? 오류인가?]

[조류족성애자(Lv.22):말이 됨? 지금, 이 타이밍에 저 레벨이 나올 수 있다고?]

[병아리콩(Lv.22):그치? 나 잘못 본 거 아니지? 내 눈깔 이상한 거 아니지? 비운 오빠 37 맞지?]

[몬스터콜렉터(Lv.24):뭐여, 탑만 오른 거야? 그래도 저건 좀 심했다. 나 그래도 지금까지 쉼 없이 사냥했는데 아직도 24야.]

[아리아리동동(Lv.21):ㄷㄷ 역시 갓비운.]

불타오르는 채팅창. 너무 빨라서 제대로 확인도 못 할 정도였다. 주예린이 재빨리 나서서 진압했다.

[모찌(Lv.30):!@#!]

[모찌(Lv.30):!@#!@]

[모찌(Lv.30):!@#@!#]

[모찌(Lv.30):!@#!@#!]

[모찌(Lv.30):전부 닥치랬지! 채팅 묻힌다고! 그리고 지금 급하다니까? 진짜 다 죽어볼래?]

[조류족성애자(Lv.22):떫……!]

[몬스터콜렉터(Lv.24):ㅋㅋㅋ 저번부터 그놈의 떫.]

"후우."

이놈의 채팅창은 귓속말 기능이 없어서 말썽이다. 이왕 간섭력을 투자할 거면 좀 더 편의성 있게나 만들어줄 것이지. 142명이나 들어 있는 방인데도, 볼 수 있는 칸이 너무도 좁다.

어쨌든, 주예린의 협박 채팅이 먹혔는지 아까보단 비교적 조용해졌다.

'일단 9층이라 말하자.'

난 그냥 내 상황을 이들에게 대충 뭉개서 공개하기로 했다. '사이버' 이런 거 말해봐야 설명하기 복잡하다.

'게다가…….'

나름 「갓 컴퍼니」가 만든 채팅창이지 않은가. 만일 채팅 내용을 보고 있다면, 어떻게든 해결해 주려 하겠지.

나는 다시 채팅을 쳤다.

[비운(Lv.37):나 지금 탑 9층. 혼자 떨어짐.]

[모찌(Lv.30):……뭐? 갑자기?]

[비운(Lv.37):그냥 버그인가 봐. 넌?]

[모찌(Lv.30):탑 밖에서 다들 오빠 찾고 있었지. 지금도 엄청 걱정하고 있어. 그나저나 무슨 그딴 버그가 다 있어? 우리 이제 일주일밖에 안 남았잖아.]

남은 시간은 약 7일 정도. 문제는 집단 전원이 9층을 클리어 해야 한다는 거다. 그렇지 않으면 전부 사망한다.

[비운(Lv.37):알잖아, 원래 개 같은 게임이었던 거.]

[모찌(Lv.30):후, 그래도 다행이네, 9층이라서.]

[비운(Lv.37):어, 그나마……. 8층보다는 낫지. 그래서 어떡할 거야? 난 보니까 혼자 깨야 할 것 같은데, 시간은 좀 걸릴 것 같아.]

[모찌(Lv.30):당연하지! 혼잔데!]

[비운(Lv.37):너 혼자 일행 데리고 클리어 할 수 있겠어?]

[모찌(Lv.30):으음, 그래야지. 그것밖엔 방법이 없으니까.]

[비운(Lv.37):루트는 기억하지?]

[모찌(Lv.30):어, 확실히. 그나저나 일행들한텐 어떻게 설명할까?]

[비운(Lv.37):그냥 들은 대로 말해줘, 버그 걸려서 어쩔 수 없다고. 나중에 보자고.]

[모찌(Lv.30):그럼 채팅창 존재 말해줘야 하는데?]

[비운(Lv.37):별수 없지.]

[모찌(Lv.30):휴우……. 알겠어, 오빠. 여기는 내가 알아서 할 테니까, 몸조심하고 혹시 모르니까 채팅창은 계속 켜두고.]

[비운(Lv.37):오케이.]

오가는 주예린과 나의 대화. 처음에는 몇몇 끼어드는 글들이 보였는데, 우리의 대화가 오갈수록 점점 채팅들이 사라져

갔다. 무언가 분위기가 싸늘하게 식은 느낌이었다.

그 침묵 속에서, 인싸력 높은 '병아리콩'이 먼저 치고 나왔다.

[병아리콩(Lv.22):……방금 뭐라 함? 9층을 혼자 돈다고?]

'병아리콩'이 도화선에 불을 붙였다.

[몬스터콜렉터(Lv.24):이건 또 무슨 말이야.]

[조류족성애자(Lv.22):9층? 내가 아는 시련의 탑 9층 맞지?]

[병아리콩(Lv.22):그럼 무슨 롯데타워 9층이겠냐.]

[몬스터콜렉터(Lv.24):미친, 7층도 아니고 9층을 혼자 깬다고? 그 넓고 복잡한 곳을?]

[카드값줘체리(Lv.25):내가 잘못 이해한 게 아니라면, 다른 일행들도 따로 9층 깬다는 것 같은데…….]

[병아리콩(Lv.22):그게 가능해?]

[문스터(Lv.28):미쳤네. ㅆㅂ.]

[아리아리동동(Lv.21):과연……소수정예 클라스 ㄷㄷ.]

눈에 보이지도 않을 속도로 빠르게 올라가는 글들. 나는 채팅창을 왼쪽 아래로 옮겨놨다. 나중에 조용해지면 조금씩 눈팅할 생각이었다.

'……쩝.'

그래도 다행이다. 일행들까지 따로 떨어졌으면 정말 큰일 날

뻔했다.

후우웅!

나는 등에서 묵창을 잡아 꺼냈다. 그리고 이곳, 낡은 지하 던전에 대해 떠올렸다. 눈을 감고 곰곰이 생각했다.

'저 고인물들이 이렇게 과하게 반응하는 이유가 있지.'

시련의 탑 9층. 9층의 난이도는 사실상 엄청나다. 7, 8층 따위와 비교도 안 될 정도로 어렵다.

'미로 던전이니까.'

그것도 보통 미로가 아니다. 마치 개미굴을 연상케 하는 수많은 갈림길, 위험한 함정, 중간중간마다 서식하고 있는 흉포한 필드 보스들.

게다가 그 보스들은…….

'지금은 나로서도 힘든 놈들이야.'

일행들이 있었으면 모를까, 혼자서는 버겁다. 해보려면 해볼 수도 있겠지만, 굳이 목숨 걸 필요는 없다. 보상이 있는 것도 아니고, 딱히 패턴이 있는 것도 아니라서 까다로운 놈이니까. 그놈들 말고도 잡아야 하는 몬스터들이 던전에 널려 있는데, 굳이 찾아 사냥할 필요는 없다.

'더욱 골때리는 건.'

맵이 맨날 바뀐다는 것. 도전할 때마다 미로가 바뀌니 길을 외울 수가 없었다. 당연히 이곳의 위치 역시 몰랐다.

'출구는 단 하나.'

바로 던전의 중앙이다. 그곳을 찾아, 가운데 있는 홀에 들어가 탈출해야만 9층을 클리어할 수 있다.

"후우, 가보자."

난 다시 눈을 떴다. 그리고 앞으로 걸어나갔다. 뿔하피와 켈피는 역소환했다. 이번엔 나 혼자 해볼 생각이었다.

'정석대로 깨면 복잡해.'

원래는 필드 방위에 존재하는 몬스터의 종류를 암기하고, 벽의 색깔을 판단해서 대강의 위치를 잡는다. '붉은 개미'(★★)에 진붉은 황토면 '북서쪽'. '푸른 개미'(★★)에 노란 황토면 '남서쪽'이런 식으로……

그 후, 필드 보스들을 잡아 나오는 힌트 아이템들을 통해 중앙으로 가는 갈림길을 추론해내야 한다. 아마, 이게 대다수 고인물들이 깨는 방식일 거다. 그야말로 정석적인 방식.

'하지만, 우린 다르지.'

오직 구 '소수정예' 멤버만 아는 전략이 있다. 이 극악한 난이도의 미로를 너무도 간단하게 깨는 방법. 다른 고인물들은 절대 모르는 방법.

'갈림길에서 뱀의 머리만 찾으면 돼.'

나는 77층 설계도에서 확인했던 정보를 떠올렸다. 개미굴처럼 생긴 이 동굴 던전엔 수많은 갈림길이 있다. 두 갈래부터 많으면 다섯 갈래까지 계속되는 갈림길의 연속. 그리고 던전의 벽면마다, 수많은 동물 모양의 갑골문자들이 새겨져 있다. 코끼리, 뱀, 원숭이, 물고기 등등, 수백 개 종류의 작은 문양들.

'그중 뱀.'

뱀만 찾으면 된다. 뱀의 머리가 향하는 쪽으로만 계속 이동하면 쉽게 중앙까지 이동할 수 있다. 심지어 필드 보스도 만나지 않는다. 물론, 잡몹이야 처리해야겠지만…….

'설계도가 없으면 절대 알 수 없는 암호야.'

누가 그 많은 동물 중에 하필 뱀, 뱀의 머리가 향하는 방향으로만 이동할 생각을 할까. 그것도 중앙까지 가려면 수백 개의 갈림길이 있을 텐데 말이다.

문득, 놈이 떠올랐다.

"……사이버."

그 시뻘건 눈동자. 절대 잊히지 않았다.

날 바라보며 죽이고 싶어 했던 그 끔찍한 살기.

'한 가지 확실한 건.'

놈은 나를 몰랐다. 내가 9층의 비밀을 알고 있다는 것을 몰랐다. 만약 나를 잘 안다면, 날 죽이기 위해 고작 이런 곳에 던져놓을 리 없었을 테니까.

"후우."

마음속 정리는 끝났다. 이제 해야 할 일은 이곳을 탈출하는 것.

마침, 눈앞에 잡몹 '흰개미 병장'(★★)들이 보였다. 아주 좋은 경험치 덩어리이자, 좋은 훈련 대상이다.

'그래 훈련하는 거라 생각하자.'

그러니 마음이 편해진다. 주예린은 주예린대로 알아서 잘해 줄 거다. 그녀도 방법을 아니까.

후우웅!

손에 착 감기는 심플한 묵색 창. 힘이 많이 늘었는지, 너무도 가볍게 느껴진다. 기분 좋은 감각.

그 기분 그대로 나는 놈들에게 달려 나갔다.

푸숙!

'무명'(無名)의 창날이 '붉은 일개미'의 대가리를 뚫고 튀어나온다.

후우웅! 서걱!

곧바로, 몸을 회전함과 동시에 두 놈의 몸통을 베어버린다.

[크리티컬!]

[연계기 보너스! 대미지 ×120%!]

['붉은 일개미'(★★)를 처리합니다!]

['검붉은 일개미'(★★)를 처리합니다!]

뚫린 놈의 대가리에서 뇌수가 흘러나왔고 으깨진 몸통들에서 녹색 피가 튀었다. 난 재빨리 몸을 굴려 액체를 피해냈다. 그리고 창을 털어냈다.

"후, 이건 별로네."

연계기 보너스. 8층 보상 '상급 랜덤 스킬 박스'에서 나온 B급 몬스터 스킬이다. 난 이걸 합체족 '마라나타'(★★★★)에 등록했다.

일정 조건을 달성하면 120%의 보너스 대미지를 주는 건데, 썩 좋다고 느껴지진 않았다.

'……찌른 후, 베기 두 번이라.'

조건은 매번 바뀐다. 창을 휘두를 때마다 메시지로 조건이 뜨는데, 뭔가 유동적으로 사용하기엔 힘들어 보인다.

원래 상황이란 게 딱딱 맞춰서 나오는 건 아니니까.

'뭐, 상관없지.'

그냥 지금처럼 '합체족' 빈 스킬 칸에 등록해 놨다가, 나중에 S급 스킬 자리 없을 때 교체해 주면 된다.

저벅저벅-

나는 다시 미로를 걸어나갔다.

벌써, 9층을 돌아다닌 지도 이틀이 흘렀다.

이제 남은 시간은 약 5일. 잡몹들만 사냥했다 해도, 무려 시련의 탑 9층이다. 그 악명이 어디 가겠는가.

'오지게 힘드네.'

현실에서 보는 던전은 정말 미친 듯이 거대했다. '뱀의 머리'만 보고 계속 이동했음에도 끝이 보이지 않았다. '아누비스의 손길'이 없었으면 피곤해서 진즉에 쓰러졌을 거다.

[모찌(Lv.31):오빠, 순항 중?]

[비운(Lv.37):ㅇㅇ, 넌?]

주예린과는 채팅창을 통해 가끔씩 소통했다. 대부분 잠드는, 새벽 시간대에 이용하면 조용히 소통할 수 있다. 구 '소수 정예' 형들은 항상 채팅창에 보이지 않았다. 아무래도 나처럼 거의 꺼놓고 생활하는 듯했다.

아니면, 혹시…… 쩝, 아니다. 그래도 「몬스터즈」 짬밥이 몇 년인데 벌써 죽을 리는 없지.

[모찌(Lv.31):우린 포지션 잘 잡혀 있어서 엄청 쉽게 가고 있어. 그 냥……. 오빠가 걱정이네. 개미 떼는 혼자 상대하기 까다롭잖아.]

[비운(Lv.37):괜찮아, 경험치 덩어리라. 오히려 나와줬으면 좋겠네.]

개미 웨이브는 탑 9층을 깨다 보면 한 번 등장하는 특수 이벤트다. 엄청난 수량의 몬스터들이 쏟아지기 때문에 굉장히 위험하다.

'그나저나 예린이는 또 렙업했네.'

난 이제 고렙 반열에 올라, 성장 속도가 많이 더뎌졌다. 그에 비해 주예린과 단원들은 꾸준히 성장하는 중인 것 같았다.

[모찌(Lv.31):어쨌든, 몸조심하고! 출구까진 얼마 정도 남은 것 같아?]

[비운(Lv.37):음……. 잘은 모르겠는데, 아마 3일은 더 걸리지 않을까?]

[모찌(Lv.31):우리도 그쯤 걸릴 거 같아. 아직 반도 안 온 느낌이거든.]

[비운(Lv.37):괜찮으니까 최대한 성장하고 나와. 기회라고 생각하고.]

[모찌(Lv.31):알겠어. 헉, 오빠. 우리 쪽 개미 떼 나왔어. 나중에, 또 연락할게!]

[비운(Lv.37):오케.]

다시 채팅창을 내렸다.

'좀 더 힘내자.'

눈앞에 또 개미가 보였다. 이번엔 병정개미다. 일개미보다 훨씬 튼튼하고 까다로운 놈. 처음엔 좀 껄끄러웠는데, 이제는 그냥 밥이다.

키아아아!

날 인식하고 달려오는 놈.

나는 놈을 상대하며 생각에 잠겼다.

'9층에서 최대한 성장하고 나가야 해.'

다음은 10층이다. 10층은 정말, 지금까지와 차원이 다르다. 9악마 중에 하나 '아스모데우스'(★★★★★)가 거주하는 곳이니까.

'과연, 내가 놈을 잡을 수 있을까?'

두 번째 메인 퀘스트 때 성벽 앞에 나타났던 놈. 과거엔 죽창 사내가 도와줘 간신히 살았지만, 지금은 어떨까. 과연 만난다고 하더라도 제대로 상대할 수 있을까?

'더 강해져야지.'

준비해야 한다. 계속 노력해야 한다.

어차피, 흐름상 처리하고 넘어가야 할 놈. '사이버'에게 느꼈던 압박감에 비하면, 놈은 아무것도 아니다.

여기서 좀 더 발전하면 충분히 상대할 수 있을 거다.

두두두두―

갑자기 던전이 흔들린 것은 그때였다.

이곳에서 땅이 흔들린다는 것은 단 하나.

'바로 개미 떼.'

드디어 기다리고 기다리던 놈들이 등장했다. 나를 지금보다 더 강하게 만들어줄 시련이자, 맛있는 경험치 덩어리들.

"후우."

다시 창을 고쳐잡았다. 심호흡을 하고 자세를 잡았다. 이제부터 정신 똑바로 차려야 한다. 조금이라도 방심하면 죽을 수도 있다.

굳이 몬스터를 소환하지는 않았다. 아직 그 정도의 위기감을 느끼지 않았을뿐더러…….

'훈련이니까.'

그렇다. 나는 지금 이 상황을 훈련으로 인식하고 있었다. 느낌이 왔다. 이 시련을 견뎌내면 분명히 한 꺼풀 벗고 성장할 것 같은 그런 느낌.

키이이이! 키아아아!

땅을 두들기며 달려오는 수많은 개미들. 놈들은 어느새 날둘러싼 상태로, 대가리를 들이밀며 위협하고 있었다.

이제 벗어날 곳도 없었다. 얼마나 많은 수량인지, 육안으로 확인할 수도 없었다. 동굴 안은 이미 놈들의 괴성 소리로 가득 찼다.

"댐벼, 새끼들아."

손아귀에 힘을 줬다. 상황이 마냥 좋은 것은 아니었다. 그런데도 크게 압박감은 들지 않았다.

'역시, 사이버 그놈 덕인가.'

그래, 놈에 비하면 이 정도 녀석들이 풍겨대는 살기는 귀여운 수준에 불과하다.

"하앗!"

나는 그대로 달려 나가 놈들 중 하나의 대가리를 정확하게 꿰뚫었다.

그와 동시에 달려드는 개미들.

난 보법을 밟으며 창을 휘두르고 베었다. 놈들의 공격들을 피하는 동시에 공격했다. 그러면서 끊임없이 중얼거렸다.

'그래, 긴장할 필요 없어.'

'정확히 보기만 하면 돼.'

'계속 집중해서 피하고 죽여.'

캬윽!

놈들 중 하나의 이빨이 뺨을 스치고 지나간 것은 그때였다. 심장이 덜컹했다. 좀만 더 깊었으면 정말 큰일 날 뻔했다.

"이, 개미 새끼! 뒈져!"

허리를 빠르게 돌렸다. 동시에 창대로 놈의 대가리를 강하게 후려쳤다.

파각!

한 방에 으깨지는 개미. 그 사이로 또 놈들이 끊임없이 밀려들어 온다.

'후, 정신없네.'

난전은 지속됐다. 다행인 건, 놈들의 크기가 제법 커 완전히 다굴하지는 못한다는 점. 날 상대하기 위해서는 내가 죽인 개미 사체들 사이로 파고들 수밖에 없다는 점.

나는 그 점을 충분히 활용해서 놈을 상대했다.

그렇게 시간이 흘렀다.

"하아, 하아, 후우……."

후우웅! 파각!

휘둘러지는 창. 몇 마리를 잡았는지 모르겠다. 그냥 밀려 들어오는 놈들을 기계적으로 잡았을 뿐이었다.

체감상, 적어도 하루는 지난 거 같았다.

[크리티컬!]

['검붉은 병정개미'(★★)를 처리합니다!]

이제 일개미는 나타나지 않았다. 더욱 튼튼한 병정개미만 나왔다. 개미 주제에 이족보행을 하고 창을 들고 있는 놈들.

챠앙! 푸욱!

그러나 창술로는 나한테 안 된다. 대부분 3합 이상을 겨루지 못하고 나한테 목숨을 내어준다.

"후욱, 후욱."

피로가 쌓이지 않는다고 해도 정신적으로 지쳐갔다. 심장이 빠르게 뛰었고 호흡이 가빠졌다. 충전되는 활력보다 새어나가는 활력이 더 많은 느낌. 그럼에도 미친 듯이 창을 휘둘렀다.

생각을 비웠다. 난 오로지 개미를 죽이는 '개미귀신'이다. '살충기계'다. 생각하며 움직였다.

그러기를 몇 분-

['무명'(無名)(EX급)의 레벨이 10에 도달합니다.]
['무명'(無名)(EX급)이 한 단계 성장합니다.]
[새로운 능력이 부여됩니다.]

'뭐야 이거.'

벌써, 레벨이 그렇게 올랐나?

잊고 있었는데, 좋은 소식이었다.

지이잉!

순간, 창이 울었다. 검푸른 오러가 몸을 감쌌다. 뭔가 창의 에너지가 나에게 흘러들어온 느낌이었다.

문득, 욕구가 들었다. 속에 있는 에너지를 쏟아내고 싶다는 욕구.

창이 계속 울면서 말했다. 휘두르라고, 놈을 공격하라고. 놈들을 다 찢어발기라고.

'그래, 원한다면.'

후우웅!

눈앞에 병정개미에게 창을 휘둘렀다.

그 순간-

퍼어억! 퍼퍼퍽!

주변에 있는 병정개미 네 마리가 동시에 터져 나갔다.

[크리티컬!]

['검붉은 병정개미'(★★)를 처리합니다!]

['붉은 병정개미'(★★)를 처리합니다!]

"뭐야, 스플래시인가?"

나는 놈들을 상대하며 눈대중으로 '무명'(無名)의 상태를 확인했다.

['무명'(無名)(EX급)]

-레벨:10

-검은 오러로 기본 대미지×200%의 스플래시 대미지를 부여합니다. (1분에 1번)

'오오.'

역시나, 능력치 하나가 늘었다.

그것도 쿨타임 1분밖에 안 되는 스플래시 능력의 오러.

'역시, 저번 가설이 맞았어.'

창은 레벨 10단위로 새로운 능력치가 생기는 것 같았다.

만렙은 어디까지인지 모르고 어떤 스킬이 더 생길지 모른다. 더 쓰다 보면 알게 되겠지.

어쨌든, 이번 스킬은 마음에 쏙- 들었다.

서걱!

"크윽!"

잠깐 잡생각을 하는 사이에, 병정개미의 창이 옆구리를 스쳐 베었다.

"이 새끼가!"

퍼걱!

곧바로, 창을 휘둘러 응징해 줬다.

"후우, 후우……."

온몸은 생채기로 가득했다. 땀에 젖은 상의는 이미 벗어 던진 지 오래였고 옆구리에는 피가 흘러나왔다. 몸의 상태가 점점 악화되고 있었다.

'그래도 아직까진 괜찮아.'

고작 상처일 뿐, 버틸 수 있다. 나는 또 한 놈을 처리하며, 눈대중으로 스킬창을 확인했다.

'……오케이.'

몸에 활기가 돌았다. 기분이 좋아졌다. 쇼크웨이브의 쿨다운이 끝나 있었기 때문이다.

'다 뒈졌어.'

나는 곧바로 창에 노란 기운을 담았다. 이런 건, 아끼지 말고 즉각 즉각 써줘야 한다. 보아하니 이제 남은 수도 얼마 없는 것 같은데…….

"가라, 디쇼!"

창을 내질렀다. 그 즉시, 전방에 쇼크웨이브가 방출됐다.

막대한 에너지가 공간을 휩쓸고 지나갔다.

콰가가가가!

한 방에 찢겨 나가는 수백 마리의 개미들. 그리고-

[레벨이 올랐습니다!]
[모든 상태 이상을 회복합니다.]

레벨이 38로 올랐다. 몸에 나 있던 생채기가 말끔하게 사라졌다. 호흡이 정상으로 돌아왔으며 찢어졌던 근육이 순식간에 회복됐다.

방금 샤워라도 한 듯 개운한 기분.

"그래. 이거지, 이거."

컨디션이 완전히 최상으로 올라왔다. 이제 다시 놈들을 학살할 차례.

이제 진짜 얼마 남지 않았다. 육안으로 놈들의 수가 확인될 정도로 줄었다.

뭔가 억울한 표정으로 괴성을 지르는 남은 개미들.

그래, 니들 사람 잘못 만났어.

"시끄러워. 새끼들아."

나는 다시 앞으로 뛰쳐나갔다. 이 지독한 개미 떼를 마무리 짓기 위해서.

파각!

손끝에 느껴지는 좋지 않은 기분의 촉감. 코끝에 확 와닿는 비린내.

키에에에!

마지막 병정개미가 괴성을 지르며 쓰러졌다. 마침내, 이 지겨운 개미 웨이브에 종지부를 찍었다.

"후우."

주변을 돌아봤다. 공간을 가득 채운 놈들의 사체. 너무 많아서 어디로 어떻게 움직여야 할지 모를 정도였다.

'일단, 자리를 벗어나자.'

그래도 조금 전, 쇼크웨이브를 사용해서 다행이었다. 어느 정도 이동할 만한 공간은 있었으니까.

자리를 벗어나 한숨 돌리자, 주예린에게 메시지가 왔다.

[모찌(Lv.31):오빠, 살아 있어?]

싸움 도중에도 그녀와의 소통은 계속됐었다.

[비운(Lv.38):응, 물론.]

[모찌(Lv.31):개미 떼는? 만났다며.]

[비운(Lv.38):다 처리했지.]

[모찌(Lv.31):컥, 진짜 그 많은 개미들을 혼자서?]

[비운(Lv.38):워낙, 캐릭터 스펙이 좋아서 생각보다 할 만하더라고.]

[모찌(Lv.31):완전, 괴물이네……. 그래도, 난 피해갈 줄 알았는데.]

어쨌든, 무사해서 다행이다.]

그렇다. 사실 설계도에 개미 떼를 피해갈 수 있는 방법도 나와 있다. 하지만, 그러지 않았다.

애초에 훈련이라 생각했을뿐더러, 그 많은 경험치를 어떻게 포기해?

'결과적으로 새로운 스킬도 얻었고.'

쿵-쿵- 쿵-쿵-

그때였다. 심장이 빠르게 뛰기 시작했다. 곧이어 심장이 옥죄이듯 아프기 시작했다. 통증이 일었다.

"커헉-"

나는 두 가슴을 부여잡고 쓰러졌다.

'갑자기 뭐야.'

한기가 일었다. 몸에 열이 나서 그런지 더욱 추웠다. 냉기 저항 레벨이 4나 되는데도 소용없었다. 오들오들 떨려왔다.

"뿌, 뿔하피!"

[주, 주인님?]

일단, 급한 대로 뿔하피를 소환했다. 뭐라도 덮어야겠다는 생각이 들었기 때문이다.

[주인님! 괜찮아?]

"⋯⋯뿔하피, 이리와 봐!"

뿔하피가 다가와 날개를 덮어줬다. 그래도 추운 건 여전했다. 마치 육체 내부에 블리자드가 터진 기분이었다.

[주인님! 이거! 각성 때문이야! 각성!]

"……뭐?"

당황했다.

각성이라고? 아, 생각해 보니까 뿔하피는 각성 경험이 있구나.

'……그래도.'

말이 안 된다. 저번 뿔하피 때도 설명했다시피, 각성은 시련의 탑 40층 이상에서야 이따금 보일 정도로 흔치 않으니까.

'그만큼 지금 이룬 업적이 대단하다는 건가?'

시련의 탑 9층의 개미 웨이브를 무려 혼자 해결했다. 그것도 몬스터 하나 소환하지 않고 밤낮으로 싸워가면서.

[주인님! 좀만 참아! 참으면 괜찮을 거야!]

"……흐으"

[엔트로피 때문이니까! 좀만!]

"……그래그래. 고맙다, 뿔하피."

내 각성이 아니라 합체족의 각성이었다. 합체족 특성상 캐릭터와 하나이기 때문에, 그 각성의 변화과정을 내가 직접 느끼는 것 같았다.

[히잉! 따뜻해져라!]

더 꽉 안아주는 뿔하피. 난 뿔하피 품속에서 계속 오들오들 떨었다.

생각해 보니, 뿔하피도 각성할 때 이렇게 떨었던 것 같다. 그때 많이 괴로웠겠구나, 뿔하피…….

'아, 그럼……!'

문득, '합체족 마스터리' 스킬이 떠올랐다. 이제 여러 개의 합체족을 사용해야 할 텐데, 그럼 각성할 때마다 이 고통을 느껴야 하는 거야?

'······끔찍하네'라고 생각할 때였다.

['엔트로피'(★★★★★)에게 신비한 기운이 감지됩니다.]
[신비한 기운이 변화를 만들어냅니다.]

청아한 기운이 내 몸을 감쌌다. 그와 동시에 한기가 눈 녹듯 사라졌다. 더 이상 추위가 느껴지지 않았다. 이윽고 검푸른 기운이 내 몸을 감싸기 시작했다.

두두두두-

동굴이 흔들리기 시작했다. 개미 떼 때문은 아니다. 내 몸에서 퍼져 나오는 강력한 파동이 공간을 때리고 있었다.

[스킬 '심연의 눈동자'(EX급)가 반응합니다.]
[스킬 '만류귀종'(S급)이 반응합니다.]
[아레스의 본능이 일어납니다.]
[신비한 힘이 간섭합니다.]
[각성이 변형됩니다.]

'······이건 또 무슨.'

<'심연의 눈동자'(EX급):캐릭터와 몬스터의 정보를 볼 수 있다.>

<'만류귀종'(S급):모든 무술의 끝은 하나로 통한다. 극의로 향하는 길을 탐구한다.>

'이 두 스킬이 왜…….'

처음 있는 일은 아니었다. 아라둔 왕국 국왕의 보상으로 '무명'(無名)을 발견했을 때도 반응했던 전적이 있다. 근데 지금의 각성이랑은 뭔 상관이지?

[신비한 기운이 사라집니다.]

[특정 조건을 달성하여 '엔트로피'(★★★★★)가 '섬멸의 엔트로피'(★★★★★)로 각성합니다.]

[각성 스킬이 추가됩니다.]

'……각성 스킬?'

정신이 없었다. 「몬스터즈」 당시에도 겪지 못했던 현상.

특히, '만류귀종' 스킬은 그 죽창 사내를 통해 얻었던 스킬 아닌가. 무언가 관련이 있는 걸까?

'일단, 확인해 보자.'

나는 '엔트로피'의 정보를 확인했다.

[몬스터:'섬멸의 엔트로피'(★★★★★)]

[종족:합체족]

[각성 효과]

-1차 각성 상태.

-모든 공격에 '멸마'의 힘이 깃든다.

'미, 미친.'

혼란스러웠다.

새로운 스킬의 생성은 무엇이고. 뜬금없이 '멸마'의 힘은 또 무엇인가. '멸마'야 악마족에게 대미지가 더 들어가는 나름 상위권 능력이긴 한데…….

'섬…… 창?'

눈에 익은 이름이었다. 그때, 그 죽창 사내가 아스모데우스를 한 방에 보냈던 그 기술 아닌가. 그게 어째서 나에게?

'이건 뭐, 설명도 없이 퍼주네.'

설마, 이것도 「갓 컴퍼니」의 개입인가? '사이버'(★★★★★★★)가 나에게 행했던 간섭력 만큼, 반작용으로 내게 더 좋은 보상이 다가오는…….

뭐, 그런 개념인가? 속 시원한 설명이 없으니 답답하다.

'어쨌든 중요한 건.'

내가 원하던 대로, 한층 더 강해졌다는 것. 사실, 그러면 족하긴 했다.

[집단 히든 퀘스트 -'시련의 탑 등반']

[목표·탑 9층을 클리어하라.]

[대상:집단 전원]

[제한 시간:3주]

[남은시간:3일 20시간]

[성공 시:각 +500,000골드]

[실패 시:집단 전원사망]

이제 남은 시간은 약 4일 정도. 아직 넉넉하다면 넉넉한 시간이다.

'섬창……'

하루에 1번밖에 못 쓰는 스킬. 딱 3번 정도 써볼 수 있는 시간이기도 했다.

스킬을 얻었으면? 숙련도를 쌓는 것은 기본.

'마침 최적의 상대가 있으니까.'

중간중간마다 서식하고 있는 흉포한 필드 보스. '여왕개미'(★★★★)와 여왕을 지키는 '전투 수개미'(★★★)들이 있다.

'원래는 까다로운 놈들이라 피해 가려 했지만……'

이제는 해볼 만하다. 그만큼 강해진 게 느껴졌다.

3일 후-

[모찌(Lv.32):오빠, 아직이야? 이제 12시간밖에 안 남았어.]

[비운(Lv.38):금방이야, 마지막으로 끝내고 바로 갈게.]

[모찌(Lv.32):오케, 터는 다시 원래 자리 점령해놨다.]

나는 개미들을 잡으며 주예린과 소통했다. 그쪽은 이미 9층을 클리어하고 나와 있는 상태. 나는 숙련도를 쌓기 위해 놈들을 사냥 중이었다. '터'의 위치는 무사했다.

주예린 말로는 채팅창에서 만난 고인물 하나한테 부탁해 놨다고 하는데, 다 소용없는 짓이었다. 2주 동안, 탑 바로 옆에 자리를 차지하려는 집단이 단 한팀도 없었기 때문이다.

'……하긴, 누가 저런 불안한 곳에.'

무려 악명 높은 시련의 탑이었다. 게다가 생긴 것도 기이하게 생겼다. 바로 옆에 거주지를 선정하기엔 살짝 불길하다 느낄 수도 있었다. 뷰가 안 좋기도 했고.

[비운(Lv.38):ㅇㅇ. 금방 갈 테니까, 하우징 좀 하고 있어. 간만에 휴식도 좀 하고.]

[모찌(Lv.32):넵! 분부 받잡겠사옵니다, 오라버니~]

귀엽게 대답하는 주예린.

난 다시 채팅창을 내리고 창을 잡았다.

"후우, 마지막이다."

3일 동안 '섬창' 스킬을 총 2번 써봤다. 그 위력은 정말 말도 안 나오도록 대단했다. 좀 어설프지만, 마치 그때 죽창 사내가 질렀던 창을 보는 듯한 그런 느낌도 들었다.

대미지 역시 어마어마했다. 그 튼튼하고 까다롭다는 '여왕개미'(★★★★)를 한 방에 즉사시킬 정도니 말 다 했지.

나도 이제 나름의 궁극기가 생긴 거다.

쇼크웨이브는 범위공격이라 살짝 아쉬웠는데, '섬창'(殲槍)은 단일 대상 공격이라 마음에 들었다. 쿨다운이 하루라는 것 빼고는 완벽했다.

난 눈앞에 서성이는 2성짜리 '병정개미' 한 마리를 노려봤다. 또 '여왕개미'를 잡으러 가기엔 시간이 살짝 애매한 상태. 출구 근처에 있는 놈에게 마지막 섬창을 사용할 생각이었다.

'준비하고.'

난 베르트랑 창술의 기본. '찌르기' 준비 자세를 취했다.

두근!

가슴이 뜀과 동시에 피어오르는 막대한 에너지.

['섬창'(殲槍)을 가동합니다.]

이제 준비가 완료됐다. 찌르기만 하면 된다.

'가벼우면서도 무거운, 그러면서도 완벽하게.'

기본에 충실한 찌르기 동작이 놈을 향해 펼쳐졌다.

쿠웅!

심장이 내려앉는 느낌. 내가 찔렀지만 보이지도 않을 정도의 속도였다. 그리고, 전방에 있는 '병정개미'는 시체도 남기지 못하고 사라졌다. 그냥 완전히 소멸해 버렸다.

　이제 됐다. 이 지긋지긋한 공간을 나가야 할 때.

　나는 곧바로 뒤로 돌아 출구를 향해 걸어갔다.

[띠링-]

[축하합니다!]

[시련의 탑 9층을 클리어하셨습니다.]

[생존자 전원에게 특수한 보상이 지급됩니다.]

[생존 인원 총 1/1명]

[클리어 보상:최상급 랜덤 스킬 박스 1개]

['담건호' 파티가 '현재 랭킹 2위(9층)'를 달성합니다.]

[클리어 시간 -167:20:40]

[추가로 각각 10,000골드씩 지급됩니다.]

[Tip 각 층 클리어 및 랭킹 갱신 보상은 계정당 한 번씩만 지급됩니다.]

'주예린 파티가 1등인가 보구나.'

　그럴 수밖에 없었다. 난 안에서 훈련하느라 시간을 다 뽀겠으니까.

[★★1서버 최초로 시련의 탑 일개 층을 솔로로 클리어하셔서 '솔플의 달인' 업적을 달성하였습니다. 당신의 위대한 업적을 응원합니다.★★]

[특수 보상·달인의 증표]

곧이어, 도착한 업적보상.

'이건 또 뭐야?'

나는 곧바로 정보를 확인했다.

['달인의 증표'(S급)]

-특징·무속성

-'달인' 관련 업적을 지닌 이에게 주어지는 전설의 반지입니다.

-캐릭터 혹은 인간형 몬스터만이 사용할 수 있습니다.

-스킬 숙련도 보너스×150%

-캐릭터 경험치 보너스×150%

'허?'

꽤 값어치를 하는 성장형 반지였다. 30대 후반부터 급격하게 늘어나는 요구 경험치 때문에, 성장 아이템은 필수다. 특히, 나 같은 합체족에겐.

'나이스.'

파팟!

곧이어 시야가 바뀌었다. 탑 입구 바깥쪽이었다.

"하아."

나는 숨을 크게 들이마셨다. 그리고 힘차게 내뱉었다. 정말 오래간만에 맡아보는 상쾌한 공기였다.

탑 서쪽을 바라봤다. 쉐년 없이 지어놓은 우리 집단의 '터'가
보였다.

[축하합니다.]
[집단 내 모든 인원이 히든 퀘스트를 완료하였습니다.]
[집단 인원 총 7/7]
[기본 보상:+ 500,000골드]

보상이 말 그대로 쏟아졌다. 이제야 제대로 된 광산 노가다
를 시작할 돈이 모였다.
자, 이제 '터'로 가서 못다 한 정비를 마저 할 차례.
나는 일행들이 기다리는 '터'로 향해 터덜터덜 걸어갔다.

Chapter 5

'응? 뭐지?'

'터'로 향하는 길. 무언가 이상함을 감지한 것은 그때였다.

콰가강! 쿠우우웅!

시끄러운 소리가 들렸다. 자세히 들어보니, 몬스터들끼리 부딪치는 소리. 그리고 언성을 높이는 소리.

'뭐야, 싸움이라도 난 거야?'

난 속도를 냈다. 가까이 붙어서 확인하니 대충 각이 보였다. 우리 멤버들과 어떤 다른 집단이 시비가 붙은 모양이다.

"다들 안 꺼져? 좋은 말로 하는 건 여기까지야."

주예린의 날카로운 소리가 들려왔다. 그녀 앞에는 할아버지의 탱커족 '라이'가 위풍당당하게 몬스터들을 막고 서 있었다. 아직 드래곤을 소환하지 않는 것으로 보아 시비 붙은 지 얼마

지나지 않은 상황인 듯했다.

"키키킥, 좋은 말? 쟤는 좋은 말의 뜻을 모르나?"

"확 그냥, 돼질라고. 노인이랑 애새끼들 죽이는 취향은 없으니까 얼렁 '터' 접고 꺼져라잉?"

건너편에 있는 사내들이 낄낄거리며 웃어 재꼈다. 시비 붙은 집단의 인원은 총 40명. 아무래도 여러 집단이 연합한 것 같았다.

'아직, 40명까지 받을 수 있는 집단은 없을 테니.'

나는 집단 '소수정예'의 정보를 확인했다.

[단체명 '소수정예']
[단체 레벨 3]
[단체 인원 7/20]

아직도 레벨 3이다. 정원은 20뿐. 뭐, 집단 레벨은 크게 중요하지 않다. 어차피 '단원 가입 가능 수'만 늘어나는 것뿐이니까. '소수정예' 컨셉으로 갈 거면 아예 신경 쓰지 않아도 좋다.

'뭐, 어쨌든.'

상황은 대충 이랬다. 우리 쪽 근처에 '터'를 잡았던 집단이 자리가 부족해지자 우리 쪽 땅으로 발을 뻗친 거다.

주예린이 단호하게 거절했고 저들은 고작 여섯 명이 뻐팅기니, 우습게 보고 시비를 튼 것 같았다.

'일단 지켜볼까?'

대충 '심연의 눈동자'로 살펴본 결과, 딱히 나설 필요는 없어 보였다. 40명 전부, 레벨 20도 못 넘긴 저렙 구간 집단이 었으니까.

그에 비해 우리 단원들은 막강했다. 다들 렙 30을 넘어선 상태. 이제 채팅방 고인물들도 한 수 접어줄 정도였다.

"아무것도 모르는 놈들 같은데, 괜히 후회할 짓 하지 마라. 지금 꺼지면 한 번만 봐줄게."

주예린이 심드렁하게 말했다. 그녀는 그들을 정말 귀찮은 날파리 대하듯 했다.

나는 다른 일행들도 둘러봤다. 그들 역시, 긴장감 없이 여유로웠다. 하긴, 그 지옥 같던 탑 9층에서 살아온 자들인데, 저것들이 얼마나 우스워 보일까.

"이거, 이거. 말로 해서 안 되겠구먼."

눈에 흉터 진 사내가 말했다. 분위기를 보아, 저자가 무리의 리더인듯했다.

"다들, 전투 준비해. 말귀를 못 알아듣는 연놈들은 처맞아야지."

"……저 단장."

누군가 사내에게 말했다. 흉터 사내가 뒤를 돌아봤다.

"뭐."

"……혹시 저것들 고인물들이면 어떡합니까?"

"고인물? 크하하하."

흉터 사내가 흉측하게 웃었다. 그러고는 말을 이었다.

"내가 말했지. 이 망겜 10년 동안 했던 분이 우리 뒤 봐주고 있다고."

10년 차 유저? 아무래도 채팅방에 있는 놈들 중 한 명이 뒤를 봐주는 집단인 듯했다.

'……뒤를 왜 봐주지?'

무슨 이득이 있다고.

저런 애들 모아서 조직이라도 결성하려는 건가? 아니면, 수금? 차라리 메인 퀘스트를 하나 더 깨는 게 이득일 텐데…….

어쨌든, 사내 옆의 부하가 굽신거렸다.

"……네, 넵. 그랬었죠."

"이 빌어먹을 세계에 그런 고인물이 몇 명이나 남아 있을까?"

"으…… 음, 200명?"

"200명은 무슨, 100명도 안 될 거다. 그리고 내가 알기로 그분은 그중에서도 최상위권이야, 알아들어?"

"그, 그렇다면, 뭐."

"괜한 두려움 가질 필요 없단 말이야."

사내가 낄낄거렸다.

"그리고 봐, 딱 봐도 여자애들이랑 노인, 애새끼들밖에 없는데 니 눈엔 저게 고인물로 보이냐?"

"……아, 근데 단장."

"왜."

"저 여자 어디서 많이 본 것 같지 않습니까?"

"잉? 누구."

"저기 반말 찍찍 내뱉는 여자 있잖습까."

"글쎄다. 처음 보는 얼굴인데."

"혹시, 주예린 아닙니까?"

"뭣!"

사내가 눈을 휘둥그레 뜬 채로 주예린을 바라봤다. 그러더니 곧이어 박장대소했다.

"푸하하하- 주예린은 개뿔."

"음, 맞는 것 같은데……."

"이 시키가, 눈깔을 확- 뽑아불라. 저게 어딜 봐서 주예린이야!"

"그, 그냥 비슷한 거겠죠?"

"그냥 완전 시골 촌 년이구만."

사내들의 말을 가만히 듣던 주예린의 이마에 핏줄이 튀어나왔다.

"내 저것들을 그냥……."

그녀가 부르르- 떨었다. 아무래도 사내의 기억 속 '주예린'과 지금 눈앞의 '주예린'은 큰 차이가 있는 듯했다.

하긴, 그럴 수도 있다. TV에선 평소 풀 메이크업한 완성된 모습만 봤을 테니까. 거기다가 지금은 탑에 다녀오느라 며칠 동안 씻지도 못한 상태.

"안 되겠어. 저것들…… 봐주려 했는데, 그냥 싹 다 브레스로 지져 버려야겠어."

주예린이 씩씩거렸다.

곧이어 빈서율이 나섰다.

"언니, 그냥 제가 처리해도 될까요?"

"서율이, 네가? 아니야, 저놈들은 내가 다 조져 버려야……."

"아뇨, 아뇨. 닭 잡는 데 소 잡는 칼 쓸 필요는 없잖아요. 사실 이번에 얻은 스킬도 한번 써보고 싶어서요. 헤헤."

빈서율이 혀를 살짝 내밀었다. 그녀도 나랑 같이 있는 기간이 좀 되다 보니, 나름 훈련충이 된 것 같았다. 얻은 스킬을 곧바로 실험해 볼 생각도 하다니, 괜스레 대견스러웠다.

'그나저나, 어떤 스킬이길래…….'

아무래도 탑 9층 보상. '최상급 랜덤 스킬 박스'를 벌써 깠나 보다.

난 '심연의 눈동자'를 사용해 그녀의 정보를 확인했다. 곧이어, 새로운 스킬이 합체족 '퀴리오스(★★★★)'에게 등록되어 있는 걸 확인할 수 있었다.

－리볼버(Lv.1):사용 시 10분 동안, 볼트가 자동 장전된다. 볼트의 대미지가×200% 증가한다. (1시간에 1번)

'……리볼버? 미친?'

깜짝 놀랐다. S급 스킬 '리볼버.' 이건 좋고 나쁘고의 문제가 아니었다.

'이거, 석궁 관련 스킬이잖아.'

그 많은 S급 스킬 중에 딱 석궁 전용 스킬이 나올 확률이 얼마나 될까. 과연 축캐는 축캐라는 건가.

아니다. 축캐를 떠나서 '핵'이나 '버그'를 의심해 볼 만하다.

'그건, 농담이고……'

어쨌든 빈서율이 강철 석궁을 꺼내 들며 앞으로 나섰다. 그녀는 혼자였다. 심지어, '아렐'도 꺼내지 않았다.

"이 계집은 또 뭐냐. 무슨 재롱잔치라도 부리려고?"

"키키킥, 그래도 쟨 좀 제 스타일인데요?"

철컥! 철컥! 철컥!

묵묵부답.

빈서율은 말없이 볼트를 장전하며 앞으로 걸어갔다. 이미 전방엔 놈들의 몬스터들이 한가득 있는 상태.

'얼마나 발전했나 볼까.'

나는 자세를 편하게 하고 그녀의 행보를 감상했다. 기대감이 일었다. 긴장감 따윈 없었다. 마치 액션 영화 보러 영화관에 온 느낌.

결말을 뻔히 알고 있는 그런 액션씬을 보는 느낌이었다.

"뭐야, 저건?"

"혼자 우리랑 싸우려는 것 같은데요?"

"몬스터도 없이? 저딴 무기로?"

"그, 그러게요."

"흐음, 미친년이었나. 반반한데 아쉽네."

방심하는 그들.

빈서율이 순간적으로 앉아 쏴- 자세를 취했다. 곧이어 발사되는 볼트 3연발.

슈아앙! 슈아앙! 슈아앙!

왼쪽, 오른쪽, 정면. 그렇게 3방향으로 한발씩이었다. 근데, 소리가 무슨 석궁이 아닌 총을 쏘는 것 같았다.

푸수수수숙!

곧이어 놈들의 몬스터들이 우수수 쓰러지기 시작했다. 볼트가 워낙 강력해, 한 놈을 뚫고 그 뒤의 놈까지 연달아 다 뚫어버린 거였다.

"미, 미친. 저게 뭐야!"

"다, 단장! 제 몬스터가 한 방에⋯⋯."

"다들 전투 준비해! 저 미친년 조져 버려!"

크아아아!

와아앙!

흉터 사내의 명령에 몬스터들이 울부짖으며 달려들었다. 그러나 무표정하게 석궁을 들어 올리는 빈서율.

슈아앙! 슈아앙!

스킬 '리볼버'의 발동. 장전시간도 없었다. 그냥 자동소총을 연발로 놓고 쏘듯 놈들에게 사정없이 갈겨댔다.

크아아악! 키에에엑!

온몸에 구멍이 송송 뚫린 채로 쓰러지는 몬스터들.

그때였다.

"그레이트 실드!"

사내의 팀 중 한 명이 외쳤다. 그러자 곰족 탱커 한 마리가 광역 보호막을 사용했다. 하얀빛과 함께 주변을 감싸는 보호막.

파앙! 파앙!

볼트가 막혀 떨어졌다. 조금 더 쏘면 바로 깨질 것 같았지만, 어쨌든 빈서율의 볼트를 막아낸 것은 대단했다.

놈들의 표정에 희망이 떠올랐다.

"다들, 탱커 스킬 때려 박아!"

"네, 넵!"

"다들 스킬 쓰고 천천히 압박해!"

"넵!"

쯧-.

나는 그 모습을 보고 혀를 찼다. 저 정도 실력 격차를 보여 줬으면 뒤도 안 돌아보고 도망갔어야지, 거기다 대고 탱커를 보충해? 아무래도 저놈들은 오래 살긴 글렀다.

스륵-

빈서율이 석궁을 내려놓고 볼트를 들었다. 원거리 기술이 막혀서인지, 아니면 그저 훈련을 하기 위함인지는 모르겠지만 어쨌든 근접전으로 싸울 모양이다.

"하앗!"

까랑까랑한 목소리와 함께 튀어 나가는 빈서율. 과연 합체족은 합체족일까, 굉장한 속도였다.

"뭐, 뭐야. 또!"

"온다! 막아!"

푸욱! 푸숙!

빈서율이 날뛰며 몬스터들을 학살하기 시작했다. 피가 터지고, 사나운 스킬들이 오가는 곳에서 그녀는 전장의 여신처럼 그곳을 누볐다.

'대단하네.'

내 앞에서나 약하지, 어디 가서 절대 무시당하지 않을 그런 실력이었다.

문득, 그 날 대련이 떠올랐다. 우연이었지만 그래도 내 뺨에 상처를 입혔던 그 날. 내 장담하건대, 이 공간에서 내 뺨에 그 정도 상처라도 낼 수 있는 존재는 빈서율 말고는 없다.

푸욱! 퍼석!

양손에 역수(易手)로 쥔 볼트. 일반인 눈에는 제대로 잡기도 힘들 만한 스피드.

그뿐이랴. 가끔 입는 상처는 천사족 '유지넬'의 힐링으로 단번에 치유됐다.

"×, ×발, 도망가!"

"네, 네?"

"도망가라고! 고인물이잖아! 이건 상대가 안 돼."

흉터 사내가 이제야 정신을 차렸다. 그러나 때는 이미 늦은 듯싶었다. 빈서율이 다시 석궁을 들었으니까.

그녀는 후환을 남기지 않겠다는 생각으로 천천히 도망치는 놈들을 조준했다.

"잠깐, 서율아."

주예린이 나선 건 그때였다.

"네?"

"그냥, 내버려 두자."

"왜요? 살려두면 보복하려 할 텐데."

보복도 급이 있지. 저런 애들은 아무리 노력해봐야, 절대 보복할 실력을 키우지 못한다.

"아니, 보복 올 때까지 기다리려는 거야."

그러나 주예린의 대답은 내 예상을 빗나갔다.

"네?"

빈서율도 고개를 갸웃했다.

"뒤가 있다고 했잖아."

"아, 그 10년 차 고인물인지 뭔지요?"

"응."

"혹시 그럼 그놈을 만나려고?"

"어, 그놈 면상 한번 보고 싶거든. 어떤 놈인지."

의미심장한 웃음을 짓는 주예린이었다.

"건호 씨!"

"오빠, 이제 왔어?"

"형!"

한바탕 사건이 끝난 후, 나는 일행들에게 다가갔다. 꼬였던 날파리들은 이미 전부 도주한 상태. 나름 만족스러운 결과였다.

'이제, 나 없어도 잘들 살아남겠군.'

무언가 뿌듯했다. 완전히 베테랑이 되어버린 일행들의 모습. 특히, 빈서율은 정말 대단했다.

수십 명을 상대로도 쫄지 않는 패기. 그리고 자비 없는 과감한 손속.

"서율 씨, 대단하던데요?"

내가 빙긋 웃으며 말했다.

그러자 그녀가 쑥스러운듯 머리를 긁적였다.

"……보셨어요?"

"그럼요. 봤죠. 그 많은 몬스터 앞에서 한 치의 긴장감도 없이 싸우는 거."

"하핫- 별거 아니었어요. 진짜로…… 건호 씨랑 대련하는 거에 비하면……."

그녀가 말끝을 흐리며, 고개를 세차게 흔들었다. 그러고는 몸을 한번 부르르 떨었다.

난 피식 웃었다.

"다들 잘 지내셨나요?"

나는 간만에 일행들과 인사를 나눴다. 주예린과는 계속 소통했지만, 나머지 단원들과는 나름 오래 떨어져 있었다. 일행들이 다가와 안부를 물었다.

"걱정했소. 9층에 혼자 떨어졌다더니……. 뭐, 그런 놈의 버그가 다 있소?"

"저도요, 아저씨. 예린 언니가 엄청 걱정하길래……. 진짜 큰일 나는 줄 알고……."

주예린이 그냥 버그라고 얼버무렸기에, 일행들은 자세한 사실은 몰랐다. 그렇게 간만에 회포를 풀 때였다.

꼬르륵-

소리가 났다. 근원지는 내 배.

그러고 보니, 온종일 싸워대느냐 식사도 제대로 못 했다.

사실, 식량도 없었다. 거의 일주일이라는 시간 동안, 품속에 챙겼던 간단한 비상식량으로만 때웠으니까.

'배가 진동할 만도 하네.'

말이야 쉽지, 사실 지금 내 상태는 곧 죽을 것 같이 배고프다.

"아앗, 배고프시죠? 바로 준비할까요?"

"······부탁할게요."

빈서율과 서은채가 달려 나갔다. 당번이 정해진 것도 아닌데, 매번 음식을 도맡아 하는 그녀들이 고마웠다.

'설거지는 내가 해줘야지.'

나름 물의 정령인 '유령마 켈피'를 이용하면 금방이다. 그녀들이 떠난 후, 다들 각자 할 일을 찾아 움직이기 시작했다.

서지호는 경계를 실시했고, 주예린과 양종현은 근처 건물에 옷이나 이불 등 쓸 만한 잡동사니를 구하기 위해 순찰을 떠났다. 할아버지 역시 요리하는 그녀들을 거들었다.

"후우."

나는 구석으로 이동해 할 일을 정리했다.

'우선 뽑기.'

중급 몬스터 소환 이용권이 또 70개나 쌓였다. 재료를 빠르게 충당해서 단원들의 몬스터를 5성으로 업그레이드시켜 줘야 한다.

'다음은 골드.'

이번 히든 퀘스트 보상으로 막대한 골드를 벌었다. 이제는 그걸 어떻게 하면 효율적으로 쓸지, 생각해 봐야 한다.

'물론, 그전에 스킬부터 뽑고.'

나는 영롱한 빛을 띤 박스를 꺼내 들었다.

9층 보상으로 나왔던 '최상급 랜덤 스킬 박스'였다.

S급 몬스터 스킬을 확정적으로 주는 박스.

[상자를 개봉하시겠습니까?]

몬스터 스킬 박스 개봉은 정말 간만이다. '디스트럭션 쇼크 웨이브' 이후로 처음인가? 아마, 그럴 거다.

[두근두근! 엄청난 기운이 상자에 집중됩니다.]
[몬스터가 착용할 수 있는 S급 스킬을 랜덤으로 뽑을 수 있는 상자입니다.]

번쩍이는 황금빛 메시지.

기대감이 차올랐다. 과연, 이번엔 또 무슨 스킬이 나올까.

번쩍-

[빰빠바바~]
[축하드립니다! S급 스킬을 뽑으셨습니다!]

[스킬 '광전사(狂戰士) 모드'를 얻으셨습니다!]

음? 광전사 모드? 버서커 계열 스킬인가?

[스킬:광전사(狂戰士) 모드]
[등급:S급]
[특성:액티브(Lv.1)]
[제한:하루에 한 번]
[생전에 전투에 미쳐 날뛴 영령들이 몸을 잠식한다.]
[10분 동안, 공격력 증가×200%, 공격속도 증가×30%, 방어력 감소×50%]
[주의:사용 시, 이성을 잃을 수도 있다.]

'……허어.'
괜찮은 스킬이긴 한데, 이성을 잃을 수도 있다는 게 조금 마음에 걸렸다. 나보다는 괴물형 몬스터에게 주면 딱 좋을 것 같긴 한데…….
'뭐, 그래도 이성을 완전히 잃는다는 건 아니니까.'
그냥 등록하기로 했다. 엔트로피 스킬 칸은 다 찼고 마라나타에 등록해야겠다.

[정상적으로 등록되었습니다.]

"후우."

좋아, 요놈 실험은 나중에 해보는 거로 하고. 일단, 밥부터 먹자.

식사는 나쁘지 않았다. 냉장고에 쌓인 재료들로 대충 볶은 요리였는데, 배고파서 그런지 정말 맛있게 먹었다. 오래간만에 포식했다.

"잘 먹었습니다."

식사를 끝낸 우리는 곧이어 마당에 모였다. 빈서율의 뽑기 타임이었다.

중급 몬스터 소환 이용권 70개. 메인 퀘스트 보상으로 받았던 소환권.

이제 일행들은 중급 따위 기대도 안 하는 표정이었다. 빈서율이 잡았다 하면 4성을 뽑아주는데, 중급은 고작 1~3성만 나오기 때문이다.

난 일행들에게 물었다.

"다들, 몬스터 만렙 찍으셨죠?"

"네, 재료가 없어서 업그레이드 못 하고 있어요."

서은채가 답했다. 다른 일행들도 고개를 끄덕여 동의를 보냈다. 주예린도 한숨을 내쉬었다.

"후우, 이게 현질 시스템이 없다 보니, 재료충당이 정말 힘드네."

하긴, 「몬스터즈」에 현질 시스템이 있을 때는, 잡몹들도 금방 6성까지 올렸었다. 물론, 적합한 S급 스킬과 각성이 없는 6성은 쓰레기 취급받긴 했지만…….

어쨌든, 예전엔 등급 올리기는 쉬웠었다. 그에 비해, 지금 은…… 하늘의 별 따기 수준이다.

"자, 그럼 뽑기 시작할게요."

빈서율이 단체 뽑기를 진행했다. 곧이어, 결과가 나왔다. 거 기다가 원래 있던 재료들을 합쳤다.

1성 45개, 2성 20개, 3성 9개, 4성 2개.

'음, 나쁘지 않네.'

재료를 계산해 보니, 강화소에 다 때려 박으면 총 두 마리의 4성을 5성으로 업그레이드시킬 수 있다.

'이번 건 양보하자.'

'마라나타'(★★★★)가 있긴 했지만, 난 5성이 벌써 3개다. 주 예린도 태생 5성 한 마리 있고……. 이제 나머지 일행들도 성 장시켜 줘야 한다.

"흐음, 잠시만요."

나는 팔짱을 꼈다. 그리고 곰곰이 생각했다. '심연의 눈동자'로 일행들의 몬스터들을 파악하며, 하나하나 따져봤다.

그런 내 모습에, 일행들은 묘한 기대감을 내비쳤다. 침을 꼴깍 삼키는 단원도 있었다. 결론이 나오는 데는 오래 걸리 지 않았다.

"아무래도 제일 중요한 두 보조직업인 탱커랑 힐러부터 올 리는 게 낫겠습니다."

그게 내 판단. 일행들이 수긍하며 고개를 끄덕였다. 할아버 지와 서은채는 기쁘게 웃었다.

곰족 '라이'. 천사족 '유지넬'. 이렇게 두 몬스터가 5성으로 진화할 몬스터였다.

[건호! 건호오오오!]

거주지 쪽으로 이동하자, 쉐넌이 들러붙었다. 돈 쓸 냄새를 맡은 게 분명했다.

"왜."

[그렇게 많은 골드 지니고 다니면 안 무거워?]

"응, 하나도 안 무거운데?"

무거울 리가 없다. 상태창에 등록되어 있는 거니까.

[에이이~ 그래도 이제 건물에 투자도 할 때가 됐잖아. 그치이?]

파닥파닥 날아다니며 머리를 내 어깨에 비빈다. 나름의 애교를 피우는 게 분명했다.

"저리 가, 하나도 안 귀여우니까."

뿔하피와 다르게 쉐넌은 뭔가 정이 안 간다. 「갓 컴퍼니」 쪽 인원이라 생각해서 그런 건가? 어쨌든, 난 요정의 머리를 손가락으로 세게 밀었다.

[우씨!]

"기다려 봐, 안 그래도 지으러 온 거니까."

[저엉말?]

나는 고개를 끄덕였다. 이번 히든 퀘스트로 들어온 500,000골

드. 거기에 본래 있던 골드까지 합하면 총 619,300골드다. 건물에
투자하기 딱 좋은 수량의 골드. 일단 다른 일행들도 광산 만렙까
지는 찍어두라고 한 상태였다.

"쉐넌, 골드 광산 지금 몇 렙이지?"

[우음, 8렙……?]

"일단, 그거부터 만렙까지 올려줘."

골드 광산 10렙은 1일당 10,000골드씩 오른다. 30만 골드를
써도, 한 달이면 무조건 다 복구 가능하다는 말이다. 안 지으
면 호구다.

[꺄아악! 역시 건호! 터프해!]

"잔말 말고, 빨리."

[알겠어! 음, 고갱님. 가격은 총 350,000 골드 되겠습니다!]

우라지게 비싸다. 물론, 그만큼의 값어치는 충분히 해주는
건물.

"옛다."

[오케이!]

광산이 업그레이드되는 것은 뚝딱이었다.

"자, 다음은……."

[헤헷, 요기 목록 보여줄게. 잘 생각해봐.]

요정이 친절하게 홀로그램을 띄웠다. 난 쇼핑이라도 하듯, 내
가 건설한 건물 전체 목록을 쭉 훑어봤다.

주거지 Lv.1 (Max Lv.5), 거래소 Lv.1 (Max Lv.5), 강화소 Lv.4 (Max Lv.5), 훈
련소 Lv.1 (Max Lv.5), 창고 Lv.1 (Max Lv.5), 골드 광산 Lv.10 (Max Lv.10), 방

어 타워 Lv.4 (Max Lv.10) 그리고 남은 골드:269,300.

"흐음……."

거래소나 창고는 아직 필요 없었다. 지금 필요한 건 세 개. 주거지와 훈련소, 그리고 방어 타워다.

"훈련소부터 만렙 찍자."

당연한 수순이었다. 사실, 주거지에서 보내는 시간보다 훈련소에서 보내는 시간이 월등히 많으니까.

훈련충의 비애였다.

[훈련소 만렙은 5렙이야, 가격은 총 98,000 골드!]

"싸네. 옜다."

[오케이! 간다!]

쿠구구구-

흙바닥으로 이루어진 낡은 훈련소가 급격하게 변하기 시작했다. 우선, 10평이었던 것이 50평의 크기로 커졌다. 과거엔 하늘이 뻥 뚫린 훈련장이었다면, 지금은 최신식 실내 훈련장이었다. 각종 무게의 웨이트 기구들부터, 무술 인형까지 이곳저곳에 설치됐다.

"……허어."

감탄이 나왔다. 처음으로 맘에 쏙 드는 건물이었다. 오히려 주거지보다 이곳에서 숙박을 해결하고 싶을 정도로 삐까번쩍 했다.

"이제 남은 건, 다 주거지에 때려 박아줘."

[꺄악! 건호! 그럼 잠시만 기다려 봐, 계산 좀 해볼게.]

"그러던지."

[오케! 그럼 16만 골드 사용하면 돼. 그럼 주거지 4렙까지 올릴 수 있거든. 대신, 한 가지 조건이 있어.]

"뭔데."

[땅 확장을 한 번 해야 해. 이미 훈련소가 지어진 상태라 자리가 부족하거든.]

"땅 확장은 얼만데?"

[만 골드에 100평 추가!]

"그럼 딱 17만 골드네, 그렇게 해줘."

[헤헤헤헤헤헤헤.]

너무 좋아서 실성했는지, 이상하게 웃는다. 어쨌든, 나는 남은 모든 돈을 주거지에 투자했다. 사실 일행들에게도 광산 만렙을 찍은 후, 곧바로 주거지 4렙을 맞춰놓으라 했었다.

뽑기가 끝난 후 할아버지와 한 이야기가 있었기 때문이다.

'집단 터 개조.'

우리는 이제부터 하나의 마을을 만들 계획이었다.

쿠구구구!

쉐넌이 지팡이를 휘두르자, 본래 있던 주거지가 변하기 시작했다.

쿠구궁!

단층이었던 게 복층으로 확장되었고, 평수도 넓어졌다.

촤르르르!

테라스가 생겼고, 마당도 생겼다. 그렇게 완성된 주거지는 마치 심플하게 다듬어진 포스트 모던 전원주택을 보는 듯했다.

'깔끔하게 생겼네.'

난 주거지 내부를 둘러봤다. 마치 재벌 드라마에서나 보던 고급스러운 인테리어가 눈앞에 펼쳐졌다. 실내 수영장부터 해서 통유리에 비치는 바깥 뷰까지.

실소가 흘렀다. 평생 일해도 장만하지 못할 것 같았던 그런 멋들어진 집이, 세상이 망하니까 생겼다.

'그래도 나쁘진 않아.'

뭐든, 주면 땡큐다.

이건 인류를 이 망할 게임 속으로 던진 정체불명의 놈들에게 하는 말이다.

왜 우리를 탑에 오르게끔 하는 건진 모르겠지만, 마냥 던져놓고 싸움만 시키면 다 지쳐 떨어져 나갈 거다. 가끔은 이렇게 즐길 거리라도 줘야지.

[어때, 건호! 마음에 들어?]

다가와서 머리를 어깨에 비벼대는 쉐넌.

예쁘게 만들었으니 칭찬해 라는 거다. 나는 그런 쉐넌을 무시하고 주거지 밖으로 나갔다. 할아버지와 만나기로 했기 때문이다.

쿠구구구!

주변을 돌아보니, 다른 일행들도 주거지 업그레이드를 진행 중이었다. 시간이 흐르자, 볼일을 끝낸 할아버지가 다가왔다.

"할아버지."

"그래, 부탁할 일이 뭔가. 도울 수 있는 거라면 최선을 다 해 보겠네."

"저번에 언뜻 듣기로 조경을 전공하셨다 들었습니다."

"······그랬지. 조경 기술자였네. 지금은 은퇴했지만."

"그래서 말인데요."

나는 할아버지와 대화를 이어나갔다.

주 내용의 골자는 이거였다.

'터' 꾸미기 기능.

주거지 레벨4부터 오픈되는 '터' 커스터마이징 시스템이다.

왜, 있지 않은가. 수집형 RPG 게임을 하면서도, 유난히 몬스터 키우는 것보다 집 꾸미는 것을 좋아하는 유저들.

「몬스터즈」 역시 그런 유저들을 위한 시스템을 제공하고 있었다.

'그래, 죽을 땐 죽더라도 사람답게는 살아야지.'

있는 시스템을 이용하지 않을 이유는 없다. 마침 조경 전문가도 있겠다, '소수정예' 집단만의 진정한 거주지를 만들어 볼 생각이었다. 그게 일행들의 사기 증진에도 도움 될 뿐만 아니라, 생존 욕구 역시 더 북돋아줄 거다.

"쉐넌."

할아버지와 대화는 끝났다. 일행들도 업그레이드를 마치고 대강 모인 상태.

[웅웅! 호······ 아니, 고갱님! 말씀하세요!]

"이상한 컨셉 잡지 말고. 터 꾸미기 기능은 어떻게 이용해?"

[크응, 터 꾸미기? 잠시만 기다려 봐!]

쉐넌이 지팡이를 휘둘렀다. 그러자 허공에 커다란 홀로그램이 등장했다.

[바위 -개당 100골드]
[나무 -그루당 100골드]
[도로 -평당 500골드]
[가로등 -개당 300골드]
[조각상 -개당 1,000골드]
……

촤르르르-

수없이 등장하는 시설물들. 가격 또한 무지 비쌌다. 초반에는
절대 불가능한 돈 지랄. 그러나 우리는 이제 매일마다 70,000골
드가 모인다. 전 인원의 골드 광산이 만렙에 도달했기 때문이다.
하루 정도의 골드쯤은, 굿 라이프를 위해서라면 아깝지 않다. 게
다가 내가 알기로 분수대나 꽃밭은 피로회복 버프도 있다.

"와-이걸로 꾸미려는 거예요?"

"재밌겠다! 저도 도울래요!"

일행들의 반응 역시 괜찮았다. 특히, 여자들의 눈이 반짝반
짝 빛났다. 다들 집 꾸미기에 대한 로망이 있었나 보다.

"오늘은 할아버지 통제로 설계만 할 겁니다. 내일 광산에서 돈
나오면 본격적으로 공사 시작할 거고요. 예산은 딱 70,000골드.
그 이상은 쓰지 않겠습니다."

"좋아요!"

"와아아!"

강요되는 탑 등반에 스트레스받았던 그들이다. 그래도 지금은 무척이나 밝았다. 나는 그 모습이 보기 좋았다.

"허허, 그럼 시작해 까?"

할아버지가 인자한 표정으로 웃었다.

"그러니까, 집단이 허용하는 터 내에서는 어디든 건물 이동이 가능하단 거지?"

[물론이지! 내가 바로 집단 요정이라굿!]

"그럼 주거지는 주거지끼리만 모을 수도 있다는 거네?"

[응응, 집단장만 승인해 주면 뭐든 가능해!]

집단에 한번 소속이 되면, 집단장 허가 하에 모든 땅을 공유할 수 있다. 자신의 건물을 다른 단원 땅 위에 설치할 수도 있다는 말이다.

"좋아, 그럼 이런 식으로 만들어줘 봐."

나는 흙바닥에 그려진 설계도를 쉐넌에게 보여줬다. 할아버지와 밤새 만들었던 설계도였다.

[오, 나쁘지 않은데? 잠시만~ 계산 좀 해볼게……]

"그래."

[딱 69,800골드 되겠습니다! 고갱님!]

"자, 가져가라."

벌써, 하루가 흘렀다. 난 일행들에게 모은 골드를 던졌다. 열띤 토의 끝에 설계는 끝났고 이제 공사만 뚝딱하면 된다.

[오케이 입금 완료! 잠시만, 우선 평탄화부터 할게!]

쉐넌이 설계도를 힐끗 보더니 면적을 지정했다. 집단 면적은 적지 않은 편이었다. 200평씩 7명이니까 무려 1,400평……. 어느 정도냐면, 대충 가로세로가 68m인 정사각형 정도의 크기라 보면 된다.

[음……. 요정도로하고. 자, 요정들아! 이제, 일하자! 일!]

쿠구구구!

쉐넌의 통제하에 대공사가 시작됐다. 총 7명의 요정들이 날아다니며 건물을 옮기고, 나무를 심으며 호수를 파는 모습들은 그야말로 장관이었다.

대충 마을의 설계는 이랬다. 각자의 주거지, 거래소, 강화소, 창고 등은 '터' 중앙에 몰았다. 그다음 골드 광산들을 사방팔방에 배치했고 빈자리에 도로와 꽃밭을 설치했다.

도로 옆에는 가로등과 나무도 심었다. '터' 전체 구역에는 강화형 울타리를 쳤으며 곳곳에 방어 타워들을 산개해 배치했다.

단원들이나 몬스터들이 쉴 만한 호수와 공원 역시 만들었다. 훈련소는 호수 반대편, 내 거주지와 최대한 가까운 곳으로 옮겼다.

콰르르르-

복잡한 설계에 비해, 대공사는 불과 1분도 걸리지 않았다.

"와아……."

"봐도 봐도 신기하구먼."

"……그래도 예쁘네요."

"······이게 이제 우리가 지낼 곳이오?"

일행들이 입을 떡 벌린 상태로 완성된 마을을 바라봤다. 그동안의 낡은 거주지가 아닌 확 바뀐 새로운 모습. 나는 설계하느라 고생한 할아버지에게 인사했다.

"감사합니다. 할아버지."

"허허-마음엔 드는가?"

"그럼요, 이 이상 더 잘 지을 수는 없을 겁니다."

진심이었다. 보는 것만으로도 힐링이 된다는 게 이런 기분인가 싶을 정도였다.

단원들이 이곳저곳 구경하며 거닐기 시작했다. 삼겹살 파티이후로 또 한 번의 분위기 환기였다. 나 역시 기분이 좋아졌다.

'그동안 너무 급발진하긴 했지.'

빌어먹을 '히든 퀘스트'라는 급한 불을 끄기 위해 너무 급하게 달려왔다. 채팅창 고인물들과의 레벨 차만 봐도 우리 집단이 얼마나 성장했는지 알 수 있다. 가끔씩은 이렇게 쉬어갈 때도 있어야 한다.

적응은 빨랐다. 각자 자신의 몬스터들을 마을에 풀어뒀다. 몬스터는 풀어두는 게 좋다.

가끔 팁 창에서도 나온다. 상태창 속에 역 소환되어 있는 것보다 밖에 나와 있는 게 좋다고. 이는 주인과의 교감 때문일 거다. 그리고 그 교감만으로도 몬스터는 스킬 숙련도가 쌓인다.

호수 속으로 들어간 '켈피'. 그 위를 날아다니는 '유지넬'. 벤치에 앉아 휴식을 취하는 '아델'. 공원에서 잠이든 '레드 드래곤 아그니스. 평화로운 장면이었다.

　나 역시 공원에 심어둔 잔디 위에 자리를 잡았다. 그럴 수밖에 없었다.

　[주인님! 좋아!]

　내 옆에서 그르릉거리고 있는 뿔하피 때문이었다. 마을에서 자유롭게 놀라고 풀어놓은 뿔하피가 옆에 찰떡처럼 달라붙어 떨어지지를 않는다.

　"넌 가서 안 놀아?"

　[난 여기가 좋아!]

　"쩝, 그래……."

　이랬다. 때문에, 훈련하려던 걸 멈추고 뿔하피와 함께 놀아주는 중이었다. 뭐, 나쁘지는 않았다.

　이 빌어먹을 곳에 떨어지고 나서 처음 겪어보는 평화. 그러나 그 평화가 깨지는 데는 그리 오랜 시간이 걸리지 않았다.

　슈우우웅! 콰아아앙!

　무언가 폭발하는 소리가 들려왔다. 사방을 둘러보니 방어 타워용 철탑 하나가 무너지고 있었다. 위치를 보아하니 서지호의 것.

　[경고! 경고! 경고!]
　[외부 침입자가 있습니다.]
　[방어 타워(Lv.4)가 가동됩니다.]

　"뭐지?"

[주인님?]

나는 신속히 일어났다. 다른 일행들도 각자 볼일 보던 곳에서 하나둘 모이기 시작했다.

"갑자기 무슨 소린가."

"무슨 일이죠?"

"외부 침입자?"

마을 밖으로 나가보니, 불청객들이 와 있었다. 저번에 우리 일행들과 시비 붙었다가 주예린의 자비로 살려 보내준 그놈들이었다.

"어이, 반갑구마잉?"

흉터 진 사내가 씨익 웃었다. 놈이 저렇게 자신감의 찬 이유는 분명했다. 그때 말했던 그 고인물을 데리고 온 거겠지. 난 한숨이 나왔다.

'쟤나 고인물이나 진짜 멍청하네.'

지금까지 살아남은 게 신기할 수준이었다. 이렇게 적은 수의 집단이다. 그런데도 이렇게 삐까번쩍한 마을을 지어놓고 있으면 위화감이 안 드나?

"잘됐네, 언제 오나 기다리고 있었는데……."

주예린이 역시 흉터 사내를 보고 마주 웃었다. 무척이나 신나는 표정이었다. 그러더니, 곧 눈알을 움직였다. 채팅창을 키는 듯했다.

나 역시 흥미가 돋았다. 그래서 따라 켰다.

옆에 일행들을 둘러보니, 아무도 긴장하지 않은 상태. 다들 그냥 '또 파리가 꼬였네'라고 생각하는 눈빛이었다.

[모찌(Lv.32):얘들아.]

그녀가 바로 채팅창 멤버들을 소환했다.

[병아리콩(Lv.23):오? 모찌 언니다.]
[카드값줘체리(Lv.25):오랜만임. ㅎㅇㅎㅇ]

실시간으로 반겨주는 채팅방 폐인들.
그녀는 단도직입적으로 물었다.

[모찌(Lv.32):혹시, 지금 탑 서쪽에 남정네들 여러 명 데리고 나타난 사람?^^]
[병아리콩(Lv.23):잉? 왜요? 탑이면 시련의 탑?]
[카드값줘체리(Lv.25):아, 거기⋯⋯. 서쪽이면 저번에 '소수정예'가 '터'자리 맡아달라고 요구했던 곳 아닌감?]
[조류족성애자(Lv.22):ㄷㄷ, 느낌 오네, 어떤 미친놈이 거기 건든 듯?]
[몬스터콜렉터(Lv.24):설마⋯⋯. 목숨이 두 개 있지 않다면, 거긴⋯⋯.]

가타부타 말은 많았지만 아무도 나오지 않았다. 하긴, 나올 리가 없지. 생각이 있다면⋯⋯.

나는 채팅창을 잠시 접어두고 놈들을 한 번 스캔했다. 역시

나 저렙 구간 애들.

거기에…… 오?

한 놈의 레벨이 유난히 높다. 아무래도 저놈이 고인물인 것 같았다.

[이름:유현동]

[나이:25]

[집단:천마만만세]

[레벨:25 (Exp 120,000/1,000,000)]

[등록 몬스터:4/4]

-'한죠'(★★★★)

-'붉은 자칼'(★★★★)

-'끼릭끼릭'(★★★)

-'붕어엇'(★★★)

[보유 스킬:2/4]

-'불도저'(A급):타인의 건물 하나를 부술 때마다 + 1,000골드

-'오우거의 힘'(A급):캐릭터 힘 + 15

[능력치]

-힘39, 민첩24, 체력24.

[보유 아이템]

-레벨업 주문서×5

[보유 골드]

-121,000골드

'뭐야, 저 중2병 같은 집단명은?'

집단명이 천마만만세라니……. 저 나이대에 고인물이면 중학생일 때부터 게임을 했다는 건데……. 게다가, 스킬들이 아무래도 특전인 것 같은데, A급이다. 특전도 차별이 있는 건가?

'아, 잠깐……!'

문득, 떠올랐다. 이름 유현동. 분명 눈에 익는 이름이었다. 시련의 탑 랭킹 보드에서 한번 봤던 그 이름.

'그래, 맞아.'

폭행몬스터즈. 놈의 이름이었다.

유현동은 정신이 없었다. 평소에 항상 시야 왼쪽 구석에 두었던 '용사 채팅창.' 그곳에, 이런 글자가 떠올랐을 때부터였다.

혹시, 지금 탑 서쪽에 남정네들 여러 명 데리고 나타난 사람?^^

심장이 덜컥, 내려앉았다. 사방팔방 어디를 봐도 시련의 탑 서쪽에 있는 존재들은 우리밖에 없었으니까.

"갑자기 왜 그러십니까, 형님?"

흉터 진 사내가 물었다.

참 웃기는 놈이었다. 40대 중반쯤은 되어 보이는 놈이 20대

중반인 자신한테 말끝마다 형님이란다. 사실, 싫은 건 아니었다. 오히려 좋았다. 그래서 힘을 써달라고 할 때, 좀 써준 적도 있다.

'그래도 이건 아니지.'

건들 사람을 건드렸어야지. 모찌, 그녀가 누구인가. 「몬스터즈」 랭킹 5위이자, 집단 '소수정예'의 멤버이지 않은가.

'×발, 다 조질 수 있을 줄 알았는데.'

'소수정예' 멤버들 말이다.

유현동은 이 빌어먹을 곳에 떨어졌을 때를 떠올렸다. 그때는 아마 이렇게 생각했던 것 같다. 이제야 유현동의 세상이 왔다고. 상대가 누구든 다 씹어먹을 수 있을 거라고.

비운? 곱창사랑? 매우큰사람?

전부 나이 빨, 아니면 돈 빨이라 생각했다. 자신은 게임을 너무 어릴 때 시작해서, 그저 남들보다 과금을 많이 못 해서, 성장이 느렸을 뿐이라 생각했다.

'이제 시작점은 똑같잖아? 전부 무자본이기도 하고.'

분명 시작은 공평했다. 게다가 특전으로 '불도저'라는 스킬까지 받았다. 「갓 컴퍼니」가 분명, 이 스킬을 주면서 쪽지를 보냈었다. 이건 오직 그만을 위한 선물이라고. 그래서 유현동은 본인이 선택받은 줄 알았다.

'그런데, 레벨이 32라니……'

믿을 수 없는 숫자였다.

유현동이라고 가만히 있었던 건 아니었다. 오히려 온갖 희생을 치러가며까지 탑을 올랐다. 그뿐이랴? 사냥도 꾸준히 했다. 그런데도 도달한 레벨은 고작 25.

'거기다 비운 그놈.'

그놈이 진짜 괴물이었다. 레벨이 37이었나? 아니면 38? 그게 말이나 되는가? 게다가 저번에 시련의 탑 9층을 혼자 깼다는 소식엔 기절하는 줄 알았다.

어쨌든 각설하고, 지금 중요한 건 이 빌어먹을 놈들이 하필 격 외의 존재들을 건드렸다는 거다.

'아, ×발. 이거 ×된 거 같은데.'

유현동은 두려웠다. 지금 시비 붙어도 털릴 게 뻔한데, 본인이 '폭행몬스터즈'였다는 게 들키면 어떤 쪽을 당할지 상상하기도 싫었다.

"형님? 저것들 다 조져 버리시죠. 형님, 건물 많은 거 좋아하시지 않습니까. 불도저, 콰아아아아—"

"형님은 무슨, 이 ×발새끼야. 분위기 파악 못 하고. 확—"

장난치는 놈의 모습에 절로 욕이 튀어나왔다. 유현동은 이해할 수가 없었다. 뒈지려면 혼자 뒈질 것이지 왜 애꿎은 자신을 끌어들인단 말인가. 흉진 사내의 눈이 휘둥그레졌다.

"가, 갑자기 무슨……."

"닥쳐, 그렇게 자살이 마려우면 그냥 혼자 뒈져, 괜히 엄한 사람 끼게 하지 말고."

짜증이 일었다. 도망가고 싶은데……. 최대한 빠르게 이 자리를 벗어나 얼씬도 하기 싫은데…….

'늦었어.'

놈들이 이미 마을 밖으로 나와 있었다. 전부 다 긴장감 없는 얼굴. 그냥 동네 마실이라도 나온듯한 모습이었다.

유현동은 흉터 진 사내를 노려봤다. 어떻게 저렇게 고인물 냄새를 대놓고 폴폴 풍기는데 덤빌 생각을 한단 말인가.

'하- ×발, 어떡하지?'

고민하고 있을 때였다.

채팅창에 모찌의 메시지가 보였다.

[모찌(Lv.32):10초 준다^^. 안 나오면 걍 다 죽여달라는 거로 알게^^]

'×발.'

이젠 어쩔 수 없었다. 자존심보다는 목숨이 먼저였다.

결국, 유현동은 손을 들었다. 그리고 타이핑을 쳤다.

[폭행몬스터즈(Lv.25):저, 전데요?]

1분 전-

"흐음……."

'터' 마을 바깥쪽 외각. 나는 놈들의 실랑이를 흥미롭게 바라봤다. 내가 나설 일은 없었다. 주예린이 오면서 말했기 때문이다. 이번에는 자기가 다 알아서 하겠다고. 그래서 승낙했다.

지속되는 대치상황. 사실, 저들의 실랑이보단 채팅창 상황이 더 재미있었다.

[카드값줘체리(Lv.25):그래서 어떤 놈이 그런 간땡이 부은 짓을 했을까?]
[문스터(Lv.29):채팅창 끄고 있는 놈이겠지. ㅆㅂ.]
[병아리콩(Lv.23):오, ㅆㅂ무새 문스터 오빠. 레벨 엄청 올렸네?]
[문스터(Lv.29):닥쳐. ㅆㅂ.]
[조류족성애자(Lv.22):어쨌든, 보고 있다면 간 좀 쫄릴듯?ㅋㅋ]
[병아리콩(Lv.23):ㅋㅋ 누굴까? 궁금하닭ㅋㅋㅋ]

"후우."
결국, 한숨을 내쉰 주예린이 나섰다.

[모찌(Lv.32):10초 준다^^. 안 나오면 걍 다 죽여달라는 거로 알게^^]

최후통첩. 그리고 곧바로 전투 준비를 했다. 다른 일행들은 그냥 멀뚱히 서 있었다. 굳이 나설 필요가 없었다.
장담하건대, 주예린의 '드래곤 브레스' 한 방이면 저들은 모두 활활 타올라 재로 변해 버릴 거다. 그러나, 곧이어 채팅창에 글이 올라왔다.

[폭행몬스터즈(Lv.25):저, 전데요?]

유현동, 그놈이었다. 정말 다급했는지, 채팅인 주제에 귀엽게 말 더듬는 것까지 표현했다. 그리고 반응은…… 폭발적이었다.

[병아리콩(Lv.23):억ㅋㅋㅋㅋ]

[문스터(Lv.29):ㅆㅂ. ㅋㅋㅋㅋ]

[조류족성애자(Lv.22):떫……! ㅋㅋㅋㅋ]

[아리아리동동(Lv.22):ㅋㅋㅋ 폭행이었음?]

[카드값줘체리(Lv.25):ㅋㅋ 나대던 폭행 드디어 임자 만남.]

불타오르는 채팅창.

주예린이 싱긋 웃었다. 그럴 줄 알았다는 표정이었다. 그리고는 멀리서 손가락을 까닥까닥했다. 가까이 오라는 제스쳐였다.

"이리 와."

유현동이 군대에 갓 전입한 신병처럼 헐레벌떡 달려왔다. 주예린은 고개를 저었다.

"아니, 너네 전부. 새끼들아."

"……?"

사내들이 벙찐 표정으로 쳐다봤다. 그들 입장에서는 어이없을 거다. 본인이 알던 최상위 랭커가 강아지처럼 쪼르르 달려가 헥헥대고 있으니……. 게다가 보이기에도 뜬금없어 보였을 거다. 이들 눈에는 채팅창이 보이지 않을 테니까.

"혀, 형님……. 지금 이게 뭐 하시는……."

"닥치고 빨리 튀어 와! 다 뒈지기 싫으면!"

유현동이 목에 핏줄을 세웠다. 마치, 살기 위해 발악하는 모습이었다. 결국, 이럴 거였으면서 지금까지 채팅창에서는 왜…….

"빨리 안 와? 니들 다 나한테 죽고 싶어?"

유현동의 노력에 흉터 진 사내와 멤버들이 어물쩍거리다가 결국은 가까이 왔다.

주예린이 그 모습을 보고 피식-웃었다.

"야."

주예린의 시선이 흉터 진 사내를 향했다.

"……네?"

어느새 존댓말 하는 사내.

심상찮은 분위기에 쪼그라든 것이다.

"저번에 나한테 했던 말 그대로 읊어봐."

"……그게 무슨."

"뭐? 시골 촌년?"

"커헙!"

곧이어, 실수를 깨달은 사내가 입을 틀어막았다. 이제 좀 보일 거다. 단번에 놈들을 찢어발겼었던 빈서율. 그리고 본인들이 알았던 고인물을 강아지 다루듯 하는 주예린까지.

본인들이 어떤 존재를 건드렸는지 말이다.

"죄, 죄송합니닷!"

"됐고, 너네 다 잘 들어."

"네, 넵!"

유현동과 사내들이 힘차게 대답했다. 분위기를 파악한 것이다. 본래, 이 망해 버린 세상에서 남을 공격한다는 것은 곧 목숨을 건다는 거다.

주예린이 깔끔하게 태워 버려도 할 말이 없다. 그런데 그녀의 말투에서 '혹시 살 수 있을까?'라는 희망을 봤으니 더 간절하게 대답할 수밖에 없었다.

"대답이 씩씩하니 마음에 드네."

"감사합니다!"

"좋아, 목숨은 살려줄게. 단……."

주예린이 손가락 세 개를 내밀었다. 살려주는 조건을 뜻하는 것 같았다. 곧이어 사내들의 이목이 그녀의 손가락에 쏠렸다.

"딱 세 가지 조건만 듣는다면. 어때?"

"……."

사내들이 멀뚱히 쳐다봤다.

"안 되겠네, 이것들 다 불로 지져 버려야……."

"알겠습니다!"

결국, 유현동이 소리쳤다.

주예린이 그제야 만족한 듯 고개를 끄덕였다.

"그래, 너한테만 말하면 되겠네. 네가 통제하던 놈들이잖아? 그치?"

"마, 맞습니다. 말씀하십쇼!"

"첫째, 탑 서쪽은 우리 땅이다, 니들 뿐만 아니라, 앞으로 그 누구라도 여기 얼씬대면 네놈들이 죽어. 알겠어?"

순망치한의 개념이다. 애초에 우리 옆에 '터'를 잡은 놈들이다. 방패막이로 삼기에 딱 적합하다.

그렇게 되면 '탑'에 오르고 있을 때, 잡 도둑도 피할 수 있고 좋다. 놈들이 알아서 지켜줄 테니까. 오, 주예린, 제법인데?

"……넵! 알겠습니다!"

군기 든 유현동이 답했다.

"둘째, 내가 부르면 퍼뜩퍼뜩 달려와. 어떻게 부르든 간에."

채팅창을 말하는 듯했다. 이건, 그냥 필요할 때 수족처럼 부리려는 것 같은데……. 나름 쓸 만할 것 같았다. 그래도 142명 용사 중 한 명이지 않은가.

뭐, 해봐야 저번처럼 장기간 탑을 나갈 때 자리를 지킨다든가 하는 용도로 쓰겠지만…….

"아, 알겠습니다."

"말을 더듬네? 싫어?"

"아닙니다! 좋습니다!"

"그럼, 마지막 세 번째."

그녀가 이번엔 사내들 전부를 돌아다 봤다. 그리고 씨익- 웃었다.

"당연히 목숨값은 내놔야겠지? 가진 거 전부."

탑에만 악마가 사는 게 아니었다.

[조건이 설정됩니다.

조건1:유현동(을)은 담건호(갑)의 명령을 철저히 수행한다.

조건2:유현동(을)은 '소수정예' 집단의 '터'를 성심껏 보호한다.

조건3 : 유현동(을)은 현재 가진 모든 골드를 담건호(갑)에게 넘긴다.]

주예린의 요청으로, 놈에게 '네르갈의 재판'을 걸었다. 정말 오래간만에 써보는 스킬, 어느새 레벨이 3으로 올라 동시에 조건 3개까지 걸 수 있었다.

[동의하시겠습니까?]

"동의한다."
"도, 동의하겠습니다."
유현동의 표정은 말 그대로 죽상이었다.
이런 스킬이 있다는 것은 꿈에도 몰랐을 거다. 그러게, 누가 사람들 등쳐먹으면서 성장하랬나. 다 자업자득이다.

[죽은 자들과 역병의 신 '네르갈'이 제안을 받아들입니다.]
[계약이 둘의 영혼을 묶습니다.]
[조건을 어길 시 '네르갈의 저주'가 부여됩니다.]
[계약은 상호 동의 시 취소 가능합니다.]

남은 인원들도 마찬가지였다. 난 '심연의 눈동자'로 정보를 확인할 수 있지만, 그 사실은 아직 주예린에게 말하지 않은 상태. 그냥 계약으로 다 뜯어냈다.
599,900 골드. 그렇게 해서, 모인 골드가 이거였다. 40명치고는

적은 돈이긴 하나, 이들의 수준을 생각했을 땐, 큰돈이기도 했다.

"그럼, 앞으로 잘 부탁할게?"

주예린이 상큼하게 웃었다. 그 모습에 유현동이 파르르 떨었다. 아마 당분간 꿈에 나올지도 모르겠다.

그렇게 해프닝은 간단하게 끝났다. 사내들은 본인의 '터'로 이동했고, 아마 주예린이 부르지 않는 이상 얼씬도 하지 않을 거다. 모인 골드는 각각 85,700골드씩 나눠 가지기로 했다. 그게 제일 깔끔하면서도 가장 간단한 방법이었다.

"좋네."

뿔하피와의 시간을 방해받았지만, 그래도 상황이 잘 풀렸다. 전부 주예린의 덕이었다. 공짜로 돈도 벌었고.

"좋아, 기념이다!"

기분이 좋아졌다. 그래서 곧바로 훈련장으로 이동했다.

훈련. 그게 기분 좋은 나 자신에게 주는 최고의 선물이다.

조금 뒤 실내 훈련장 안. 나는 심호흡을 했다. 곧이어 이어지는 베르트랑 찌르기 자세. 이번에 새로 얻은 스킬, '섬창'(殲槍)을 사용하기 위한 준비 동작이었다.

'……집중하자.'

목표는 강철 전투 인형. '섬창'(殲槍)은 단일 존재를 대상으로 사용하는 찌르기의 극다. 목표가 있으면 그놈에게 온 힘을 다해 집중하는 것이 효과적이다.

나는 솟구쳐 오르는 기세를 인형에게 전부 집중했다. 심장이 쿵쿵 뛰었다. 호흡이 가팔라졌다.

그리고-

['섬창'(殲槍)을 가동합니다.]

메시지와 함께 에너지가 폭발하듯 피어올랐다. 이 힘을 앞으로 뻗어내기만 하면 된다. 마음이 가는 대로, 몸이 움직이는 대로, 힘차게, 그러면서도 가볍게 창을 내질렀다.

콰아아앙!

손아귀에 느껴지는 묵직한 감각. 단 한 방이었다. 고막을 뒤흔드는 폭발 소리와 함께, 전투 인형이 흔적도 없이 소멸해 버렸다. 분명 단단한 강철로 이루어져 있었음에도 말이다.

'……미친 대미지군.'

보고도 믿기지 않았다. 강철을 한순간에 먼지로 소멸시켜 버릴 만한 에너지라니…….

'딜량이 얼마나 나오는 걸까?'

하루에 단 한 번 사용할 수 있는 이 찌르기. 이 찌르기에 도대체 얼마나 많은 스킬 보너스들이 들어가 있는 걸까?

'무명'(無名) 기본 대미지 210%.

엔트로피 '아누비스의 손길' 375%.

뿔하피 '아테나의 지휘' 150%.

'섬창'(殲槍) 스킬 대미지 10,000%.

「몬스터즈」의 딜 계산 방식은 간단하다. 기본 대미지 증가분을 먼저 적용한 후에, 버프 대미지 계산, 그리고 마지막으로 스킬 대미지를 계산해 주면 된다.

'기본 대미지를 100이라 가정하면……'

'무명' 효과와 '아누비스의 손길' 효과를 먼저 받는다. 기본 대미지 계산법은 특이하게 서로 연계되어 딜이 뻥튀기되는 '곱'의 방식이 아닌, '합'의 방식을 사용한다.

'375%에 210%를 더하면 585%고……'

그럼 기본 대미지 585가 나온다. 다음은 버프 대미지를 계산할 차례. 버프 대미지부터는 원래대로 '곱'의 방식을 사용한다. 즉, '아테나의 지휘' 버프 150%를 곱하면 877.5가 된다.

'이제 마지막으로 섬창 스킬 대미지를 곱해주면……'

877.5×100=87,750. 100의 대미지가 87,750이라는 대미지로 뻥튀기된다. 즉, 그 짧은 순간에 약 877번의 찌르기가 한 곳에 집중하는, 그런 에너지라 보면 되는 것이다.

'……미쳤네.'

'S급 스킬' 하나만으로도 사기소리 듣는 게임이었다. 그런데 이렇게 연계 효과까지 받으니, 미친 스킬이 탄생해 버린 것이다.

'거기에 광전사(狂戰士) 모드까지 추가하면……'

아직 실험해 보지는 않았지만, 어마어마한 딜이 나올 거다.

짝짝짝-

박수 소리가 들려왔다. 주예린이었다. 할아버지와 함께 마을을 설계한 지, 어언 3일. 그녀는 가끔씩 이렇게 내 훈련 모습을 감상한다.

"왜, 또 왔어?"

"그냥, 심심하기도 하고……. 내 훈련소보다는 여기가 더 마음에 들어서. 성능도 좋잖아?"

주예린이 둘러댔다. 나는 창을 내리고 주예린을 바라봤다. 그녀의 피부가 평소보다 유난히 반들거렸다. 그 이유를 알 것만도 같았다. 밤새 목욕을 한 것이리라. 주거지 레벨이 오른 후, 확실히 다들 생활 수준이 올라왔다.

'다들 잘 지내고 있군.'

3일 전, 일행들에게 지시했다. 휴식과 훈련, 두 가지만 계속 반복하라고.

'굳이 지금 10층에 갈 필요는 없으니까.'

누군가 강제로 떠밀지 않는 이상 말이다.

그래도 준비는 해봐야 했다. 「갓 컴퍼니」는 나를 어떻게든 100층으로 보내려 하고 있고, 「사이버」는 호시탐탐 내 목숨을 노린다.

'거기에 다른 유저들도 계속 성장 중이고.'

격차는 계속 벌려놔야 한다. 그래야 내 사람들을 지킬 수 있고, 억울하게 당하지 않을 수 있다.

나는 농땡이 치는 주예린을 몇 번 주시하다 다시 고개를 돌렸다. '섬창'(殲槍) 연습은 끝났고, 이제 하체 근력을 조질 차례다.

"히익, 이게 도대체 이게 몇 킬로야?"

주예린이 랙에 올려져 있는 바벨과 끼워진 원판들을 보고 경악을 금치 못했다. 나는 피식 웃었다.

"720킬로."

"7, 720? 그걸 든다고?"

50kg짜리 원판 양쪽에 7개씩. 그리고 기본 바벨 무게 20kg. 도합 총 720kg이었다. 이제는 이렇게 해서 풀 스쿼트 수십 세트씩 조져도 힘 1이 오를까 말까다.

"하는 데까진 해봐야지."

"……오빠, 요즘 잠은 자?"

"잠? 당연하지."

수면은 곧 휴식. 아델이 말했듯, 휴식도 훈련의 일부다.

"……몇 시간?"

"두 시간 정도?"

"헥, 기막혀……."

고개를 절레절레 흔드는 주예린. 나는 언제나처럼 스트레칭을 한 후, 바벨 앞으로 이동했다. 웨이트 관련해서는 양종현의 지도가 있었다.

먼저 바를 잡고, 호흡을 당긴다. 허리를 세우고 복근에 압을 준다. 그리고 무엇보다 힘이 들어가는 부위에 최대한 신경을 집중해야 한다.

"하압!"

그렇게 힘을 주려 할 때였다.

[근처에 요정족 '운영자'가 소환됩니다.]

"웅? 잠깐만, 오빠."

"……뭐야."

운동의 흐름이 깨졌다. 아니, 그것보다도 갑자기 웬 운영자? 저 번에 레너드가 보냈던 그 요정인가? 그 '아린'인가 뭔가 하는……. 곧이어, 허공에서 요정 한 마리가 튀어나왔다. 역시, 그때 그 녀석이었다.

[안녕하십니까, 비운 님. 「몬스터즈」 운영자 '아린'입니다. 다시 만나 뵙게 되어 영광입니다.]

쉐넌과 비슷한 생김새. 그러나 녀석과는 전혀 딴판인 우아한 목소리. 아린이 차분한 표정으로 정중하게 고개를 꾸벅 숙였다.

"무슨 일이지?"

요정이 앞에 나타난 이유가 뭘까. 3일 동안 아무런 움직임이 없는 우릴 보고 조바심이라도 느낀 걸까? 그렇겠지. 나는 100% 확신했다.

[먼저, 히든 퀘스트를 무사히 깨주신 것에 대해 진심으로 감사합니다. '사이버' 측의 비상식적인 개입 때문에, 당사 측도 조마조마하면서 지켜봤습니다. 특히, 혼자서 개미 웨이브를 처리하시는 그 모습은…….]

"됐고, 본론만 말해."

놈이 다시 나타난 이유는 뻔했다.

이제 '아스모데우스'를 처리해 달라는 거겠지. 「갓 컴퍼니」의 컨셉은 확실하니까. 142명의 용사들을 이용해 탑을 정복하는 것.

[예상하셨겠지만, '히든 퀘스트' 문제 때문입니다. 사장님께서 '비운'님이 갑작스러운 퀘스트를 싫어하신다고 사전 협의

를…….]

"만약, 퀘스트를 거절하면 어떻게 되는 거지?"

나도 예전보다는 살짝 마음가짐이 바뀐 상태였다.

'……사이버.'

그 잊을 수 없는 섬뜩한 눈동자. 그놈은 분명 나에게 적의를 가지고 있었다. 가만히 넋 놓고 있다간 무슨 짓을 당할지 모른다. 「갓 컴퍼니」든 뭐든, 나도 초월적인 집단에게 도움을 받아야 한다.

[죄송하지만, 그건 어쩔 수 없습니다. 당사 측에서도 간섭력을 끌어모아 만드는 퀘스트라, 가장 탑 정복 가능성이 높은 '비운'님께 드릴 수밖에 없습니다……. 게다가, 퀘스트를 받아야 더 성장이…….]

"아, 무슨 말인지 알겠다."

'히든 퀘스트'는 양날의 검이다.

위험하지만, 그만큼 남들보다 성장 폭이 빨라진다. 「갓 컴퍼니」는 제일 좋은 성과를 보이는 나에게 투자를 할 수밖에 없는 상황일 거고.

즉, 서로 갑을 관계가 아니다. 일단은 공생하는 관계다. 나 역시, 「사이버」의 위협에 대항하려면 힘을 기를 수밖에 없는 상황이니까.

"그럼, 이번에도 집단 퀘스트로 줄 거야?"

['비운'님께서 원하시는 대로 고를 수 있습니다. 사장님께서 추천하는 것은 두 달 안에 30층까지…….]

"……뭐?"

요정의 말이 끊긴 것은 그때였다. 주예린이 나섰기 때문이었다.

"이 미친 새끼들이! 벌써 30층을 오르라고? 그것도 두 달? 누굴 다 쥑일 일 있나, 콱–"

"……잠깐."

손을 들어, 주예린의 말을 끊었다.

"일단, 마저 들어보자. 생각이 있겠지."

주예린도 내가 처한 현실에 대해 정확히 모른다. 「사이버」의 개입을 그냥 단순한 버그로만 알고 있었으니까. 내가 신호를 주자 요정이 다시 말을 이었다.

[……사이버의 개입이 조금씩 더 노골적으로 변하고 있습니다. 특히, 사이버는 '비운'님을 과하게 경계하고 있습니다. 불안한 겁니다. 진짜 '비운'님께서 탑 100층을 정복할까 봐.]

"그럼, 우리 오빠라면 100층은 기본이지!"

주예린이 끼어들었다.

난 그런 그녀를 뒤로하고 다시 물었다.

"100층을 정복하면 도대체 뭐가 어떻게 되는 거지?"

[……저도 자세한 사항까지는 모릅니다. 사장님께 직접 들으셔야 할 겁니다.]

그래, 곧바로 알려줄 리 없지.

[어쨌든, 사이버의 개입에 발 빠르게 대응하기 위해서는 비운님이 지금보다 더 확실하게 성장하셔야 할 필요가 있습니다.]

"그래서, 그 성장을 위해 두 달 안에 30층을 정복하라?"

[그렇습니다.]

"말이 안 되는 건 알고 있지?"

그래, 퍼주긴 많이 퍼줬다. 그건 인정한다. S급 스킬도 많이 줬고, 각종 업적 보상도 섭렵했으며, 나에게 맞는 스킬들까지 제공해 줬으니까. 그래도 두 달 안에 30층은 절대 무리다.

['비운'님은 가끔 본인을 너무 과소평가하십니다.]

"뭐?"

[아닙니다. 그래서, 이번엔 페널티를 좀 낮추는 방향으로 가려고 합니다.]

"혹시, 실패할 경우를 대비해서?"

['비운'님은 「갓 컴퍼니」의 희망 중 하나입니다. 한순간의 욕심으로 소중한 자원을 잃을 수는 없지요.]

"……."

희망 중 하나라고? 그럼, 또 투자하는 곳이 있다는 소린가?

'형들?'

그러고 보니, 요즘 통 소식이 없다. 채팅창에도 등장하지 않은 지 꽤 됐는데, 어디서 뭘 하는 건지…….

"마음대로 해, 죽는 거만 아니라면 상관없지."

[감사합니다. 그럼, 드리겠습니다.]

요정이 나를 향해 지팡이를 휘둘렀다.

[삐빅-]

['히든 퀘스트'가 도착합니다.]

[히든 퀘스트 -'시련의 탑 등반']

[목표:탑 30층을 클리어하라.]

[제한 시간:두 달]

[남은시간:두 달]

[성공 시:최상급 캐릭터 전용 스킬 박스×1개, 최상급 랜덤 스킬 박스×2개, 최상급 몬스터 소환 이용권×10개]

[실패 시:집단 전체 레벨 10 하락]

주예린도 퀘스트를 받는지 흠칫했다. 보상은 괜찮았다. 전부 업적 보상이나, 탑 클리어 보상으로만 획득할 수 있는 아이템들. 게다가 수량도 넉넉했다.

'문제는.'

30층에 오르는 것.

그 과정이 얼마나 고될지는 상상할 수도 없다. 하지만, 해야 한다. 「갓 컴퍼니」 놈들도 분명히 생각이 있을 거다.

'꼭 못할 것만은 아니기도 해.'

지금까지 나왔던 S급 스킬들. 과거 「몬스터즈」에서는 절대 얻을 수 없었던 사기 스킬들이다. 잘 조합해서 숙련도를 끌어올리면, 해볼 만했다. 물론 엄청 힘들기야 하겠지만…….

"후우-"

호흡을 깊이 내뱉었다. 요정은 퀘스트를 주고 사라졌고, 주예린은 그저 넋 놓고 서 있었다. 그녀도 상상하는 걸 거다. 우리가 게임에서 겪었던 시련의 탑 30층까지의 모습을.

"×됐네, 우리?"

곧이어, 주예린이 울상을 지었다.

Chapter 6

다음 날.

간단한 세면 세족을 마치고 밖으로 나왔다. 확실히 업그레이드된 목욕탕은 호화로웠다. 대리석 바닥에, 자동으로 채워지는 물탱크까지. 깔끔하니 씻기에도 편했다.

나는 곧바로 바로 옆, 빈서율의 주거지로 향했다. 일행들은 아침이 되면 자연스럽게 그녀의 주거지로 모인다. 그곳에서 단체 식사를 하기 때문이다.

"빨리 오셨네요?"

빈서율이 웃으며 반겼다. 그녀는 서은채와 함께 간단한 식사를 준비하는 중이었다.

"오늘 아침은 베이컨이랑 토스트예요. 확실히 업그레이드되니까 재료가 좋아지더라고요. 이스트도 나오고. 오븐도 있고."

"고생 많으시네요."

"아뇨, 재미있어서 하는 걸요, 뭘."

나는 식탁 자리에 앉았다.

빈서율의 주거지도 Lv.4. 7명의 인원을 수용하기엔 충분할 정도로 넓었다. 곧이어, 식사가 나왔고 나는 밤새 훈련하느라 주린 배를 채웠다. 입맛엔 딱 맞았다. 그녀의 요리 솜씨가 날이 갈수록 늘고 있었다. 아니면, 내가 그녀의 요리에 적응한 걸지도 모르겠다.

어쨌든, 그렇게 식사를 했고 뒤늦게 온 다른 일행들도 전부 식사를 마쳤다. 곧이어, 모든 일행이 채비를 갖춘 상태로 광장에 모였다. 다들 한껏 비장한 표정을 지었다. 난 일행들에게 말했다.

"오늘은 바로 놈을 잡겠습니다."

어젯밤.

'히든 퀘스트'를 받은 건 나와 주예린 뿐만이 아니었다. 모든 단원들이 받았다. 당연히 한바탕 소란이 일었고, 상황을 설명했다. 자초지종 설명을 들은 단원들은 모두 나와 함께하겠다는 뜻을 전한 상태. 서은채가 걱정스러운 표정으로 물어 왔다.

"아저씨, 괜찮을까요? 저번 퀘스트 때, 대전에 나타났던 그 놈 맞죠?"

"어, 그놈 맞아. 많은 유저들이 '통곡의 벽'이라 불렀다던 그 놈……."

놈 때문에 접은 유저만 아마 수천이 넘을 거다. 내 말에 주예린이 동조했다.

"맞아, 다들 이놈 때문에 난리도 아녔어. 실은 별것도 아닌 놈인데."

우리는 93층까지 클리어했던 고인물. 10층의 '아스모데우스'가 우스워 보일 수밖에 없다.

뭐, 틀린 말은 아니다. 두 번째 메인 퀘스트 당시에는 우리가 성장이 안 되어 있던 상태여서 감당하지 못했을 뿐, 지금은 그래도 나름 엘리트 코스를 쭉쭉 밟아왔으니까.

"그래서, 클리어 방식은 어쩔 거야?"

주예린이 물어온 것은 그때였다.

놈은 네크로맨서. 시체가 많을수록 강해지는 타입의 악마다. 그렇기에 최소 인원으로 암살단을 꾸리는 방식이 정석이다.

"음, 클리어 방식은……."

나는 말을 흐린 채, 눈을 감고 생각에 잠겼다. 많은 전략들이 뇌리에 떠올랐지만, 역시 이 방법이 제일이었다. 정석을 차용하는 것. 혼자 가서 빠르게 죽여 버리는 것 말이다.

"……."

잠깐의 침묵 후 눈을 뜨자, 일행들의 이목이 쏠려 있었다. 누군가가 침을 꼴깍 삼키는 소리가 들려왔다. 나는 씨익 웃었다.

"놈은 그냥 저 혼자 잡겠습니다. 여러분들은 알아서 생존해 주세요."

쿨다운이 찬 '섬창'(殲槍). '엔트로피'에 깃든 멸마의 기운. 그리고 각종 S급 스킬로 떡칠한 내 합체족들.

역시, 정면으로 부딪치는 게 최선이다.

[시련의 탑 10층입니다.]

[시련의 악마 '아스모데우스'(★★★★★)를 처치하세요.]

우리는 곧바로 탑에 입장했다. 어차피, 준비는 전부 끝난 상태. 굳이, 시간 끌 필요 없었다. 곧바로 출발하려는 찰나, 빈서율이 입을 열었다.

"……건호 씨! 정말 혼자서 괜찮겠어요?"

"잘 모르겠지만, 일단 해 봐야죠."

나는 답했다. 사실 확신할 수는 없었다. 해보질 않았으니까. 게다가 「몬스터즈」 당시의 스펙과 지금 내 스펙은 현저하게 다르다. 즉, 변수가 많았다.

그래도 자신은 있었다. 두 번째 메인 퀘스트 때 만났던 '아스모데우스' 놈은 '사이버'에 비하면 정말 아무것도 아니었으니까.

그어어어! 구우우!

어느새 앞에는 '구울 전사'(★★★)들과 '스펙터'(★★★)들이 몰려들고 있었다. 이제 빨리 움직여야 한다.

탑 10층은 시간 끌수록 상황이 더 불리해지니까. 나는 일행들에게 말했다.

"놈들을 잡는 건 최소화하시고, 절대 서로 떨어지지 말고 붙어서 버텨야 합니다."

"아, 알겠어요. 건호 씨도 조심하셔야 해요."

"걱정 마, 오빠. 여긴 내가 컨트롤 할 테니까."

빈서율이 고개를 끄덕였고, 주예린이 믿음직스럽게 답했다. 난 주예린을 바라보며 말했다.

"비상시 연락은, 알지?"

"오케."

채팅창을 말하는 거다. 나머지 일행들도 전부 전투 준비를 마친 상태. 나는 켈피의 배를 박찼다.

"이럇!"

그와 동시에 '은신'을 사용했다. 이제 저 뒤에서 우리를 여유롭게 지켜보고 있을 악마, '아스모데우스(★★★★★)'를 찾아야 한다.

다그닥-다그닥-

나는 놈들 무리를 피하며 계속 달려 나갔다.

'도약'과 '은신'의 적절한 사용. 그리고 켈피의 신들린 움직임으로 다행히 놈들과의 충돌은 없었다. 나는 켈피의 등에서 거친 바람을 맞으며 주변을 돌아다 봤다.

'필드 타입, 공동묘지.'

탑 10층의 무대는 광활한 공동묘지였다.

울퉁불퉁 튀어 올라온 비석. 이곳저곳 솟아 있는 잡초들.

'놈이 거주하는 곳은 검은 언덕.'

나는 전방을 바라봤다. 저 멀리, 지평선 끝에 걸쳐 있는 작은 언덕이 보였다.

'……제기랄 우라지게 머네.'

탑 10층이 악명 높았던 이유 중의 하나가 그거였다. 놈이 멀리 있다는 것. 그래서 길이 겁나 길다는 것. 길이 먼데 들러붙는 몬스터들은 끝도 없다. 나처럼 특수한 경우가 아니고서야 안 싸울 수도 없다. 살기 위해선 싸울 수밖에 없겠지.

그렇게 놈들을 죽이다 보면 발동하는 게 놈의 '레이즈 데드' 스킬이다. 힘겹게 처리한 놈들이 더욱 강해진 상태로 부활하는 더러운 스킬. 대부분 그렇게 악화된 상황 속에서 이러지도 저러지도 못하다 실패하고 만다. 괜히 '통곡의 벽'이라 불리는 게 아니다.

"후우."

언덕에 도착하는 데는 얼마 걸리지 않았다. 주변에 잡몹들이 없는 것 보니 확실히 이곳이 '검은 언덕'이 분명했다. 나는 언덕 앞에서 잠깐 멈춰 숨을 골랐다.

쿠구구구-

땅이 흔들리는 것은 그때였다. 온몸이 저릿해지는 강력한 살기가 느껴졌다.

[경고! 경고! 경고!]

['아스모데우스'(★★★★★)의 살기에 노출됩니다!]

[모든 능력치가 20% 감소합니다!]

[은신이 파훼됩니다!]

"놈이군."

곧이어 눈앞에 나타난 흉측한 악마 한 마리. 역시 대단했다. 비록 9악마 중 최하위라지만, 그래도 탑의 보스 중 하나였으니까. 존재감이 엄청날 수밖에 없었다.

[모찌(Lv.32):오빠, 도착했나 보네? 얘들 안 살아나는 거 보니까.]
[비운(Lv.38):ㅇㅇ, 이제 막 도착. 경험치 좀 챙겨 먹고 있어.]
[모찌(Lv.32):나 이제 언덕 쪽으로 출발할 테니까, 몸조심하고 있어!]

저번에도 봤다시피, 놈은 안전주의를 지향한다. 그래서 누군가 가까이 있을 때, 절대 '레이즈 데드' 스킬을 사용하지 않는다.

'역시 주예린, 10년 차 고인물 답네.'

멀리서 보지 않고도, 내 상황을 한눈에 파악한다. 거기에 혹시 모를 지원까지 온단다. 괜히 구 '소수정예' 멤버가 아녔다.

[크크크크크.]

황소 대가리 악마가 소름 끼치게 웃었다. 놈은 재앙급 필드 보스인 '리치'보다 강한 놈. 나는 켈피에서 내린 후, 창을 고쳐 잡았다. 동시에 뿔하피도 소환했다.

"뿔하피, 뒤에서 기다려."

[으, 응…… 주인님.]

함부로 덤비게 했다가 내 소중한 뿔하피를 놈에게 잃을 수도 있다. 그럼 가슴이 찢어질 것 같았기에 일단, '아테나의 지휘' 버프만 챙기기로 했다.

[크크크, 혼자 왔느냐? 겁도 없구나.]

놈은 흥미롭다는 표정으로 날 쳐다봤다.

"역시, 그때랑 다른 놈이었군."

[크크크, 그게 무슨 헛소리냐.]

"……별거 아니다."

그때, 만났던 놈이 아니었다. 생김새와 힘만 같을 뿐, 전혀 다른 놈이었다. 그렇다면, 그때 나타났던 놈은 뭘까. 여전히 혼란스럽다.

'뭐 어쨌든.'

내가 해야 할 일은 하나. 놈을 사냥하는 것.

"덤벼라. 황소 대가리."

[크크크크, 건방진 인간.]

"닥쳐, 건방진 악마."

나는 땅을 박차고 튀어 나갔다. 바로 '섬창'(殲槍)을 때려 박을 수는 없었다. 섬창은 제한 시간이 하루인 궁극기이자 비장의 한 수, 확실히 맞출 수 있을 때 날려야 한다.

'일단, 놈의 실력부터 파악하고.'

내가 달려들자 놈이 급하게 발톱을 세워 들었다. 나는 그 기세 그대로 '무명'(無名)을 찔러 넣었다. 기초적인 베르트랑 찌르기였다.

챠앙!

경쾌한 소리와 함께 놈의 손이 튕겨져 나갔다. 재빨리 물러서는 아스모데우스. 놈의 표정을 보니, 살짝 당황한 표정이었다.

'……먹히는군.'

그간 헛훈련한 게 아니었다. 레벨업을 많이 한 보람이 있었다.

[크으으, 이 힘은…….]

놈의 미간을 찌푸렸다. 아, 문득, 떠올랐다. '섬멸의 엔트로피'의 각성 능력이었던 멸마(滅魔)의 힘이…….

"……좀, 아픈가 봐?"

[크크, 제법 까다로운 능력을 갖춘 놈이었군.]

"넌 예상보다 훨씬 약한 놈이었군……."

내가 비아냥거리자 놈이 발끈했다.

[건방 떨지 마라, 인간!]

순간, 놈이 시야에서 사라졌다. 나는 자세를 낮추고 집중했다. 왼쪽도 아니고 오른쪽도 아니다.

어디지…?

순간, 코끝에서 미약한 피 냄새가 풍겨왔다. 무언가 불길하면서도 오싹한 느낌.

"……흐읍!"

나는 본능적으로 스텝을 밟아 뒤로 빠졌다.

그 순간-

콰아아앙!

내가 있던 자리가 폭발했다. 제기랄, 놈의 스킬 '시체 폭파'다. 시체 하나를 소환하는 즉시 폭발시키는 까다로운 기술. 나는 신속히 계속 옆으로 내달렸다.

콰아앙! 콰아앙! 콰아앙!

놈의 공격은 정신없이 지속됐다. 근거리에 자신이 없으니, 거리를 벌리고 스킬로 상대하겠다는 건데….

'……그렇겐 안 놔두지.'

나는 계속 내달리며, 속으로 켈피를 불렀다. 푸히힝! 거리며 달려오는 켈피. 나는 그 위에 점프해서 올라탔다.

콰아앙! 콰아앙!

시폭은 끊임없었다. 나는 제빨리 머리를 굴렸다. 일단, 제일 먼저 해야 할 것은 놈을 찾는 것. 스킬을 사용하는 놈은 무방비 상태이기 때문에, 최대한 빠르게 붙어줘야 한다.

"뿔하피!"

[웅! 주인님!]

"놈을 찾아!"

[알겠어! 주인님!]

뿔하피가 허공으로 솟구쳤다. 다행히 놈은 나를 경계하고 있는지, 뿔하피의 움직임에는 전혀 신경 쓰지 않았다. 곧이어 뿔하피가 외쳤다.

[주인님! 오른쪽! 큰 소나무 뒤!]

"오케이."

나는 곧바로 주변을 둘러봤다.

딱 봐도 한눈에 보이는 커다란 소나무. 오호, 저 뒤에 숨어 있던 것이렷다?

나는 그곳을 바라보며 온 신경을 집중했다. 일단, 도약으로 이동해서 무방비한 놈에게 '섬창'(殲槍) 한 방을 멕이고 시작할 생각이었다.

'……자, 켈피 가자!'

라는 생각과 함께 곧바로 시야가 바뀌었다. 눈 바로 앞에 보이는 소나무. 뒤에는 두 손을 들고 영창을 하고 있는 '아스모데우스'가 보인다.

'지금이 기회야.'

놈이 달아나기 전에, 써먹어야 한다.

'섬창'(殲槍)이놈에게 통할진 모른다. 그래도 치명상 이상은 줄 거라 확신했다. 나는 곧바로 스킬을 활성화 시켰다.

['섬창'(殲槍)을 가동합니다.]

속에서 끓어오를 듯 폭발하는 에너지. 마침, 켈피가 내달리며 놈을 발견했다. 놈도 그제야 내 등장을 알아챘는지 눈이 휘둥그레졌다.

[……무, 무슨?]

"그냥 뒈져 새끼야."

난 당황해서 굳어 있는 놈에게 그대로 창을 내질렀다. 무려 수백 번의 찌르기가 담긴 기운.

아마, 이건 좀 아플걸?

콰아아아앙!

순간, 창공을 찢어발기는 듯한 굉음이 공간을 가득 채웠다.

고막을 찢을 듯한 소음에 미간을 찌푸릴 찰나-

[크리티컬!]
['아스모데우스'(★★★★★)를 처리합니다!]
[레벨이 올랐습니다!]
[모든 상태 이상을 회복합니다.]

'……응?'

나는 어안이 벙벙했다. 그냥 치명적인 대미지 정도나 입힐 줄 알았는데, 완전히 형체도 남기지 않고 소멸해 버렸다. 그것도 그 악명 높은 악마 '아스모데우스'가 말이다.

'……뭐야, 이거.'

나는 멍하니 앞을 바라봤다. 아스모데우스뿐만이 아니었다. 그 커다랬던 소나무까지 그 근처 땅까지 완벽하게 먼지로 소멸해 버렸다.

그야말로 미쳐 버린 대미지.

솔직히 이정도까지일 줄은 몰랐다.

우우우웅!

묵빛 창이 진동한 것은 그때였다. '무명'(無名)도 이번 사냥으로 레벨이 오른 듯 기쁘게 울고 있었다.

곧이어 채팅창에 메시지가 올라왔다.

[모찌(Lv.34):???]

[모찌(Lv.34):뭐야, 왜 레벨이 올라.]

[모찌(Lv.34):설마, 벌써? 아니지?]

순식간에 레벨이 2나 오른 주예린이었다.

나는 허탈해서 웃음이 나왔다. 실은 엄청나게 긴장했었는데, 나름 각오하고 나온 거였는데…… 살짝 허무한 느낌이 들었다. 그리고 드는 생각-

'이거…… 완전 개사기잖아?'

'섬창'(殲槍)은 사기였다.

[병아리콩(Lv.24):응? 뭔데, 무슨 일인데.]

주예린의 채팅에 '병아리콩'이 반응했다.

[몬스터콜렉터(Lv.25):아까 들어보니, 탑 10층 들어갔다고 하셨던 거 같은데?]

[병아리콩(Lv.24):10……. 층?]

[몬스터콜렉터(Lv.25):ㅇㅇ, 언덕 얘기했잖아. 탑에 언덕 있는 곳이 10층 말고 또 있냐?]

[병아리콩(Lv.24):아, 맞다. 그러네……. 미친, 무슨 벌써 10층이야. 진짜 죽으려고 환장하지 않는 이상 지금 10층은….]

[몬스터콜렉터(Lv.25):……모찌님 반응 보니까, 이미 깬 거 같은데……?]

[병아리콩(Lv.24):……뭐?]

[몬스터콜렉터(Lv.25):레벨 2나 오르셨잖아.]

[병아리콩(Lv.24):미친, 거기 아스모데우스 나오는 곳 아냐? 게다가 언덕 도착한 지 얼마나 됐다고 벌써 깨?]

[몬스터콜렉터(Lv.25):소수정예잖냐…….]

[병아리콩(Lv.24):……]

채팅창에 정적이 흘렀다. 주예린의 짧은 채팅만으로 상황을 바로 추측하는 것 보니, 역시 고인물은 고인물들인가 보다.

"……싱겁네."

주예린의 지원이 도착하기 전에, '아스모데우스'(★★★★)가 소멸해 버렸다. 너무 빨리 끝나서 시스템도 당황한 건지, 조금 지나서야 메시지가 날아왔다.

[축하합니다!]

[시련의 탑 10층을 클리어하셨습니다.]

[생존자 전원에게 특수한 보상이 지급됩니다.]

[생존 인원 총 7/7명]

[파티 보상:악마성의 열쇠 조각(1/9), '아스모데우스'의 랜덤 박스.]

[Tip 조심하세요. 시련의 탑의 중간중간에는 고대의 악마가 잠들어 있습니다.]

'역시, 나왔군.'

악마성의 열쇠 조각. 그리고 '아스모데우스'의 랜덤 박스.

원래 각 10층 보상은 전부 다 이런 식이다. 열쇠 조각은 9개 전부를 모으면 하나의 열쇠가 된다.

사용처는 아직까지 모른다. 99층이나 100층에 쓰일 거라 추측만 하고 있을 뿐, 나 역시 아직 사용해 본 적이 없다. 그리고 랜덤 박스는 그 악마와 연관 있는 아이템이 랜덤으로 등장하는 뽑기 상자다.

특이점이라 하면, 이 두 개의 보상은 개개인에게 지급되는 것이 아닌 파티 당 단 하나밖에 나오지 않는 보상이라는 점. 게다가 한 번이라도 클리어했던 인원이 파티에 포함되어 있으면 등장하지 않는 보상이기도 했다.

즉, 누군가의 버스로 획득하는 게 불가능했다.

퓨풋!

메시지가 끝나고, 곧바로 탑 앞으로 이동했다. 우리는 바로 옆에 있는 '터'로 가 다시 정비를 시작했다.

일단 난 내 상태부터 먼저 파악했다. 벌써 레벨 40 돌파를 목전에 두고 있었다. 정말 엄청난 속도였다. 채팅방 고인물들 레벨 평균이 20대 중반인 걸 보면 답 나온다.

'게다가 돈도 엄청 쌓였어.'

골드 광산에서 얻은 40,000골드. 탑 10층에서 얻은 70,000골드. 그리고 '유현동' 무리에게 뺏었던 골드까지. 전부 합하니, 총 197,000골드다.

나는 140,000골드를 사용하여, 방어 타워를 4렙에서 8렙으로 올렸다. 늘어난 타워들을 집단 '터' 곳곳에 배치했다. 그리고 50,000 골드를 추가해 강화소 만렙을 미리 찍어놨다. 돈도 남아돌았고, 딱히 찍을 게 없었기 때문이다.

'깔끔하네.'

나는 다음으로 이번 10층에서 얻은 것을 정리해 봤다. '무명'(無名)의 레벨이 12로 올랐고, '섬창'(殲槍)의 레벨도 2로 올랐다. 섬창은 증가 폭이 정말 어마어마했다. 무려 10,000%에서 11,000%로 뛰어올랐다.

'……진짜 개 사기 스킬.'

「몬스터즈」 당시에는 듣도 보도 못했던 류의 스킬이었다. 정말 말도 안 되는 스킬.

'도대체 이건 뭘까.'

분명 기억이 났다. 죽창 사내가 썼던 '섬창'(殲槍)이…….

그래서 나는 처음에 「갓 컴퍼니」 직원 전용 스킬인 줄 알았다. 아니면, 무언가 깨달음을 얻어야 사용할 수 있는 그런 류의 기술인 줄 알았다. 그런데 내 '섬창'은 분명 각성된 '엔트로피'의 스킬로 등록되어 있었다.

'도저히 모르겠군.'

그냥 간단하게 생각하기로 했다. 복잡하게 생각해 봐야 머리만 아프다. 대충 원래 생각했던 대로 「갓 컴퍼니」 직원 전용 스킬이라 생각하면 되겠지.

'사이버'가 개입했던 간섭의 반발력으로 내게 하나 쥐여준

걸 거다.

'그래야 밸런스가 맞을 테니까.'

시간이 흐르자, 일행들이 광장으로 모였다.

'아스모데우스'의 랜덤 박스를 열어보기 위해서였다.

"이거도 제가 까요?"

빈서율이 물었다. 일행들이 격하게 고개를 끄덕였다.

"허허- 그럼, 그걸 누가 까겠나."

"물론이지, 일단 오빠가 까는 건 절대 안 돼."

주예린이 호들갑을 떨었다.

일행들이 찬성하고 마지막으로 내가 고개를 끄덕이자, 빈서율이 곧바로 상자를 오픈했다.

번쩍!

[두근두근! 엄청난 기운이 상자에 집중됩니다.]

[악마족 '아스모데우스'(★★★★★)의 기운이 느껴집니다.]

[빰빠바~]

[축하드립니다! A급 아이템 '아스모데우스의 목걸이'가 등장합니다!]

'목걸이?'

['아스모데우스의 목걸이'(A급)]

-특징:암(暗)속성

-'아스모데우스'의 랜덤 박스에서 등장하는 아이템입니다.

-캐릭터 전용 아이템입니다.

-'아스모데우스'의 기운이 담긴 목걸이입니다.

-저주 계열 스킬 효과 120% 증가.

-저주 계열 스킬 쿨다운 20초 감소.(지정 1 가능)

'호오.'

이번에 나온 템은 디버프 전용 아이템이었다. 마녀족을 주로 사용하는 양종현에게 딱 맞는 아이템.

"이건 양종현 씨가 가지도록 하겠습니다."

결정은 빨랐다. 양종현 말고는 쓸 사람이 없었으니까. 그렇게 이번 10층 보상 정산은 일사천리로 이루어졌다.

그리고 나서 그날 저녁-

"다들 모이세요."

나는 일행들을 내 훈련장 안으로 소집했다. 주예린을 제외한 일행들에게는 훈련 일정에 대해 별다른 말 하지 않았기에, 전부 궁금한 얼굴들이었다.

"무슨 일인가."

"내일 탑 등반 때문인가요?"

"허, 벌써 11층을 등반한단 말이오?"

"음, 그건 아니지 않을까요?"

"……그럼?"

숙덕거리는 일행들.

나는 손뼉을 한 번 쳐, 이목을 집중시켰다. 그 후, 말했다.

"탑 11층부터는 속성에 대한 대비를 하셔야 합니다."

"속성이요?"

빈서율이 고개를 갸웃거렸다.

"네, 화염 속성이요."

탑 11층부터 20층까지는 컨셉이 딱 잡혀 있다. 모든 필드 타입이 화염과 관련되어 있다는 것. 그래서 「몬스터즈」 당시에도 초반 진행이 엄청 버벅거렸었다.

캐릭터의 '화염 저항' 능력이 매우 낮았기 때문이었다.

'힘들었었지.'

나는 과거 탑 등반 초반 때를 떠올렸다. 11층에서 원인도 모른 채 수백, 수천 번을 죽었었다. 그러면서 자연스레 올랐던 화염 저항 레벨 4.

'그때부터 어찌저찌 플레이가 가능해졌었어.'

그게 탑 11층~20층까지 오르는 최소 조건이었다. 그때는 죽으면서 화염 저항을 올릴 수 있었다지만, 이제는 그게 안 된다. 원 코인이기 때문이다.

즉, 들어가기 전에 만반의 준비를 갖춰야 한다는 거다.

"이제부터, 며칠 동안은 밥만 먹고 화염 저항 능력치를 올려야 합니다. 그렇지 않으면 절대 탑에 오를 수 없어요."

"……며, 몇까지 올려야 하는데요?"

서은채가 물었다. 그녀의 안색이 좋지 않았다. 과거 함께 '냉기 저항' 레벨 4까지 올렸던 게 떠올랐나 보다. 그 당시 엄청 괴로워했었지.

"적어도 4까지는 올려야 해. 그게 적정 레벨이야."

"허……."

"커억."

일행들의 탄식 소리가 들려왔다.

이들은 알 거다. 속성 저항 능력치를 올린다는 게 얼마나 힘든 일인지. 이미 연옥에서 올려본 전적이 있기 때문이다.

"나, 나는 어떡하오? 그런 능력치가 없는데……."

양종현이 물어왔다.

나는 일행들의 화염 저항 상태를 빠르게 스캔했다. 나와 주예린이 2, 양종현이 0, 그리고 나머지가 1이었다.

"양종현 씨는 좀 더 시간이 걸리겠죠. 그래도 괜찮습니다. 화염 저항 1이나 0이나 고통스러운 건 똑같을 거거든요."

내 말에 일행들의 안색이 새하얗게 질렸다.

호흡을 시작했다. 심장이 쿵쿵 뛰었다. 긴장감이 극에 달했다.

"후우……."

훈련소 안. 옆에는 유지넬이 날 쳐다보고 있었고, 눈앞에는 '레드 드래곤 아그니스'(★★★★★)가 이글거리는 눈빛으로 날 바라보고 있었다. 벌써 몇 번째 시도인지 모르는 자해.

"쿨다운 다 찼어?"

"……어."

"그럼, 진행해."

"아, 알겠어."

주예린이 질린 얼굴로 말을 더듬었다. 곧이어 드래곤이 입을 벌렸고, 내 팔을 향해 화염을 뿜었다.

화르르르-

"……!"

온갖 욕설이 속에서 맴돌았다. 끔찍한 고통 속에서, 순식간에 내 팔이 재로 화한다.

"유, 유지넬 힐링!"

서은채의 목소리가 떨렸다. 이윽고, 유지넬이 품는 하얀 빛과 함께 꾸물꾸물 되살아 나는 새살.

'……미치겠군.'

고통스러웠다. 그러나 고통스러운 티를 내지도 못했다. 다른 일행들에게 보여줘야 했기 때문이다. 내가 무덤덤하게 해야 일행들도 용기를 낼 수 있을 테니까.

이 무식한 방법을 생각한 건 물론 나였다. 리치도 5성, 아그니스도 5성. 리치의 블리자드로 냉기 저항 Lv.4를 찍었으니, 드래곤 브레스로도 화염 저항 Lv.4를 찍을 수 있겠다는 발상이었다.

'게다가 훈련소의 효과도 한몫했지.'

훈련소 회복력 500% 증가, 몬스터 스킬 쿨다운 80% 감소.

유지넬의 힐링이 있다지만, 조금은 부족하다. 브레스 쿨다운 12분(60분×0.2) 동안 완전히 회복하려면 훈련소의 회복 효과도 조금은 도와줘야 가능하다.

계속 뿜어지고 있는 브레스. 나는 그쪽을 향해 눈을 질끈 감고 반대쪽 팔을 들이밀었다.

치이이이—

생살이 순식간에 구워지며 타들어 간다. 화염 저항 Lv.2 임에도 순식간이었다. 그 끔찍한 고통 속에서 무언가가 가슴속에 활활 끓어오르는 게 느껴졌다.

[화염 저항 레벨이 3으로 올랐습니다!]

'나이스……!'

드디어, 성공했다. 아팠던 고통이 사라졌고 발끝부터 성취감이 솟구쳐올랐다. 희열이 느껴졌다.

그래……. 분명 이때까지는 기뻤던 것 같다. 양종현에게 어떤 충격적인 말을 듣기 전까지는 말이다.

유지넬의 힐링이 양팔을 어루만졌다. 미칠 듯 욱신거렸던 고통이 서서히 사라졌고 수포가 가라앉았다. 다시 새살이 돋았다.

"……!"

나머지 단원들은 그러한 내 모습을 창백한 안색으로 쳐다보고 있었다.

뭐, 내가 생각해도 대단한 참을성이긴 했다. 그래서 더 짜증 났다. Lv.4까지 또 이 지랄을 해야 한다는 사실에……

"후우……"

참았던 호흡을 내뱉었다. 그래도 뿌듯했다. 보여냈으니까. 화타 앞의 관운장처럼 그 끔찍한 통증을 이겨냈으니까. 분명, 일행들도 이런 내 모습을 보면 자신감을 가지고……

"……오빠."

주예린이 나선 것은 그때였다.

나는 고개를 갸웃했다.

"응?"

"……우리가 이걸 할 수 있을 거라 생각하는 건 아니…… 겠지?"

그녀가 조심스럽게 의견을 피력했다. 그러자 옆에서 할아버지도 거들었다.

"큼큼, 난…… 너무 오래 살아서 말일세……. 그래, 종말이 온 세상에서 이 정도 살았으면 오래 버틴 게지……."

"……네?"

"아니, 그냥……. 인간이 느낄 수 있는 고통 중 최고봉을 작열통이라 하지 않는가. 방금 자네의 모습을 보니까, 어쩌면 그냥 두 달 뒤에 죽는 게 더 편할 수 있겠단 생각이 드는 걸세."

"……"

쩝, 역시 안 되는 건가. 하긴, 그럴 수도 있겠단 생각이 들었다. 그만큼 끔찍하고 무식한 고통이었으니까. 게다가 한두 번으로 끝나는 것도 아니다. 어쩌면 수백 수천 번을 반복해야 할지도 모르는 일이다. 나라고 이런 걸 무작정 강요할 수는 없었다.

"……저, 저는 해볼래요."

그때, 서은채가 손을 들었다. 일행들의 눈이 휘둥그레졌다. 의외의 대상이 나섰기 때문이었다. 그녀가 천천히 말했다.

"어차피, 일정 궤도에 오르면 더 이상 고통스럽지 않은 거잖아요. 앞으로도 쭉-"

"저도 동의해요. 결국, 다 같이 살기 위해 하는 거잖아요. 건호 씨도 그래서 참고 있는 것일 테고요."

빈서율도 나섰다. 합체족을 사용해서일까, 요즘 들어 저돌적으로 변한 그녀가 호쾌하게 팔을 걷었다. 당장에라도 할 수 있다는 제스처였다.

그런 그녀들을 본 주예린과 할아버지가 고개를 절레절레 흔들었다. 차라리 죽으면 죽었지 생살을 태우는 건 절대 못 한다는 표정이었다.

"……잠깐만, 혹시 내가 먼저 해봐도 되겠나."

양종현이 나선 것은 그때였다. 시간이 한참 흘러, 브레스의 쿨다운이 다 차올랐을 때였다.

"양종현 씨가요?"

"……실험해 볼 게 있어서."

그가 휘적휘적 앞으로 걸어와 팔을 걷었다. 그리고 눈을 감은 채로 팔을 드래곤의 입 앞에 내밀었다. 그의 표정은 단호하다 못해 무언가 결의에 차 있는 모습이었다. 뭐야, 갑자기 왜 그러지?

이윽고, 양종현이 주예린을 향해 말했다.

"진행해 보시오."

"······진짜요?"

주예린이 황당한 듯 쳐다봤다.

양종현이 고개를 끄덕이자, 다시 한번 질린 표정을 지었다.

"······뭐야, 여기 사람들 다 제정신 아닌 것 같애."

"잔말 말고 빨리해 주시오."

"······나중에 딴말하지나 마요."

곧이어, 아그니스의 아가리에서 화염이 뿜어져 나왔다.

화르르르-

화염 저항 레벨이 0인 양종현의 팔이 순식간에 녹아 흐트러
졌다. 그런데도 양종현의 표정은 평온했다.

"······!"

다른 일행들도 놀랐지만, 나 역시 놀랐다. 웬만한 인내력으
로는 절대 저런 표정을 지을 수 없다는 걸 알기 때문이었다.
방금 경험했기에, 누구보다 더 확실히 안다.

"······나쁘지 않군."

양종현은 태연한 표정으로 반대쪽 팔까지 지져 버렸다. 그
러고는, 나를 쳐다보며 말했다.

"올랐소, 리더."

"······네?"

"화염 저항 레벨이 곧바로 1로 올랐소."

"······."

당혹스러웠다.

뭐지? 이게 무슨 상황이지? 정말 아무렇지도 않다고? 그 고통이?

나는 넋 놓고 그를 쳐다봤다. 아마 몇 분 전 일행들이 날 보던 눈빛이 지금 내 눈빛과 비슷할 거다.

'잠깐……'

문득, 무언가 떠올랐다.

"아……?"

뇌리에 무언가가 스쳤다. 망치로 머리를 한대 둔탁하게 후드려 맞은듯한 충격이 일었다.

"……설마?"

나는 신속히 눈을 굴려 양종현의 스테이터스를 뒤졌다. 그의 마녀족 '도레미'(★★★★)를 찾기 위해서였다.

[몬스터:'도레미'(★★★★)]

-마비(Lv.4):단일 대상 캐릭터나 몬스터의 감각을 30초간 마비시킨다. (제한:20분에 1번)

'……마비 스킬.'

감각을 마비시킨다는 것은 저주가 될 수도 있지만, 발상을 전환하면 축복이 될 수도 있다. 곧이어 양종현이 고개를 끄덕였다.

"맞소."

"……."

"마비 스킬을 사용했더니, 하나도 안 아프더군."

나는 넋 나간 상태로 그를 쳐다봤다.

동시에 가슴속에서 한 마디 단어가 튀어나왔다.

'······×발.'

그걸 왜 이제 말해?

나는 속으로 울부짖었다. 가슴으로 눈물을 흘렸다.

양종현의 스킬 덕에 문제는 바로 해결됐다. 원래는 몇 번이나 실신하고 나서야 얻을 수 있었을 화염 저항을 다들 손쉽게 획득할 수 있었다.

기행은 약 나흘 동안 계속됐다. 캐릭터뿐만 아니라, 일부 빛(光)속성, 암(暗)속성, 풍(風)속성 등등 몬스터들의 화염 저항 역시 같은 방법으로 성장시켰다.

참고로, 원래 11~20층은 화(火)속성 몬스터와 그 우위 상성을 가진 수(水)속성 몬스터만 사용할 수 있다. 특히, 목(木) 속성 몬스터는 어떤 방법을 써봐도 사용할 수 없었다. 소환하는 순간, 약 1분 안에 전투 불능 상태에 빠지기 때문이다.

'우리는 유난히 목(木) 속성 몬스터가 많네.'

빈서율의 유니콘족 '투투'(★★★★).

주예린의 요정족 '픽시'(★★★★).

할아버지의 곰족 '콰르르'(★★★★).

서은채의 요정족 '쉐핀'(★★★★)

서은채의 요정족 '클레어'(★★★★).

이렇게 총 5마리가 목(木) 속성이었다. 따라서 이 5마리는 20층까지 절대 출전 금지다. 화염 저항을 올릴 수 있다 하더라도, 그 과정 자체가 열위 속성 몬스터에겐 엄청난 고통일 것이기 때문이다. 시간도 오래 걸릴 테고.

'후우.'

비록 육체가 고통스럽지 않다고 해도, 정신적으로 피곤해지는 건 어쩔 수 없었다. 어쨌든, 본인의 생살이 지져지고 다시 돋아나는 걸 두 눈으로 봐야 했으니까.

주예린은 항상 그 피로와 스트레스를 채팅창에다 풀었다.

[모찌(Lv.34):폭행아~]

[폭행몬스터즈(Lv.26):넵!]

[모찌(Lv.34):우리 구역에 별일 없제?]

[폭행몬스터즈(Lv.26):그렇습니다!]

[모찌(Lv.34):똑바로 해라, 불시검문 나갈 수도 있으니까^^. 아, 뉴비들 못살게 안 굴고, 퀘스트 착실히 깨고 있지?]

[폭행몬스터즈(Lv.26):그, 그렇습니다!]

[모찌(Lv.34):??? 말 더듬는 척하네? 너도 여기 데려와서 불로 지져줄까? 이거 나름 재밌는데.]

[폭행몬스터즈(Lv.26):……아닙니다!]

[모찌(Lv.34):그럼 똑바로 하자^^.]

[폭행몬스터즈(Lv.26):넵!]

그녀도 어째 채팅창에 재미를 붙인 것 같았다. 그것도 '폭행

몬스터즈' 놀리는 재미 말이다.

[병아리콩(Lv.25):얼ㅋㅋㅋ 폭행시키 군기든 거 보소.]

[카드값줘체리(Lv.26):ㅋㅋㅋㅋ]

[문스터(Lv.30):남자도 아니네. ㅆㅂ]

[아리아리동동(Lv.23):졸웃 ㅋㅋㅋ]

[조류족성애자(Lv.23):ㅋㅋㅋㅋㅋㅋㅋㅋㅋ]

[몬스터콜렉터(Lv.26):ㅋㅋㅋㅋ미친, 꼴 좋다.]

유현동의 군기 든 모습에 재미있게 웃는 고인물들. 자존심이 센 녀석이기에 좀 안 돼 보이긴 했지만 별수 있나. 임자를 잘못 만난걸.

생각해 보면 불쌍할 것도 없다. 그도 본인의 힘을 이용해서, 뉴비들을 괴롭히고 다녔다 들었으니까. 아마, 그의 스킬 불도저로 부순 건물만 수십 동이 넘을 거다.

그렇게 또 하루가 흘렀다. 일행들은 화염 저항의 숙달뿐만 아니라, 탑에 관한 공부도 꾸준히 했다. 모든 타입의 지형들을 숙지시켰고, 각 층의 특징에 대해서도 암기할 것을 지시했다.

마침내 도전하는 11층.
"다들 준비되셨습니까?"

나는 물었다.

"준비됐네."

"어디 또 한번 깨보자고요."

"이번에도 기록 갱신은 기본이겠죠?"

일행들이 씩씩하게 대답했다.

이미, 일행들의 머릿속에는 11층의 구조가 완벽하게 구성되어 있는 상태. 나는 피식-웃었다.

"유언은 다들 남겨놨습니까?"

이제 무려 탑 11층이다.

'통곡의 벽'을 넘어선 진정한 하드코어 콘텐츠. 난 분위기 전환용으로 물었다.

"유언……? 그런 거 봐줄 사람도 없다네."

"……저도 그렇네요. 망해 버린 세상이니까."

"……으음, 전 제가 죽으면 떨어지는 골드, 전부 건호 씨 드릴게요."

"헐, 누나……! 나는?"

다들 밝은 분위기였지만 나는 안다. 막상 탑 등반에 돌입하면 그 누구보다 진지해지리라는 것을.

"그럼 갑시다."

우리는 그렇게 11층으로 향했다.

[시련의 탑 11층입니다.]

[임무 유형 -도달]

[길을 따라 목적지까지 도달하라.]

새로운 퀘스트는 일행들에게 몇 번이나 주입시켰던 그 임무, 바로 '도달'이었다.

"전부 일렬대형으로 배치."

일행들은 전부 몬스터를 집어넣었다.

그리고 내 명령에 따랐다. 내가 최전방, 주예린이 후미. 나머지가 중앙에서 일렬 대열을 갖췄다. 목적지까지 행군하기 딱 좋은 진형이었다.

'……이거, 후끈후끈하구먼.'

후덥지근한 공기가 몸을 달구었다. 화염 저항 레벨을 4까지 올렸음에도 불구하고, 뜨거움이 느껴질 정도였다.

딱, 사우나에 온 느낌 정도?

그럴 수밖에 없었다. 탑 11층의 필드 타입은 바로 용암지대였으니까.

'저항 안 올렸으면 진짜 바로 죽었겠네.'

지금은 잘 느껴지지 않았지만, 보이는 광경만 봐도 숨이 턱 막혀왔다. 강하게 이는 아지랑이와 피부에 부딪히는 열기 때문이었다. 그 정도로 열기에는 살기가 가득했다.

"정확히 앞사람 발만 보고 따라오셔야 합니다."

탑 11층에는 몬스터가 없다. 장애물만 있을 뿐. 그 장애물도 패턴만 알면 무사히 넘어갈 수 있다. 나는 천천히 이동을 시작했다.

'사실, 11층의 본래 임무 유형은 '적응'이지.'

목적지까지 찾아가기는 쉽다. 장애물도 그렇게 어렵지 않다. 알맞은 징검다리만 밟고 건너면 되는 수준의 난이도? 물론, 틀린 징검다리를 밟는 순간 바로 밑에 있는 용암 속에 빠지게 되겠지만.

어쨌든, 11층이 어려운 이유는 그 장애물이 아니라 바로 '더위'다. 화염 저항이 없는 상태에서 플레이를 수십 번 돌려본 결과, 정말 10분도 지나지 않아 탈수가 오고 죽었었다.

'지금은 그럴 일 없겠지만.'

본래는 힌트를 얻어서 진행해야 한다. 이곳 구석구석에는 장애물에 대한 힌트들이 배치되어 있다.

하지만 난 그냥 함정의 위치를 전부 외우고 있었다. 그냥 내가 길잡이만 해주면 쉽게 깰 수 있는 층이 바로 이곳 11층인 것이다.

11층 필드는 그다지 복잡하지 않다. 그저 커다란 길을 따라 앞으로만 쭉-가다 보면 목적지에 도달할 수 있다. 9층에서 겪었던 개미굴과는 성격이 완전 딴판이다.

"……건호 씨?"

선두에 서서 길잡이를 하는 나에게 빈서율이 가까이 붙었다. 들어온 지도 꽤 시간이 흘렀는지, 그녀의 호흡이 살짝 가파르다.

"넵, 서율 씨. 괜찮습니까?"

"네……. 아직까지는요. 근데 저런 곳은 다 어디에요?"

그녀가 큰길 사이로 나 있는 작은 갈림길들을 가리켰다.

굳이 일행들에게 설명하지 않았던 곳. 저기로 빠져 몬스터를 잡다 보면, 나중에 나올 장애물에 대한 힌트들을 얻을 수 있다.

원래는 저곳 하나하나를 다 클리어하면서 이동해야 한다.

"별 신경 쓸 필요 없는 곳입니다. 그냥 직진만 하시면 돼요."

"……그래요?"

물론, 우리는 힌트가 필요 없다. 대다수 고인물들이 그렇듯, 나와 주예린 역시 정답을 전부 알고 있었으니까.

몬스터 경험치가 아깝지 않느냐고? 네버, 절대 아니다. 애초에 몬스터가 많이 있는 것도 아닌 데다가, 길이 복잡해서 시간만 더 오래 걸린다. 즉, 비효율적이다.

차라리 빨리 깨고 나가, 훈련소에서 훈련하는 게 백번 낫다.

곧이어, 빈서율이 걱정스러운 투로 말했다.

"아무리 저항을 올렸다지만, 너무 불안할 정도로 쉽네요."

"쉬우면 좋은 거죠."

"……그야, 그렇지만."

사실, 그녀의 말도 이해는 갔다. 벌써 행군을 시작한 지 1시간이나 흘렀으니까. 그동안 아무런 함정도, 몬스터도 없었다. 그냥 뚫려 있는 길뿐이었다.

일행들이 슬슬 불안해하는 게 느껴졌다. 이게 본인들이 알던 그 악명높은 탑이 맞는지. 정말 제대로 향하고 있는 게 맞는지. 의문이 들 때도 됐다.

"조금만 더 기다려 봐요. 이제, 곧 나올 겁니다."

그냥 감각적으로 알았다. 이미 11층의 대략적인 구조는 머릿속에 전부 들어가 있는 상태. 조만간 커다란 장애물이 나온다. 그리고 우리는 그곳을 건너야 한다.

"정지."

얼마 지나지 않아, 나는 신호를 보내 행군을 멈췄다. 마침내, 내가 말했던 곳에 도착했기 때문이다.

커다란 길 끝에 펼쳐진 광활한 용암 호수. 그리고 그 사이사이에 올라와 있는 가지각색의 작은 징검다리들.

"……서, 설마 여기에요?"

"여길 건너야 한다구요?"

"흠, 이거 발 잘못 헛디디다가는, 바로 죽겠는데……."

일행들이 호수를 넋 놓고 바라봤다.

나 역시 깜짝 놀랐다. 현실에서 보는 용암 호수의 모습이 보기보다 더 위험해 보였기 때문이다.

"아니, 잠깐만요! 저 징검다리들 좀 봐요!"

서지호가 외친 것은 그때였다. 그가 가리킨 방향의 징검다리 몇 개가 갑자기 용암 속으로 쑥- 들어갔다.

그리고 한참 후, 다시 쑥-나온다. 마치, 두더지 게임이라도 하는 것처럼 그 동작을 반복했다.

일부 징검다리만 그러는 게 아니었다. 모든 징검다리가 순차적으로 그러고 있었다.

"……!"

드디어 일행들의 눈빛에 긴장감이 떠오르기 시작했다. 아무리 화염 저항 Lv. 4라고 하지만 용암에 빠지면 죽는 건 매한가지다. 저 징검다리 중 하나만 잘못 밟아도 곧바로 황천길인 것이다. 게다가 공중으로 갈 수도 없다. 징검다리를 밟지 않고 건너는 순간, 숨어 있던 모든 함정장치가 발동된다는 컨셉이니까.

"……미쳤소, 이건."

"거리가 대충 잡아도 500m는 넘을 것 같은데요……?"

"무슨, 이런 개 같은 미션이……."

호수 건너편에 하얀빛이 보인다. 저곳이 바로 목적지. 도달하면 그 즉시, 11층 클리어다.

나는 주예린을 바라봤다. 그녀가 고개를 끄덕였다.

사실, 우리는 아까부터 저 징검다리를 주시하고 있었다. 징검다리가 움직이는 패턴을 확인하기 위해서였다.

'폰 게임이랑 다르면 x되는 거니까.'

일행들 전원의 목숨이 걸린 일. 당연히 검증하고 넘어가야만 했다.

주예린이 말했다.

"오빠, 여기는 왼쪽부터 B2, R4, G2, Y5 다행히 맞아."

"여기도 오른쪽부터 B2, R4, G2, Y5."

"똑같네. 예전이랑."

징검다리에는 일종의 패턴이 존재한다. 그 갈림길 몬스터들을 잡아 나오는 힌트에서 얻을 수 있는 그 패턴.

'역시, 패턴은 항상 같아.'

「몬스터즈」당시에도 그랬다. 누가 입장하든 11층에 들어가면 항상 동일한 패턴이 나와서, 나중에는 갈림길을 사용하지 않는 게 국룰이 되었다.

-님들, 11층 어려움?

-?? ㄴㄴ

-'통곡의 벽'만 넘으면 뭐, 11층은 뭐……

-ㅇㅇ 11층은 걍 커뮤니티 공략만 보고 깨도 됨. 아, 화염 저항 4 맞출 때까지 반복해서 뒤지는 게 좀 빡세긴 하겠다.

-그거 징검다리 밟는 순서만 외우면 그냥 깨는 층 아님?

-ㅇㅇ 비운 님이 다 공략해 놨잖아. 개꿀.

-ㅋㅋ 패치 안 해서 좋은 건 또 처음이네.

-근데 형들, '비운'님이 쓴 공략집에 나오는 거 B가 블루 맞지? Y가 옐로우고?

-어, 징검다리 색깔이라 보면 된다.

당시, 11층에 대한 세간의 평가였다.

'역시 따로 패치하진 않았군, 귀찮을 뻔했어.'

예상대로였다. 패치를 하지 않기로 유명한 「갓 컴퍼니」답게, 현실도 똑같은 패턴으로 나왔다.

"그럼, 여기서 잠깐 휴식하죠."

나는 일행들에게 말했다. 더운 공간에서 나름 오랫동안 행군하느라 지쳤을 텐데 곧바로 징검다리를 건널 수는 없었다. 체력을 좀 채워줘야 했다.

주예린과 세부적인 작전을 더 짜야 하기도 했고, 일행들에게도 대략적인 패턴을 숙지시켜 줘야 하기도 했다.

"켈피, 나와 봐."

나는 '유령마 켈피'(★★★★★)를 소환했다. 집단에 있는 유일한 수(水)속성 몬스터. 나름 교감을 자주 해서인지, '물의 가호' 스킬 레벨이 벌써 6에 달했다.

[물의 가호(Lv.6):물의 정령들이 친근감을 느낀다.]

촤르르르-

곧이어, 허공에 물이 생성됐다. 이처럼, '물의 가호' 레벨 6부터는 미약하게나마 식수를 만들 수 있다.

"고마워, 켈피."

나는 켈피의 갈기를 쓰다듬었다. 그러자 기분 좋은 듯 푸르르거리며 투레질하는 켈피. 역시 수(水)속성 몬스터답게 탑 11층임에도 아무런 영향을 받지 않는 듯했다.

"다들, 목 좀 적시세요."

"감사합니다."

"고마워요, 건호 씨."

나는 허공의 물을 조금씩 쪼개다가 일행들의 목을 축여줬다. 다들 땀을 많이 흘렸다. 수분을 조금씩 채워줘야 탈수에 걸리지 않는다. 그렇게 일행들에게 물을 조금씩 나눠 줄 때였다.

"오빠."

그때, 주예린이 다가왔다. 그리고 손짓을 했다. 따라오라는 제스쳐였다.

"왜."

"잠깐, 나 좀 봐. 할 말 있어."

"그래."

잠깐, 이동 후 그녀가 다시 말을 이었다.

"채팅창 봤어?"

"채팅창?"

나는 원래 평소 채팅창을 꺼놓는다. 가끔 체력 단련할 때 켜놓는 것 빼고는, 거의 꺼둔다. 정신 사납기 때문이다. 매사 집중하기도 어려워지고.

"어, 다들 난리 났어. 봐봐."

"뭐길래."

속으로 '용사 채팅창'을 불렀다. 그나저나 탑을 깨면서도 이걸 보고 있었다니, 요즘 채팅에 너무 중독된 건 아닌지 살짝 우려되긴 했다.

[병아리콩(Lv.25):와, 벌써 이벤트라니…… 공지 미쳤다.]

[아리아리동동(Lv.23):ㅋㅋㅋㅋ. 그래서, 콩이 참여 할거임?]

[병아리콩(Lv.25):하긴, 해야지. 원래 이벤트 잘 안 주는 게임이잖아.]

[아리아리동동(Lv.23):글게, 근데 어떻게 벌써 이벤트가 나온다냐. 뭔 바람이래? ㅋㅋ]

[카드값줘체리(Lv.26):ㅋㅋ 그건 그렇고 이거 내용 보니까 결과는 정해져 있는 거 아님?]

[조류족성애자(Lv.23):쌉ㅇㅈ. 1등은 정해져 있다. 넌 참여만 해. ㅋㅋ]

[병아리콩(Lv.25):뭐, 원래 이벤트가 고인물들의 축제였던 건 부정

못 하지.]

　　[문스터(Lv.30):뭐야 ㅆㅂ. 난 왜 이벤트 공지 안 뜨냐?]

　　[병아리콩(Lv.25):잉? 오빠 안 뜬다고? 거기 어딘데?]

　　[문스터(Lv.30):나, 시탑.]

　　[병아리콩(Lv.25):아, 몇몇 오빠들이 그러더라. 시탑 원래 조금씩 렉
걸린대.]

　　[문스터(Lv.30):아놔, 좆망겜 ㅆㅂ.]

　　빠르게 올라가는 채팅창.

　　"이게 무슨 말인데. 이벤트?"

　　"어, 집단 이벤트가 도착했나 봐."

　　"오."

　　나는 놀랐다. '퀘스트'가 아닌 '이벤트'는 정말 오랜만에 들어
보는 단어였으니까.

　　「몬스터즈」를 이끌어 나가는 두 줄기는 '메인 퀘스트'와 '시련
의 탑'이다. 보통 고인물들의 목표가 그 두 개의 끝을 보는 거
였으니까.

　　그러나 대다수의 유저들이 기다렸던 것은 바로 이 '이벤트'였다.

　　'생존을 내려둔 유저들의 축제!'

　　'재미! 경쟁! 그리고 화끈한 보상!'

　　'언제 등장할지 모르는 단발성 이벤트!'

　　1년에 한 번 나오기도 했고, 3년에 한 번 등장하기도 했다.
어떨 땐, 일주일에 두 번 등장할 때도 있었다. 그 당시 소문에

의하면, 게임 개발사였던 「갓 컴퍼니」도 정확한 일정을 모른다 했었다. 어쨌든, 난 주예린에게 다시 물었다.

"어떤 이벤트라는데?"

이벤트도 종류가 많다. 시련의 탑에 여러 유형이 있는 것처럼, 이벤트도 여러 유형이 있다.

"나도 잘 몰라. 우리도 이벤트 공지 안 날아왔잖아. 근데 왜 우린 안 주지?"

"뭐, 로딩이 길어지나 보지. 아직 탑 내부에 있기도 하고."

대수롭지 않게 생각하기로 했다. 어차피 '이벤트'는 전 유저를 대상으로 주어진다. 예외는 없다. 아마, 조금 기다리면 도착하거나, 탑이 끝날 때쯤 도착할 거다.

지금 중요한 것은…….

"그래서 팀은 어떻게 짤래?"

저 빌어먹을 징검다리를 건너는 일이다.

"후우."

나는 전방을 응시했다.

구그그그-

총 4개의 색깔. 호수에 펼쳐진 수백 개의 징검다리가 상하 반복운동을 하고 있었다.

피융! 피융!

어디서 존재하는지도 모를 기관장치에서 쏟아지는 화살.

화르르륵!

간혹, 용암에서 터져 오르는 불꽃.

'······미쳤네.'

폰 게임이랑은 완전히 다른 몰입감이었다. 손바닥에 땀이 한가득 찼다. 긴장될 수밖에 없는 순간이었다.

나는 옆을 흘깃 바라봤다. 주예린 역시 선두에서 한껏 긴장한 채로 준비 중이었다.

'나는 4인, 주예린은 3인 파티.'

3인이 밟아야 하는 징검다리와 4인이 밟아야 하는 징검다리는 명확히 다르다.

나는 과거 11층에 존재하는 모든 패턴을 분석해, 「3인팟과 4인팟이 밟아야 하는 징검다리 순서」라는 공략을 올린 적이 있다. 게임 초보도 쉽게 깰 수 있도록, 인원별 최적의 동선을 파악해 놓은 공략집. 상당히 고생했던 기억이 있기에 머릿속에도 그대로 남아 있었다. 아마 주예린도 날 돕느라 거의 숙달되다시피 했을 거다.

"자, 출발합니다. 제가 밟았던 징검다리만 밟아야 하는 것 잊지 마세요."

"······네, 아저씨."

"미, 믿어보겠네."

내 뒤에는 서지호, 서은채, 할아버지가 순서대로 자리 잡고 있었다. 빈서율과 양종현은 나름 몸을 쓸 줄 알기에 주예린 쪽으로 붙었다. 그게 더 통제하기 쉬울 테니까.

나는 다시 심호흡했다. 몇 번이고 더 심호흡했다. 그리고 주먹을 꽉 쥐었다. 머릿속으로 동선을 몇 번이고 그려냈다.

'바로 가야 해.'

일행들도 긴장하고 있다. 기차 형태로 움직여야 하기에, 아마 내 발끝만 쳐다보고 있을 거다. 괜히 시간 끌면 더 힘들어진다. 옆을 보니, 주예린 팀도 방금 출발했다.

구그그그!

그리고 마침, 내가 밟아야 할 노란색 1번째 돌이 올라왔다. 나는 곧바로 그곳으로 발을 옮겼다.

Chapter 7

꿀렁이는 점성질의 용암. 활활 끓는 불구덩이에서 강하게 뿜어져 나오는 기포. 그리고 무섭게 튀어 오르는 불똥.

'다음은 Y32, R33. B34 순서로.'

나는 머릿속에 자연스럽게 떠오르는 패턴대로 발을 옮겼다. 주변에 신경 쓰면 안 된다. 오직 징검다리에만 집중해야 한다. 조금이라도 실수하면, 나뿐만이 아니라 일행 전원이 꼬인다.

'다음은 G34. 한 칸 왼쪽으로.'

다시 한 칸 뛰었다. 그러자 서지호, 서은채, 할아버지 순서 대로 내가 이전에 밟았던 징검다리를 밟는다. 휴, 이번에도 성공이다.

'……그래도 많이 왔어.'

34번째 칸이면 대략 호수 중앙쯤이다. 옆을 보니, 주예린 팀과의 진도도 비슷했다.

모습이 웃겼다. 용암 위에서 기차놀이라니. 허공에서 우리를 바라다보면, 아마 지렁이 두 마리가 호수 위를 기어 다니는 모습으로 보일 거다. 내 팀, 그리고 주예린 팀. 이렇게 두 마리.

쉬우웅!

화살 하나가 쏘아진 것은 그때였다. 표적은 33번째 파란 징검다리 쪽. 마침 서은채가 서 있는 곳 바로 한 칸 옆이었다.

"꺄악!"

깜짝 놀란 그녀가 비명을 질렀다. 나는 곧바로 그녀에게 소리쳤다.

"다른 데 신경 쓰지 마! 집중해, 서은채!"

뒤를 돌아다 보지도 않았다. 다음 징검다리가 올라가는 타이밍에 딱 맞춰 이동해야 하기 때문이다. 그래서 그냥 전방을 보고 외쳤다.

"오직, 앞사람 발만 보고 그것만 따라가는 거야! 알겠어?"

"아, 알겠어요! 죄송해요!"

까랑까랑한 그녀의 목소리가 들려온다. 다행히 무사했다. 이렇게 소리치는 이유는 그냥 혼내기 위해서만이 아니다. 집중하라는 의미, 그리고 그녀가 무사한지 확인하려는 행위였다.

나는 다시 다음 징검다리를 향해 뛰었다. 불똥 하나가 팔에 살짝 튀었지만, 바로 털어냈다. 화염 저항 레벨 4이기에, 이 정도로는 끄떡없었다.

"후우, 후우."

뒤에서 서지호의 과호흡 소리가 들려왔다.

"숨을 길고 가늘게 내쉬어! 호흡이 빨라지면 안 돼! 정신 똑바로 차리고!"

"……네, 형, 스으읍!"

과연, 용암이랄까. 높은 화염 저항 레벨에도 불구하고 느껴지는 열기는 대단했다. 땀이 흘렀고 더운 숨이 샜다. 호흡할 때마다 가슴에 뜨거운 열기가 차올랐다.

'×같구나, 정말.'

온갖 부정적인 생각들이 저 단전 끝에서부터 피어올랐다. 그러나 금세 가라앉았다. 지금은 애꿎은 화풀이를 할 때가 아니니까.

징검다리를 건너는 일은 그렇게 어렵지 않았다. 육체적으로…… 그리고 심리적으로 힘들었다면 힘들었지, 나와 주예린이 전부 다 캐리했으니까.

우리는 계속 그런 식으로 이동했다. 각종 함정들이 등장했지만, 해법대로만 이동하니 큰 문제는 없었다.

그러기를 몇십 분-

"드, 드디어!"

"……도착했네요."

"헤엑, 헤엑……! 죽는 줄 알았네……!"

하얀빛이 쏟아지는 목적지에 전 인원이 무사히 도달할 수 있었다.

[축하합니다!]

[시련의 탑 11층을 클리어하셨습니다.]

곧바로, 시야가 바뀌었다. 눈을 떴을 때, 위치한 곳은 탑 입구 밖. 시원한 바람이 우리를 맞이했다. 답답했던 숨이 탁 트였다.

"꺄악! 시원해!"

"……해냈어! 해냈어!"

많이 힘들었는지, 감정이 격해진 일행들이 서로를 부둥켜안았다. 다들 온몸을 땀으로 흠뻑 적신 채였다.

주예린이 나에게 시선을 줬다. 그러더니 윙크했다. 고생했다는 의미였다. 나는 피식 웃었다.

'간만에 목욕이나 하고 싶다.'

긴장이 풀리니까, 조금 쉬고 싶었다. 처음 겪는 환경이어서인지, 정신적으로 많은 에너지를 소모한 것 같았다.

'그래도 보상은 많이 받았네.'

무려, 중급 소환서 50개. 일행들 것까지 다 합치면 350개.

물론, 다 재료 행이다. 그래도 이로써 전 일행 몬스터 5성화에 한 발 더 가까워졌다. 적어도 20층 보스를 만나기 전까지는, 전부 5성으로 만들어 봐야 한다.

물론, 등급보다 더 중요한 게 스킬 숙련도긴 하지만…… 그건 뭐, 기본이니까.

['이벤트' 공지가 도착했습니다.]

'터'에 다 도착해 갈 때였다. 메시지가 도착했다. 나뿐만 아니라, 다른 멤버들에게도 전부 도착했는지 일순간 술렁였다.

'맞다, 이게 있었지.'

탑 내부에 있느라 잠깐 지연됐었나 보다. 쩝, 메인 퀘스트는 탑 내부에서도 잘만 도착하던데…….

'이벤트' 메시지랑 '메인 퀘스트' 메시지가 뭔가 메커니즘이 다르기라도 한 건가? 뭐, 어쨌든 나는 곧바로 도착한 공지를 확인했다.

[짠짠!]

[정체불명의 존재가 '깜짝 이벤트'를 개최합니다!

이번 이벤트의 이름은…… 과연!

두구두구두구! 빠밤!

아주 흥미로운 이벤트군요!

그 이름 하여, '집단 경쟁전!'

당신의 집단을 아레나로 초대합니다!

집단과의 결투를 통해 전투 의지를 고양하고 성장 의지를 북돋아 보세요!]

[순위권 입상 시 막대한 포상을 지급해 드린답니다!]

[결투 시, 사망한 몬스터 및 캐릭터 부활 가능]

[결투 시, 기권 가능]

[준비 기간:20일]

[참여 신청:각 집단 요정]

'경쟁전이네.'

경쟁전은 단순하고도 투박한 방식의 이벤트다. 아무런 룰도 없이, 아레나에 〈 집단 vs 집단 〉으로 붙여놓고 이기는 팀의 순위가 올라가는 리그 방식.

일정 기간 후 점수를 합산해서 8강끼리 토너먼트를 했던 거로 알고 있다.

이는 소수의 단원으로 활동하는 집단에게는 불리한 이벤트다. 원래 동일 실력이면 수량으로 밀어붙이는 게 장땡이니까.

'물론, 우리는 논외고.'

막말로 100 vs 7로 붙는다고 해도 난 자신 있었다. 그만큼, 현재 우리 일행은 독보적이었다.

'뭐, 딱히 참여할 생각은 없지만.'

벌써 6일이 흘렀다. 이제부터 빨리 치고 올라가야만 한다.

남은 기간은 약 7주. 그 안에 30층까지 깨려면 정말 시간이 촉박하다. 페널티가 걸려 있어서 문제인 거다. 이렇게 힘들게 올린 레벨인데, 10레벨 다운은 너무도 치명적이니까. 생각만 해도 억울할 것 같다.

"혹시, 다들 이벤트 공지 도착하셨나요?"

빈서율이 먼저 물어왔다.

"나도 왔네. 그런데, 이게 뭔가? 집단 경쟁전?"

"흐음⋯⋯. 무슨, 결투 같은 걸 하는 건가 본데요?"

일행들이 궁금해했다.

[건호오오오!]

'터'를 지키던 쉐넌이 내 앞에 나타난 것도 그때였다.

난 내 가슴을 향해 달려드는 요정을 가벼운 몸놀림으로 피해냈다. 곧이어 쉐넌이 마치 상처받았다는 표정을 지었다.

[……너, 너무해! 건호!]

"헛소리 말고, 무슨 용건이냐."

[쳇, 혹시 건호도 이벤트 참여하는 거야? 내가 바로 집단 요정! 신청은 나에게 해주면 된다굿!]

"안 해."

[뭐어어엇?]

쉐넌의 눈이 휘둥그레졌다. 그 상황을 지켜보던 일행들 역시 놀랐다. 아쉬워하는 안색의 단원들도 있는 것 보니, 나름 자신 있었던 것이리라.

"탑 오르는 것만으로도 바쁘다."

[자, 잠깐만! 건호!]

내가 다시 지나가려 하자 쉐넌이 급히 막아 세웠다.

"뭔데."

[다, 다시 한번 생각해 보는 건 어떨까? 이건 죽지도 않는 거야! 그리고 막대한 포상도 있다고!]

"포상이 페널티를 커버해 주진 않잖아."

[응? 왜, 이벤트를 참여하면 탑을 못 오를 거라 생각하는 거야?]

당연히, 집단끼리 경쟁하면 시간을 많이 쓰게 되니까. 그런데 문득, 이상했다. 왜, 쉐넌은 내가 이벤트에 참여하길 바라는 걸까?

아까부터 살짝 식은땀을 흘리는 모습이 뭔가 원하는 대로 흘러가지 않았을 때의 그런 모습이었다. 뭔가 직감이 왔다. 무언가 숨기고 있는 게 있다는 느낌이 들었다.

"……쉐넌."

[으, 응?]

"너 뭐 있지."

[으……으, 응?]

심하게 동요하는 쉐넌. 역시, 뭔가 있었다. 나는 재빨리 쉐넌을 손아귀로 낚아챘다.

[꺄악! 무슨 짓이야 건호!]

"왜 날 자꾸 이벤트에 넣으려 하는 거지?"

난 쉐넌의 눈을 똑바로 노려보고 말했다. 그러자 요정의 눈동자가 흔들렸다.

[그…… 그게, 건호 집단이라면 1등 할 게 분명하고, 나도 어디 가서 자랑을…….]

"헛소리 말고."

[에, 에이씨! 이러면 안 되는데…….]

거의 다 넘어왔다.

"말하지 않으면 이벤트 참여는 절대 없다. 단, 말해준다면 생각은 해보지."

[휴우……. 알겠어! 알겠으니까 이것 좀 놔봐!]

난 쉐넌을 풀어줬다. 그리고 말없이 바라봤다.

[시, 실은 건호가 이번 '히든 퀘스트'를 쉽게 깨기 위해서는 이벤트 포상을 꼭 받아야 한다구! 다 내가 격하게 걱정해서 하는 말이었는데! 너무해!]

뭐? 히든 퀘스트? 그걸 준 사람은 「갓 컴퍼니」측이지 않은가.

"쉐넌, 레너드의 개였냐?"

[개라니! 요정에게 무슨 실례를!]

"무슨 의미인 줄 알잖아."

[몰라, 에베베베! 언제나 그렇듯 탑 100층 깨기 전까진 말해 줄 수 없어. 어쨌든 난 전달했다! 뿅!]

휘적거리며 날아가는 쉐넌. 생각해 보니까 저 태도 때문에 그동안 정이 가지 않았던 거다.

'쩝, 포상을 받아야 한다라……'

남은 기간은 20일. 「갓 컴퍼니」측에서 내 퀘스트를 돕기 위해 배정한 거라면, 따라주지 않을 이유가 없다.

사실 뭐, 따로 준비할 것도 없다. 그냥 탑만 열심히 오르다가 나가도 웬만한 집단은 전부 상대가 안 될 테니까. 압도적인 스펙을 쌓는 데는 탑만 한 곳이 없다.

'시간 나면 참여해 보지 뭐.'

각종 고인물들이 전부 참여한다 치면, 운 좋으면 형들도 만날 수 있을 거다.

"어떡하시려고요?"

지켜보던 빈서율이 다가왔다.

일행들도 한껏 궁금한 표정. 나는 웃으며 답해줬다.

"우선, 탑 오르는 데만 집중합시다. 그럼 다 해결될 거예요."

"헤헤, 좋네요. 그러면 바로 쉬러 갈까요? 아니면……."

"그전에 뽑기부터 합시다."

빈서율의 뽑기 타임이었다.

뽑기는 빠르게 이루어졌다.

350개 전부 까서, 1성(★) 238개, 2성(★★) 84개, 3성(★★★) 28개가 나왔다. 나는 재료들을 받아 기존에 있는 재료와 합쳤다.

'다 4성 재료권으로 바꿔보면.'

나는 강화소 이동했다. 그 후, 재료를 탈탈-털어 넣었다. 그러자, 4성 재료 카드가 총 28장이 되었다.

'괜찮네.'

총 7마리를 5성으로 만들 수 있을 만큼의 재료였다. 나는 일행들을 모아놓고 꼭 필요한 몬스터 순서대로 등급 업그레이드를 시켰다. 아직까지 20층을 올라가야 하기 때문에, 목(木)속성 몬스터들은 업그레이드에서 배제했다.

뭐, 순서는 그렇게 상관없었다. 어차피 조만간 전부 5성화할 거기에.

"그럼 오늘은 이만 좀 휴식하고, 내일부터는 정말 쉬지 않고 달리겠습니다."

"알겠네. 고맙네, 자네도 좀 들어가서 쉬게나."

"넵! 형!"

이렇게 보상 정리가 간단하게 끝났다. 이제 내일부터는 탑

진도를 좀 더 빠르게 뺄 생각.

'이제 슬슬, 달려야지.'

오늘이 전초전이었다면, 내일부터가 진짜 전쟁이다.

시간이 유수처럼 흘렀다. 약 2주라는 시간. 그 적지 않은 시간 동안 우리는 탑을 차근차근 올랐고 더욱 성장해 나갔다.

그리고 이곳은 시련의 탑 16층.

"곧 2차 공격입니다! 다들 엎드리세요!"

"예!"

"흐으읏!"

일행들이 재빨리 엎드렸다. 그들의 소환수들도 최대한 자세를 낮추게 했다.

'정신없군.'

나는 눈앞의 거대한 존재를 바라봤다. 사자 몸에 노인의 얼굴, 괴상한 날개. 바로 16층의 보스 '그레이트 만티코어'의 모습이었다.

곧이어 놈의 입에서 화염이 뿜어져 나왔다.

화르르륵!

나 역시 자세를 낮췄다. 달궈진 모래가 손바닥과 무릎에 닿았다. 뜨거웠다.

'좋아.'

화염 공격 패턴이 끝났다.

이제 다시 주변 몹을 사냥해야 할 차례.

뜨거운 사막. 이곳에 존재하는 몬스터는 '보스' 뿐만이 아니었다. 수백 마리의 '사막 만티코어'(★★★★)들이 사방을 덮은 채로 공격해 들어오고 있었다. 확실히 놈들의 화력은 대단했다.

"뿔하피!"

[웅! 맡겨줘, 주인님!]

그 즉시, 뿔하피가 하늘로 솟구쳤다. 곧이어, 사방으로 비산하는 수십 개의 깃털.

투콰가가!

마치 융단폭격이 떨어지듯 틀어박혀 폭발하는 깃털에 쫄따구 만티코어들이 비명을 질러댔다. 어느새 레벨 6이 되어버린 '호루스의 깃털 폭파'였다.

'……쩝, 역시 부족하네.'

뭉게뭉게 피어오른 연기가 서서히 걷혔다. 그리고 드러나는 멀쩡한 만티코어들. 보스를 필두로 한 '만티코어'들의 피부는 저렇듯 단단했다.

'좆나게 튼튼한 새끼들이구먼.'

나는 몸을 일으켜 모래를 털어냈다. 후덥지근한 사막의 향기가 코끝을 괴롭혔다.

[끼아아아! 주인님!]

뿔하피의 외침이 들려온 것은 그때였다. 나는 곧바로 위를 올려다봤다. 허공을 공격하는 '사막 만티코어'(★★★★)들 때문에, 뿔하피가 퍼덕이며 도망치고 있었다.

"뿔하피, 이리 와!"

[으, 응! 피할게!]

뿔하피는 유려한 비행으로 놈들의 불꽃 공격을 이리저리 피해냈다. 그리고 곧이어, 내 옆에 안착했다. 다행이었다.

'……이 정도면 빡센 건가?'

옆을 힐끗 봤다. 일행들도 각자 자신만의 방법으로 저 빌어먹을 사자 괴물들을 상대하고 있었다. 확실히 고전하는 모습이었지만, 그래도 팀워크로 한 마리, 한 마리 처리해 가는 중이었다.

'잘하고 있군.'

나쁘지 않았다. 나름 체계 잡힌 방식으로 전투를 지속했다.

"꺄악!"

"종현 씨, 디버프!"

"할아버지! 아델 좀 커버해 주세요!"

"아이고! 내 정신 좀 봐! 알겠네! 좀만 버티고 있게!"

아슬아슬한 듯 싸움을 지속하는 단원들. 저런 순간들이 일행들의 능력과 감각을 더욱 높여줄 거다. 그때, 드래곤을 탄 주예린이 내 옆에 다가왔다.

"오빠."

"응?"

"이제 슬슬 보스 처리해야 하는 거 아니야?"

"……아직 좀만 더 지켜보고."

집단 '소수정예'는 두 개의 팀으로 나뉘어 싸우고 있었다. 빈서율, 서은채, 서지호, 양종현, 할아버지가 한 팀. 그리고 나와 주예린이 한 팀.

굳이 나눈 이유는 분명했다. 나와 주예린이 있으면, 사냥이 쉬워지는 경향이 있기 때문이었다. 이들의 전투 감각을 최대한 으로 끌어들이기 위해서는 우리의 개입을 최소화해야 했다.

'과한 보호는 병풍화 되는 길이지.'

지금 싸우는 전투도 일부러 버티고 있는 중. 보스를 잡으면 한 방에 끝나지만, 최대한 뽑아먹을 건 뽑아먹을 생각이었다.

'일행들도 성장시켜야 하니까.'

탑 30층에 나 혼자 오를 수는 없다. 다 같이 올라야 하며, 분 명 나도 도움받을 일이 생길 거다. 그러기 위해서는 일행들의 수준을 일정 이상으로 끌어올려야 했다.

'시간이 없어.'

할 게 너무도 많았다. 탑도 올라야 하지, 이벤트도 참여해야 하지, 재난급 필드 보스를 잡아 메인 퀘스트도 진행해야 하 지……. 즉, 하루하루가 모자랐다.

'……얼마나 남았으려나.'

[히든 퀘스트 -'시련의 탑 등반']
[남은 시간:39일]

[이벤트 -'집단 경쟁전']
[남은 시간:6일]

'집단 경쟁전'은 쉐넌을 통해 신청한 상태였다. 참여 인원은 7명. 쉐넌에게 물어보니 거의 대부분의 집단이 다 참가했다고 한다. 하긴, 딱히 안 할 이유가 없긴 했다. 죽어도 살아난다는 데 손해 볼 건 없을 테니까.

"오빠, 점점 공격이 거세지는데? 좀만 더 버티다간 위험하겠어!"

허공에서 주예린이 급하게 외쳤다.

나는 주변을 빠르게 훑었다. '만티코어'들이 아까보다 더 리젠되어 있는 것 같았다. 다시 수량을 좀 줄여놓을 필요가 있었다.

['디스트럭션 쇼크웨이브'를 가동합니다.]

'마침, 쿨다운이 찼거든.'

자세를 잡고 창을 들었다. 이제는 익숙한 감각이 팔을 타고 돌았다. 온몸에 막대한 에너지가 느껴졌다.

'이번엔 베기다.'

그동안 쇼크웨이브를 사용할 때, 항상 찌르기 자세로만 사용했었다. 그러나 최근 훈련 간, 웨이브를 다른 방식으로 사용할 수 있음을 알아냈다.

바로 베기. 찌르기는 웨이브의 딜이 한곳으로 밀집된다면, 베기는 부채꼴 모양으로 퍼진다. 범위가 넓어지는 만큼 딜은 살짝 낮아지지만, 나름 쓸 만했다. 특히, 이런 상황에서는 더욱 유용하게 쓰일 수 있다.

"하앗!"

기합을 힘껏 내질렀다. 그와 동시에 허리를 움직여 창을 반원으로 휘둘렀다.

'베르트랑 기초술 베기.'

수우우욱!

모든 것을 파괴해 버리겠다는 기세로 웨이브가 펼쳐졌다. 부채꼴 모양으로 아름답게 펼쳐지는 노란 물결.

-키아아아!

-크아아아!

놈들이 고통스러운 듯 비명을 질렀다. 범위 공격이 제대로 들어갔다. 한 방에 소멸할 정도는 아니었지만, 그래도 어느 정도의 치명타는 입힌 것 같았다. 다시 상황이 역전됐다.

"나이스 타이밍!"

주예린의 외침이 들려왔다. 곧이어 '레드 드래곤 아그니스'의 입이 벌어졌다. 브레스였다. 그녀도 좋은 타이밍에 쿨다운이 다 찬 것이다.

화르르륵!

순식간에 녹아내리는 '만티코어'들. 그리고 올라가는 경험치.

"오빠! 이제는 진짜 끝내야 해!"

"그래야지."

더 이상 버티는 것은 무리다. 그것은 '그레이트 만티코어'(★★★★★)의 스킬 때문. 일정 시간마다 '사막 만티코어'(★★★★)를 수백 마리씩 소환하는 더러운 스킬.

'일행들도 힘들어하는 것 같고, 이만 끝내야지.'

순간, 심장이 뛰었다. 손끝에서 기묘한 감각이 느껴졌다. 합체족 '엔트로피'의 신호였다. '섬창'(殲槍)을 사용하고 싶다는 신호.

'무명'(無名)도 동의했다. 우-우-웅- 울면서 나를 보챘다. 피가 고프다고. 저 거대한 몬스터의 피를 마시고 싶다고.

'……원한다면.'

나는 그대로 달려 나갔다. 하체에 힘을 줘 속도를 냈다. 바로 눈앞에 있는 놈이라 뭔가를 탈 필요도 없었다. 창을 들어 올렸다. 가슴이 쿵쿵 뛰었다.

['섬창'(殲槍)을 가동합니다.]

막대한 에너지가 창에 모였다. 좀만 버티면 손아귀가 찢어질 것만 같은 그런 강대한 힘이었다.

'먹여주지……'

나는 속도를 냈다. 놈이 나를 보고 아가리를 벌렸다. 불을 쏘아내려는 것 같았다.

'겨우 그런 공격으로?'

나는 씨익 웃었다.

지금껏 탑을 15층까지 클리어하면서, 이 '섬창'(殲槍)을 버텨낸 몬스터는 단 한 마리도 없다. 그야말로 필살기. 한번 썼다하면 단일 대상은 필히 죽인다.

그게 누구든.

화르르륵!

곧이어 놈의 입에서 불이 뿜어져 나왔다. 나는 그 불 사이로 창을 가볍게 던져냈다. 그냥 기분 좋게 뻗었다.

쿠웅!

세상이 무너지는 소리. 그와 동시에 엄청난 힘이 보이지 않을 속도로 전방을 뚫고 지나갔다.

콰아아아!

믿을 수 없는 힘이었다. 공간을 찢다 못해 소멸시키는 힘. 놈의 화염 따위는 이미 사그라든 지 오래였다.

[크리티컬!]

['그레이트 만티코어'(★★★★★)를 처리합니다!]

[레벨이 올랐습니다!]

[모든 상태 이상을 회복합니다.]

나는 창을 거두었다. 앞에 보이는 거대한 만티코어의 몸뚱이에 커다란 구멍이 시원하게 뚫려 있었다. 이게 바로 '섬창'(殲槍)의 힘-정말 어마무시했다.

[띠링-]

[축하합니다!]

[시련의 탑 16층을 클리어하셨습니다.]

마침내, 16층까지 정복했다.

서지호가 울상을 지었다.

"으엑, 써!"

"그냥 참고 씹어."

나는 환단을 씹어 넘겼다. 씁쓰름한 맛이 입안을 가득 채웠다. 다른 일행들도 마찬가지였다.

이번에 16층을 클리어하고 나온 것은 민첩을 영구적으로 5 올려주는 영약이었다. 역시, 중복은 안 되기에 그 자리에서 함께 복용했다. 주예린 역시 쓴지 인상을 찌푸리며 말했다.

"으윽, 그때 열매는 참 달콤했는데."

"이것도 참고 먹다 보면 나쁘지 않아."

"후-비위도 좋아라. 어쨌든, 그래도, 다들 이제 어느 정도 궤도에 오른 것 같은데?"

"어, 성장 속도가 나쁘지 않아."

일행들에게 하는 말이었다.

어느새 내 레벨은 41에 도달했고, 주예린은 36, 나머지 일행들도 33을 돌파했다. 실로 엄청난 성장 속도.

"역시, 오빠는 대단해."

"뭐가."

"그냥, 예전부터 알긴 했는데 어떻게 이런 렙으로 16층까지 공략할 생각을 하지? 게다가 등급도 다들 5성밖에 안 되잖아."

사실, 탑 11층부터는 전 몬스터를 6성 만렙까지 찍고 오르는 게 국룰이다. 어느 정도 현질만 하면 그 정도는 쉽게 올릴 수 있기도 했고.

"다들 스킬이랑 몹이 좋잖아. 태생도 높고."

사실, 여기까지 올 수 있었던 최고의 MVP를 꼽자면 바로 빈 서율이다. 그녀의 축복받은 손이 없었다면, 이 자리까지 오는 데 더 많은 시간이 걸렸을 거다.

"그건 그렇지. 그래도! 채팅방 애들 보면 아직도 렙이 20대 중후반인데."

"그건 걔네가 느린 거고."

"아니거든? 오빠가 대단한 거거든?"

"그래그래."

나는 주예린을 뒤로하고 일행들 앞에 섰다. 다들 힘겨운 전투였는지, 피곤해 보이는 표정이었다. 그럴 만도 했다. 12층부터 16층까지 휴식시간도 없이 달려왔으니까.

"오늘 하루는 푹 쉽시다."

아무리 급하다지만, 휴식도 중요하다. 그래도 짧은 시간에 많은 성과를 얻었기에 휴식시간이 아까운 것도 아니었다. 나는 일행들이 전부 주거지로 흩어지는 것을 확인한 후, 생각에 잠겼다.

12층 보상. 중급 소환서 100개.

13층 보상. 150,000 골드.

14층 보상. 상급 소환서 20개

15층 보상. 200,000 골드.

'거기에 랭킹 갱신 골드 보상까지.'

어느새 골드가 수북이 쌓였다. 광산에서 생산된 골드도 계속 쌓아둔 상태.

그리고 677,000 골드.

'엄청나네.'

아무래도 이번에 휴식하면서 건물 업그레이드도 마저 해야 할 듯싶었다. 중급과 상급 소환서는 받았던 그 날 당시에, 빈 서율이 전부 깠다. 안타깝게도 쓸 만한 몬스터들은 나오지 않았다. 4성도 두세 개 정도 떴었던 것 같은데, 전부 폐급 스킬이라 재료로 활용했던 기억이 있다.

'그래도 전 인원 5성화에 성공했으니까.'

뽑은 재료로 남은 일행들의 몬스터 13마리를 전부 5성화 했다. 그리고 남은 재료는 딱 1성 1개, 3성 1개.

'깔끔하게 떨어졌네.'

이제 당분간, 6성으로 올리는 것보다는 스킬과 숙련도에 집중해야 한다. 사실 「몬스터즈」에서 중요한 건 6성 만렙의 달성이 아니다.

'그건 기본 중에서 기본이고.'

몬스터의 강함에는 4가지 척도가 있다.

태생 등급의 차이. 각성의 횟수. 스킬의 등급. 스킬의 숙련도. 1번과 2번은 내가 컨트롤할 수 있는 게 아니니, 최대한 3번과 4번을 끌어올려야 했다. 그리고 그것만으로도 충분히 강해질 수 있다.

'뭐, 어쨌든.'

아직까지 성장 속도는 마음에 든다. 일행들도 생각보다 잘 따라와 주고 있었다. 나는 그대로 주거지로 이동했다. 그리고 쉐넌을 불러냈다. 그동안 등반하느라 못했던 돈지랄을 해볼 생각이었다.

[건호오오오!]

주거지에 도착하자마자 쉐넌이 달려들었다. 역시나 돈 냄새는 귀신같이 맡는다.

하여간 정 안 가는 녀석.

"뭐."

[골드가 아~주 무거워 보이네? 그렇게 쌓고 다니다가 죽으면 땅바닥에 다 떨군다구!]

"그게 뭐."

[그러니까 빨리빨리 투자해야지. 안 그러면 죽어서도 골드 때문에 짜증 나잖아!]

이해 안 가는 소리다. 죽으면 골드가 무슨 소용이야. 그냥 다 끝인 거지. 아까울 게 어딨어.

"그게 무슨 개소리야?"

[으잉?]

"죽으면 골드가 의미가 있나?"

[물론이지!]

난 고개를 갸웃했다. 그러자 쉐넌이 말을 이었다.

[자, 건호가 누군가에게 PK 당했다고 생각해 보자!]

"내가?"

[응! 어쨌든 그렇다고 쳐봐!]

"그래, 말해봐."

[그럼, 건호를 죽인 사람이 그 골드를 싹 다 가지는 거잖아! 그 것만큼 기분 나쁜 게 어딨어. 당연히 죽어도 돈 한 푼 안 나오는 빈털털이가 되어야지! 그래야 죽어도 기분이 덜 나쁜 거고!]

"……"

그래, 쉐넌과 정상적인 대화를 기대한 내가 잘못이다.

[그리고 세상에, 개소리라니! 그게 요정한테 할 말이야?]

쉐넌이 양팔을 허리에 짚고 따져왔다.

"맞잖아, 레너드의 개."

[우씨! 저번부터 자꾸!]

"어쨌든, 건물 현황이나 알려줘."

내 말에 찌푸렸던 이마가 다시 펴지는 쉐넌.

[건호오오! 여읏시! 골드 쓰러 왔구나?]

"더 시끄러우면 업그레이드 안 한다?"

[아, 알겠어! 그러지 마. 보여줄 테니까.]

쉐넌이 지팡이를 휘두르자, 허공에 홀로그램이 나타났다.

'흐음……'

뭐부터 올릴지 고민이 된다. 이미 강화소, 훈련소, 골드 광산은 만렙인데…….

'창고는 쓸모없고.'

지금까지 생존하면서 느낀 것 중 하나. 창고가 「몬스터즈」 시절과 달리 그다지 필요 없다는 것. 창고는 정리가 힘든 몬스터나 아이템을 넣어두는 곳이다. 본래 하드 과금러들이 뽑기를 하고 재료가 남아돌 때 사용하던 곳.

'지금은 과금러가 없으니까.'

오직 메인 퀘스트나 탑의 보상으로만 재료를 수급하려니, 몬스터를 쌓는 것이 거의 불가능한 실정이다.

그뿐만이 아니다. 이곳에서는 「몬스터즈」와 달리 죽으면 모든 게 끝이다. 사망했을 때 자신의 아이템과 골드를 보호하기 위한 것이 창고의 존재 의미인데…….

지금은 사망하면 다 끊이지 않는가. 다른 집단은 모르겠지만, 적어도 우리 집단은 '창고'가 필요 없다.

'거래소도 아직까지는 필요 없어.'

탑을 점점 오르다 보면 필요하긴 하겠지만, 아직은 아니다. 특히, 랜덤상점은 어차피 레벨이 아무리 높아도 좋은 게 나올 거란 보장이 없다. 나 같은 경우, 「몬스터즈」 시절 10년 동안 좋은 템이나 몬스터를 건져본 적이 없었으니까.

'그렇다면 결과는……'

주거지랑 방어 타워다.

나는 쉐넌을 응시했다.

"쉐넌, 주거지를 올리는데 얼마지?"

[주거지는……. 음, 300,000 골드! 아마, 후회하지 않을 거야!]

"방어 타워는?"

[만렙까지 찍는다고 가정하면 이것도 딱 300,000골드야.]

"총 600,000골드네?"

[응-응!]

"대충 맞아떨어지네, 일단 그럼 그렇게 지어줘."

[꺄아아아! 건호오오오!]

쉐넌의 텐션이 올라갔다. 지팡이를 신나게 휘둘러댔다.

쿠구구구!

먼저 타워가 더 추가됐다.

[방어 타워 (Lv.10)]

-적대 유저의 침입을 방어하는 전투 건물입니다.

-효과:초당 대미지 13,000, 방어 타워 30개로 증가. 에너지 포탑 10개 설치. 스플래시 포탑 5개 설치.

'이젠 거의 뭐, 요새 수준이네.'

어느새 '터' 외각에는 각종 방어 타워들로 가득 차 있었다. 일행들 것까지 포함하니 어마어마했다.

나는 추가된 탑 역시 대충 퍼트려 배치했다. 어차피, 누가 올 것 같지도 않지만 그래도 대비는 해야 했다.

[다음은 주거지다! 얍!]

쿠구구구-

주거지가 변형되기 시작했다. 마당이 생기고 울타리가 솟아 올랐다. 층수가 더 올랐고, 외형이 더 고급지게 바뀌었다.

[주거지 (Lv.5)]

-캐릭터가 거주할 수 있는 공간입니다.

-화려한 주택으로 확장합니다.

-마당이 생깁니다.

-냉장고에 신선한 식자재와 향신료, 각종 술이 충전됩니다.

-효과:캐릭터 경험치 +10,000xp/1일. 캐릭터 회복률 3,000%.

'이게 주거지의 끝판왕인가?'

바뀐 주거지도 나쁘지 않았다. 이전 주거지도 매력 있었지 만, 일단은 능력치 효과가 더 중요한 거니까.

'그나저나 술?'

당분간, 마실 일이 있을까.

일행들이 좋아할 것 같긴 한데……. 어쨌든, 돈은 대충 다 쓴 것 같으니, 이제 좀 쉬어야겠다. 그동안 너무 달렸다. 정신 적인 충전이 필요했다.

다음날 이른 아침. 훈련소에 나왔다.

"후우."

상의 탈의를 한 후, 기분 좋게 스트레칭을 했다. 간만에 충분한 휴식을 취해서인지 몸이 가벼웠다.

우우웅!

'무명'(無名)도 진동했다. 녀석도 내 기분에 감응하는 듯했다.

"그래그래."

창을 들었다. 그동안 탑 등반에만 신경 쓰느라, 제대로 된 훈련을 못 했다. 특히, 얻어놓고 실전에서 제대로 쓰지 못하는 스킬들이 있었다.

'특히 광전사(狂戰士) 모드'

마라나타의 스킬 중 하나인데, 10분 동안 공격력과 공속이 뻥튀기되는 스킬이다. 이성을 잃을 수도 있다는 제약 때문에 잘 사용하지 못했는데, 이번에 연습해 볼 생각이다.

덜컥-

훈련소의 문이 열렸다. 그리고 편한 운동복 차림의 빈서율이 들어왔다.

"서율 씨."

"좋은 아침이에요. 건호 씨."

훈련 대상은 빈서율. 주변에 널려 있는 전투 인형들보다 훨씬 더 고급지고 날카로운 훈련 대상이다. 오늘은 그녀와 합동 훈련을 하기로 약속했었다.

"몸은 집에서 풀고 왔는데, 바로 시작할까요?"

빈서율이 석궁을 들며 웃었다. 그녀의 멘탈이 많이 증가했다. 옛날에는 대련하는 걸 썩 좋아하지는 않았었는데, 이제는 더 적극적으로 원한다.

계속되는 탑 등반으로 깨달은 걸 거다. 생존하는데 '훈련'이 무엇보다 더 중요하다는 사실을. 살아남기 위해서는 끊임없이 자신을 갈고닦아야 한다는 것을.

"이번엔 좀 위험할지도. 몰라요."

"광전사 스킬 때문이죠?"

"네, 혹시나 이성을 잃을 수도 있을까 봐."

"천천히 해봐요. 위험하면 훈련소 밖으로 도망칠 테니."

사실, 상대역으로 부탁할 사람이 빈서율밖에 없었다. 몸을 쓰는 사람 중 내 창을 조금이나마 견뎌낼 사람이 그녀뿐이었으니까.

그녀의 성장 속도는 장난 아니었다. 아마, 계속 이렇게 합체족을 사용하다 보면 주예린도 금방 따라잡을 터였다.

"후, 좋습니다."

난 그녀를 보며 자세를 잡았다. 그리고 광전사 스킬을 떠올렸다. 사실, 별로 사용하고 싶지는 않았다. 쿨다운은 하루에 한 번. 효과는 고작 10분. 이성을 잃을 수 있다는 페널티에 비하면, 그렇게 썩-좋지만은 않은 효과였다. 꺼림칙하기도 했고.

'그래도 S급이니까.'

게다가 '섬창'(殲槍)이 몇 층까지 먹혀들지도 모르는 일이다. 버서커 스킬을 잘만 이용하면 섬창의 대미지가 배로 뛸 수도 있는 일, 마냥 포기할 수는 없었다.

[광전사(狂戰士) 모드를 활성화합니다.]

[제한 시간:10분]

[공격력이 200% 증가합니다.]

[공격속도가 30% 증가합니다.]

[방어력이 50% 감소합니다.]

시야가 살짝 빨개졌다. 시간도 살짝 느리게 흘렀다. 힘이 증폭한 느낌도 들긴 했다. 그런데 그 이상 달라진 건 없었다.

"한 거예요?"

빈서율이 물어왔다.

난 고개를 끄덕였다. 판단도 가능했고 성격이 난폭해진 것 같지도 않았다. 일단 더 지켜봐야 알겠지만.

"네, 별거 없는데요?"

"그, 그래요? 그럼 한번 붙어볼까요?"

"그러죠."

"바로 갈게요!"

빈서율이 곧바로 석궁을 들었다. 그녀는 나를 상대할 때, 사정을 봐주지 않는다. 언제나 항상 최선을 다한다.

슈아앙! 슈아앙!

볼트가 2연발로 날아왔다. 분명 총알같이 빠른 속도였음에도 내 눈에는 명확히 보였다. 아마, 기본적인 능력치 차이 때문일 거다.

까앙!

나는 스텝을 밟아 하나는 흘리고, 하나는 쳐냈다. 손에 느껴지는 힘이 제법 묵직했다.

슈아앙! 슈아앙! 슈아앙!

빈서율은 장전 시간도 없이 볼트를 퍼부었다. 시야에 번개처럼 쏟아지는 작은 강철들.

'리볼버네.'

10분 동안, 볼트의 대미지가 두 배로 뛰고 자동장전되는 S급 스킬. 빈서율이 히든카드를 곧바로 꺼내 든 것이다.

나는 전방으로 향하는 것을 그만두고 측방으로 내달렸다. 아무리 나라 해도 저렇게 무식하게 쏟아지는 볼트를 뚫긴 힘들다.

슈아앙! 슈아아앙!

'건방지게.'

나는 집요하게 조준하는 빈서율의 공격을 이리저리 피해내고 받아쳤다. 그러면서 천천히 거리를 좁혔다.

파슉!

볼트 하나가 허벅다리를 스치고 지나갔다.

피가 살짝 흘러나왔다.

'확, 디쇼로 갈길까.'

순간, 충동이 일었다. 쇼크웨이브를 펼친 후, 빈서율이 피하는 동안 거리를 붙이면 될 것 같은데…….

생각은 길지 않았다.

['디스트럭션 쇼크웨이브'를 가동합니다.]

"헉……."

나는 헛숨을 들이켰다. 창에 느껴지는 기운이 예전보다 두 배는 더 느껴졌기 때문이다.

'이게 광전사 효과구나…….'

실로 위대했다. 그냥 사용한 것만으로도 모든 스킬의 대미지가 두 배로 뛰다니.

나는 곧바로 빈서율에게 창을 내질렀다. 이윽고, 막대한 에너지가 그녀를 향해 쏘아졌다.

"꺄악!"

비명을 지르며 측방으로 피하는 빈서율.

좋았다. 볼트 사격이 끊겼다. 이제 쉽게 거리를 좁힐 수 있다. 나는 재빨리 땅을 박차 앞으로 내달렸다.

탁! 탁! 탁!

한 걸음당 약 5m씩 기분 좋게 내달렸다. 그녀와의 속도가 급격히 줄어들었다. 빈서율의 눈동자가 커지며 급하게 볼트를 꺼내는 게 보였다.

'어딜.'

나는 바로 그녀의 허벅다리에 창을 찔렀다. 살을 파고드는 감각이 느껴졌다.

"꺄앗!"

신속히 물러나는 빈서율.

좋아, 이걸로 아까 맞은 볼트 값은 치렀다.

"자, 잠깐만요!"

허벅지를 부여잡고 다급하게 외치는 빈서율. 전투 중에 잠깐이 어땠나. 나는 바로 붙어서 그녀의 가슴에 창을 다시 한 번 찔러넣었다. 베르트랑 창술의 기초 찌르기였다.

까앙!

간신히 볼트로 막아내는 빈서율. 그 작은 볼트로 창날을 막다니 실로 대단한 실력상승이었다. 그녀는 슬슬 힘이 떨어지는지 고통스러운 표정으로 날 노려보고 있었다. 그 눈빛이 참 마음에 안 들었다.

'겨우 이 정도로.'

나는 곧바로 허리를 돌렸다. 그와 동시에 창대가 핑그르-360도 돌아가며 그녀의 정강이를 후려쳤다.

뿌득-

뼈 부러지는 소리와 함께 빈서율이 나자빠졌다. 완벽히 중심을 잃고 쓰러진 그녀. 빈서율은 의욕을 잃은 채로 날 올려다보고 있었다.

쯧, 전투 중에 포기하다니.

실망이었다. 이 정도 의지로 탑 등반을 하겠다는 거면, 그냥 지금 죽이는 게 낫다. 나중에 분명 동료들의 발목을 잡을 게 뻔했다. 나는 마무리를 짓기 위해, 그녀의 새하얀 목에 창을 찔러넣었다. 아니, 찔러넣으려 했다.

"정신 차려라, 담건호."

퍼억!

순간, 옆에서 누군가가 머리를 후려쳤다. 언뜻 보니 아델이

326

었다. 둔탁한 느낌이 듦과 동시에 적색으로 보였던 시야가 다시 원상태로 돌아왔다.

[광전사(狂戰士) 모드가 비활성화됩니다.]
[버프 효과가 사라집니다.]

"허억."

정신이 번뜩 들었다. 주변을 둘러봤다. 빈서율이 쓰러진 채로 고통을 호소하고 있었다. 옆에는 언제 소환됐는지 모를 아델이 창을 든 채 고개를 젓고 있었다.

"아델……?"

"……자신의 힘을 통제할 줄 알아야 한다, 담건호. 심마에 빠지면 안 돼."

진중한 아델의 충고.

나는 창을 내리고 곧바로 빈서율에게 달려갔다.

"서율 씨, 괜찮으세요?"

"……흐윽. 너무해."

"죄, 죄송해요. 이게 나도 모르게."

훈련소 회복 효과 덕분에 상처가 점점 아물고 있긴 했지만, 그래도 많이 아파 보였다. 허벅지가 벌겋게 갈라져 있었고 정강이 뼈가 박살 나 있었다. 벌게진 눈에는 눈물이 그렁그렁했다.

도대체 내가 무슨 짓을 한 거지?

"좀만 참으세요. 은채 불러올 테니……."

"……아니에요, 괜찮아요."

"네?"

"금방 붙어요. 사실 이정도야 뭐, 별거 아니잖아요."

"……그래도."

괜스레 미안했다. 원래 훈련에도 이 이상 다친 적이 많긴 했지만, 이번엔 내가 의도하지 않았던 결과였으니까.

원래 그녀와 대련할 때, 쇼크웨이브 같은 위험한 기술은 쓰지 않는다. 굳이 안 써도 침착하게 대응하면 쉽게 상대할 수 있기 때문이다.

'그러나, 방금은…….'

확실히 감정적이었다. 소름 끼치는 건, 내가 그 감정 변화를 전혀 눈치채지 못했다는 것.

'……뭔가 감정적으로 비틀어진 느낌이었는데.'

기묘한 기분이었다. 그 짧은 순간, 나는 분명 상대였던 빈서율에게 짜증을 느꼈고 살의까지 느꼈었다. 별다른 이유도 없이 말이다.

'어쨌든, 이건 아니야.'

스킬은 확실히 좋았다. '디스트럭션 쇼크웨이브'의 딜량이 두 배로 늘었으니까. 하지만 그뿐이었다. 함부로 사용하면 안 될 것 같았다. 완벽하게 통제하기 전까지는…….

'이건, 일단 봉인해 두자.'

시련의 탑은 순간순간의 선택이 중요하다. 항상 침착한 마음으로 철저하게 공략대로 이행해야 한다. 괜스레 과격하게 대응하다가는 팀 전체를 위험에 빠트릴 수 있다.

덜컹-

훈련소 문이 열린 것은 그때였다.

"뭐야, 둘이 있었어?"

주예린이었다. 평소에 자주 오긴 했는데, 이렇게 이른 아침에 온 적은 처음이었다.

'무슨 일이지?'

곧이어, 주예린의 눈이 휘둥그레졌다.

"엥? 서율이, 너 왜 이래?"

"……언니."

"헐, 애 상태 좀 봐. 설마 훈련하다 다친 거야? 무슨 훈련을 이렇게 무식하게 해!"

주예린이 윽박질렀다.

그러자 빈서율이 씁쓸하게 웃었다.

"아뇨, 괜찮아요, 언니. 금방 나을 거예요."

하긴, 놀랄 만도 했다. 그녀는 나와 빈서율의 훈련을 처음 보는 거였으니까.

나는 그런 그녀에게 물었다.

"무슨 일이야? 아침부터."

"무슨 일이긴, 히든 피스 때문에 왔지."

"아."

시련의 탑 17층 역시 7층과 마찬가지로 설계도에 숨겨진 조건이 있다. '히든 피스'를 얻을 수 있는 조건. 그리고 이 조건은 다른 층들과 다르게 좀 이상한 면이 있다. 주예린이 물었다.

"오늘 히든 피스, 일행들 전부 다 데리고 갈 거야?"

"……그래야겠지?"

"괜찮을까?"

"음……."

주예린이 이렇게 말하는 이유는 분명했다. 17층의 히든 피스는 좀 꺼림칙한 부분이 있었으니까.

설계도에 그려져 있던 17층의 숨겨진 장치. 그걸 작동하면 끝인 간단한 유형이긴 한데…….

'문제는 폰이 튕겼다는 것.'

나도 그랬고 주예린도 그랬다. 나머지 세 형들도 그곳에 들어갔을 때, 다 폰이 오류로 튕겼었다고 했었다.

아직도 기억이 생생했다. 엄청 섬뜩했다. 튕긴 후, 며칠간 접속이 안 됐고, 힘들게 키운 캐릭이 다 날아가는 줄 알았으니까.

당연히 우리는 난리가 났다. 「갓 컴퍼니」에 단체 문의도 했다. 물론, 악명대로 응답은 없었지만.

'……그렇게 며칠이 흘렀었지.'

다시 접속이 가능하게 될 때까지는 꽤 오랜 시간이 걸렸던 것 같다. 딱 3일 14시간 정도?

당시 몬창(=몬스터즈에 미친 사람)이었기에 분명히 기억난다. 매일매일 접속을 미친 듯이 눌러댔고, 마침내 접속에 성공했을 때의 그 희열은……. 쩝, 아직도 잊지 못한다.

'확실히 미친 중독자 새끼긴 했어.'

하여튼, 접속에 성공했고 처음 화면에 뜬 장소는 '히든 스페이스'였다. 여느 '히든 피스' 공간과 마찬가지인 보물상자가 있는 그 방 말이다.

기쁘긴 했지만, 찝찝한 느낌이었다. 좀 허무하기도 했다. 위치만 찾으면 보상을 주는 그런 느낌? 그리고 뭔가 중요한 걸 놓치고 넘어간 느낌?

나는 주예린에게 말했다.

"좀 불안하긴 하지만 주긴 준거였잖아?"

"그 안에 뭐가 있을지 모른다는 게 좀 그래. 괜히 나흘 동안 접속이 안 된 게 아닐 텐데……."

"그렇긴 한데……."

"……아니다, 괜찮을 거야."

"응?"

"느낌이 그래."

"느낌?"

"그냥, 그곳이 위험하면 「갓 컴퍼니」가 오빠한테 연락하지 않았을까? 게네 오빠 좋아하잖아."

일리 있는 말이긴 했다. 분명 7층 '히든 피스' 보상에도 「갓 컴퍼니」가 개입했었으니까. 게다가 나는 현재 명실상부 「갓 컴퍼니」가 제일 아끼는 히든카드. 만약 이게 허튼짓이라면, 언질을 주지 않을 리 없다.

"그래, 가보자."

눈앞에, 맛있는 보상이 있는데 지나칠 수는 없다.

"그럼 일행들은? 따로 말하지 마?"

"아니, 설명은 해줘."

"응?"

"그리고 지원자만 받아. '히든 피스'에 관한 선택은 본인이 하라고 해."

"아, 오케이. 알겠어."

주예린이 밖으로 나갔다. 나는 다시 빈서율을 돌아다 봤다. 훈련장 레벨이 깡패긴 깡패인지, 어느새 대부분 회복되어 있었다. 그녀가 나에게 물었다.

"그럼 이번엔 우리도 '히든 피스'에 도전할 수 있는 건가요?"

"네, 원한다면요."

"많이 위험한가요? 그런 분위기던데."

"저도 잘 모릅니다. 그럴 수도 있겠죠."

"헐, 건호 씨도 모르는 게 있어요?"

"저도 모든 걸 다 알지는 못합니다. 특히, 지금은 게임도 아니고 현실이지 않습니까."

"……확실히 그렇긴 하겠네요."

빈서율이 고개를 숙이고 잠시 고민했다.

짧은 침묵 후, 다시 날 올려다봤다.

"건호 씨는 가시는 거죠?"

"물론입니다."

"그럼 저도 갈게요."

그녀의 결정은 빠르고도 터프했다.

빛이 일행들을 감쌌다. 그리고 빛이 걷혔을 때, 우리는 어떤 지하 석실에 와 있었다.

[시련의 탑 17층입니다.]
[임무 유형 -보물찾기.]
[지하 석실에 존재하는 다섯 개의 보물을 찾으세요.]
[다섯 개의 보물은 순서대로 찾으셔야 합니다.]

"······보물찾기?"

빈서율이 읊조렸다.

나는 고개를 끄덕였다.

"보물의 위치는 저랑 주예린이 다 압니다. 우리가 먼저 갈 곳은 그곳이 아니에요."

17층의 미션도 11층과 비슷하다. 몹을 잡아 힌트를 얻어내 보물을 찾으면 된다. 물론, 나는 그 위치를 다 알고 있었고 분명, 고인물 중에서도 기억하는 사람 꽤 많을 거다.

한 번 보고 잊기에는 정말 괴랄한 장소에 숨겨져 있었으니까.

"아, 히든 스페이스인가 거기부터 가려는 거군요?"

빈서율이 물었다. 나는 고개를 끄덕였다.

"……맞습니다."

보물을 하나 찾기 시작하면, 다른 보물에 카운트가 걸린다. 일정 시간 안에 찾지 못하면 보물이 사라지는 그런 카운트. 그렇기에, 클리어하기 전에 '히든 피스'부터 얻어내야 한다.

'만약 카운트가 끝나서 보물이 사라지면?' 탑을 클리어하지 못한다.

「몬스터즈」에서는 'Game Over'라는 표시만 떴었는데, 아마 이곳이라면…….

'죽거나, 영원히 갇히거나……. 둘 중 하나겠지, 뭐.'

일행들은 전부 '히든 피스'에 참여하기로 했다. 말은 안 했지만, 나와 주예린이 받았던 7층의 '히든 피스'를 속으로 부러워하고 있었던 것 같다.

주예린이 말하길, 다들 별다른 설명도 안 했는데 전부 앞다투어 참여하고 싶다고 했단다. 뭐, 선택은 본인들의 몫이니.

"그럼, 이동하겠습니다."

나는 발걸음을 옮겼다.

'숨겨진 조건을 여는 장소'는 생각보다 가까운 곳에 있다. 그래서 기억하기 어렵지 않았다. 처음 설계도에서 이 위치를 봤을 때, 엄청 놀랐었던 기억이 있다. '보물'을 찾으면서 항상 지나다녔던, 그런 흔한 곳에 위치해 있기 때문이었다.

'항상 등잔 밑이 어두운 법이지.'

길은 역시 복잡하지 않았다. 몇 번의 갈림길을 거치자 목적

지에 도착했다. 잊으려야 잊을 수 없는 장소. 탑 17층의 '숨겨진 조건.'

"여기라구요?"

"으음? 여긴 그냥 빈방 아닌가요?"

일행들이 의문을 가졌다.

"아마, 저 구석에 장치가 있을 겁니다."

곳곳에 널브러져 있는 바위들. 나는 그중 가장 구석에 있는 작은 바위를 들어 올렸다. 그러나, 아무것도 없었다.

'게임할 때는, 이걸 들어 올리기만 했어도 바로 작동됐었는데……'

구석을 잘 살펴봤다. 그러자 석실 벽에 작은 틈이 보인다. 얼핏 지나쳤으면 발견하지 못했을 정도로 미약한 틈. 틈 속에서 미약하게 반짝이는 버튼도 보였다.

'……이런 식이었군.'

나는 다시 일행들을 둘러봤다. 그리고 마지막으로 경고했다.

"이걸 작동하는 순간부터는, 저도 어떤 상황이 벌어질지 모릅니다."

다들 말없이 날 쳐다보고 있었다. 무언의 긍정. 끝까지 함께 하겠다는 거다.

"좋습니다. 그럼……누르겠습니다."

나는 틈새에 손가락을 넣어 버튼 앞에 위치시켰다. 꿀꺽-누군가의 침 삼키는 소리가 들려왔다.

긴장될 수밖에 없는 상황. 그래도 이젠 어쩔 수 없다. 다들 동의한 일이니까. 바로 '히든 스페이스'로 이동했으면 좋겠는데…….

꾸욱!

나는 버튼을 눌렀고-

번쩍!

곧이어, 시야가 암전했다.

['히든 피스'로 가는 길!]

[조건:방에 있는 고급 전투 인형을 처리하시오.]

[보상:클리어 시 '히든 스페이스'로 이동]

[Tip 탑의 특수층에는 도전자 여러분들을 위한 숨겨진 장소가 존재한답니다.]

메시지와 함께 눈을 떴다.

'뭐야, 이건.'

일단, 주변을 확인했다. 텅 빈 지하 석실. 고요하고 적막한 그곳에는 오직 나 혼자뿐이었다.

'어떻게 된 거지?'

빠르게 상황을 파악했다. 아무리 찾아봐도 주변엔 나 혼자밖에 없다. '고급 전투 인형'을 처리하라는 문구가 있는 것 보니, 아무래도 개별 임무 유형인 듯싶었다.

'……이런.'

전부 다 흩어져 버리다니, 이건 생각 못 했다.

[모찌(Lv.36):오빠?]

때마침, 주예린의 메시지가 올라왔다.
역시 이심전심. 딱 같은 타이밍에 채팅창을 킨 것 같았다.

[비운(Lv.41):어떻게 된 거야.]
[모찌(Lv.36):몰라, 이상한 석실에 나 혼자 떨어져 있는데……. 오빠도?]
[비운(Lv.41):ㅇㅇ 나도.]
[모찌(Lv.36):헐, 큰일이네? 그럼 다들 흩어졌다는 말이잖아.]
[비운(Lv.41):그러게.]

낭패였다. 나, 주예린, 빈서율은 그래도 괜찮다지만……. 할 아버지나 서씨 남매, 양종현은 딜러 포지션이 아니니까.

[모찌(Lv.36):고급 전투 인형, 이건 또 뭐야. 어떡하지?]
[비운(Lv.41):나도 처음이라. 일단 서서히 확인해 봐야지.]
[모찌(Lv.36):좀 쉬운 녀석이어야 할 텐데.]

답답했다. 집단 채팅창 같은 거라도 하나 있었으면 좋겠는 데…….
괜스레 걱정도 됐다. 정이 들었기도 했고 혹시 죽기라도 한 다면, 팀에 크나큰 전력손실이 되니까.
쿠구구구-

그때였다.

석실이 진동하더니, 바닥에서 무언가가 솟아올랐다.

[고급 전투 인형(1단계)가 등장합니다.]
[인형을 잡으세요!]
[보상은 단계에 따라 차등 지급됩니다.]
['포기'를 외치면 '히든 스페이스'로 이동합니다.]

눈앞에 보이는 것은 인형. 그것도 아주 귀엽고 작은, 누가 봐도 약해 보이는 그런 인형이었다.

'뭐야, 이건.'

나는 눈앞에 보이는 오밀조밀한 인형을 바라봤다.

'……이걸 잡으라고?'

다른 곳을 두리번거렸다. 이곳은 한 번도 경험해 보지 못한 곳. 불안했기 때문이다.

'함정인가?'

탑은 끔찍하고 야비한 술수들을 많이 쓴다. 놈들이 자주 쓰는 술수 중 하나가 이렇듯 방심하게 해놓고 뒤통수를 때리는 거다.

[모찌(Lv.36):와, 다행이다.]

주예린의 채팅이 올라온 것은 그때였다.

[비운(Lv.41):??? 뭐가 다행이야.]

[모찌(Lv.36):이거, 인형. 너무 쉽게 잡히는데? 일행들 걱정 안 해도 되겠어.]

[비운(Lv.41):……그래?]

[모찌(Lv.36):응응, 잡으면 다음 단계 나오는데, 좀 더 센놈으로 나와.]

'……아.'

그런 거라면…… 다행이다. 일행들 말이다. 한계에 다다랐을 때, 알아서 포기할 수 있을 테니까. 괜한 욕심만 부리지 않는다면, 다들 무사히 빠져나올 수 있을 거다.

'그럼 걱정은 한숨 덜었고.'

놈이나 잡아볼까?

나는 발걸음을 뗐다. 그리고 저 아기자기하고 귀여운 인형을─

콰득!

잔혹하게 짓밟아 버렸다. 아스러지는 부품 조각들과 산산조각 난 나무 몸체. 역시, 주예린 말대로 약한 놈이었다.

[고급 전투 인형(1단계)을 처리했습니다.]

[고급 전투 인형(2단계)이 등장합니다.]

쿠구구구─

또다시 진동하는 석실. 그다음 나온 것은 저번 것보다 조금 더 큰 나무 인형이었다.

'호오, 이런 식이라는 거지?'

재밌네. 더 높은 단계로 올라갈수록 더 좋은 보상을 주는 시스템이라니…….

나는 곧바로 뿔하피를 소환했다. 꼭 혼자 상대하라는 법 없으니까.

[주인님!]

"안녕? 뿔하피."

[웅! 안녕! 주인님!]

어째…… 갈수록 귀여워진다.

"혹시, 저놈 처리할 수 있겠어?"

난 삐걱거리는 나무 인형을 가리켰다. 역시나 별 보잘것없는 비실비실한 나뭇가지. 이정도 상승 폭이면, 당분간은 굳이 내가 상대하지 않아도 될 듯싶었다.

뿔하피도 그렇게 생각했는지 귀엽게 고개를 끄덕였다.

[웅, 약해! 문제없어!]

"그럼, 부탁 좀 할게."

[웅, 맡겨줘!]

끼긱! 끼긱!

2단계 인형이 천천히 다가왔다. 놈은 확실히 1단계와 달랐다. 비록 느렸지만, 분명히 공격 의지가 있었다. 아마, 단계가 높아질수록 이렇게 천천히 발전해 나갈 터였다.

'과연 끝이 몇 단계일까?'

[끼아아앗!]

곧이어, 뿔하피가 허공을 날았다. 그리고 놈의 머리를 발톱으로 잡아 으깼다. '깃털 폭파'나 '뿔날리기' 같은 스킬은 쓰지도 않았다. 그 정도로 간단하게 처리할 수 있는 놈이었다.

[고급 전투 인형(2단계)을 처리했습니다.]
[고급 전투 인형(3단계)이 등장합니다.]

다음에 등장한 놈도 마찬가지로 비실비실했다. 나는 계속 싸워주는 뿔하피를 뒤로하고 잠깐 생각에 잠겼다. 무려 3일 14시간 동안 접속 오류였던 '비운' 캐릭터가 떠올랐기 때문이다.

'접속 오류 시간 동안, 이 전투 인형들을 처리하고 있었던 건가?'

충분히 세울 수 있는 가정이었다. 그게 아니고서야 설명이 안 되는 현상이기도 했다.

'그때가 언제쯤이었지?'

우리가 '히든 피스'를 재도전한 것은 탑 77층에서 설계도를 보고 난 후였으니까…… 대략 3년 전쯤일 거다. 그 말인즉슨, 그 당시의 '비운' 캐릭터가 지금의 나보다 월등히 강하다는 말. 그런 '비운' 캐릭터가 이곳에서 나오는데 약 3일 14시간이 걸렸다.

'……오래도 걸렸네.'

그 당시 캐릭터가 클리어했는지 포기했는지는 모르겠지만, 어쨌든 만만한 공간이 아닐 수도 있겠다는 생각이 든다.

나는 다시 심호흡을 했다. 그리고 다시 창을 들었다.

to be continued

9클래스 소드 마스터

이형석 퓨전 판타지 장편소설
WISHBOOKS FUSION FANTASY STORY

검성(劍聖), 카릴 맥거번.
검으로 바꾸지 못한 미래를 다시 쓰기 위해
과거로 돌아오다.

이민족의 피로 인해 전생에 얻지 못한 힘.

'이번 생에 그걸 깨주겠다.'

오직 제국인들만이 사용할 수 있었던,
그 힘을!

'나는 마법을 익힐 것이다.'

이제, 검(劍)과 마법(魔法).
두 가지의 길 모두 정점에 서겠다.

9클래스 소드 마스터: 검의 구도자

흙수저 판타지 장편소설

회귀자
사용설명서

어느 날, 이세계로 소환되었다.

짐승들이 쏟아지고, 믿을 수 없는 위기가 닥쳐오나.
가지고있는 재능은 밑바닥.

[플레이어의 재능수치는 최하입니다.]
[거의 모든 수치가 절망적입니다.]

선택받은 용사든, 재능 있는 마법사든,
시간을 역행한 회귀자든.
모든 것을 이용해야 한다.

살아남기 위해.

"쓰레기면 뭐 어떻습니까. 살아남기 위해서
뭔 짓인들 못 하겠어요?"

밥만 먹고 레벨업

박민규 게임 판타지 장편소설
WISHBOOKS GAME FANTASY STORY

바사삭, 치킨, 새벽 1시에 먹는 라면!
그런데 먹기만 해도 생명이 위험하다고?

가상현실게임 아테네.
먹고 싶은 음식을 먹을 수 있는 유일한 방법!

[식신의 진가가 발동됩니다.]
[힘 1, 체력 1을 획득합니다.]

「밥만 먹고 레벨업」

"천년설삼으로 삼계탕 국물 내는 놈이 세상에 어디 있냐!"
"여기."

Wish Books

무공을 배우다

목마 퓨전 판타지 장편소설
WISHBOOKS FUSION FANTASY STORY

"무(武)를 아느냐?"

잠결에 들린 처음 듣는 목소리에 눈을 떴을 때,
눈앞에 노인이 앉아 있었다.

"싸움해 본 적 있니?"
"없는데요."

[무공을 배우다.]

20년 동안 무공을 배운 백현,
어비스에 침식된 현대로 귀환하다!

'현실은 고작 5년밖에 지나지 않았다고?'

Wish Books

나는 될 놈이다

글쓰는기계 게임 판타지 장편소설
WISHBOOKS GAME FANTASY STORY

판타지 온라인의 투기장.
대장장이로 PVP 랭킹을 휩쓴 남자가 있다?

"아니, 어디서 이런 미친놈이 나타나서……."

랭킹 20위, 일대일 싸움 특화형 도적, 패배!

"항복!"

'바퀴벌레'라고 불릴 정도로
끈질긴 생명력을 가진 성기사조차 패배!

"판타지 온라인 2, 다음 달에 나온다고 했지?"

평범함을 거부하는 남자, 김태현!
그가 써내려가는 신개념 게임 정복기!